8
일반공격이 전체공격에
2회 공격인 엄마는 좋아하세요?
STORY INAKA DACHIMA
ILLUST IIDA POCHI. VOLUME 8

메디
MEDHI
이번에는 음험함을 억누르고, 동료를
위해 최선을 다하는 여고생 치유술사.
"어쩔 수 없군요."
오오스키 마사토
MASATO OOSUKI
세계의 위기는 마마코에게
맡기고, 포타를 구하기 위해
전력을 다하는 평범한 용사.
"좀 진정하란
말이야!"
와이즈
WISE
마법을 봉인 당하는 건
일상다반사가 됐지만, 그럼에도
꺾이지 않고 나아가는 여고생 현자.
"진짜로 싸워야 하는 거야?!"

"제가 이기면, 엄마를 지킬 수 있어요!"
포타
PORTA
실은 적대조직 리벨레 사천왕 최후의 한 사람이었던 여행상인 소녀.

시라세
SHIRASE
엄마 아이돌 유닛 『OKA3』의
프로듀서를 맡은 엄마.
"불만이 있다면
얼마든지 덤벼봐!
부모 자식 싸움 웰컴인,
엄마 아이돌 2호!"
카즈노
KAZUNO
될 대로 되란 심정으로
아이돌이 되긴 했어도 그다지
싫어하지는 않는, 흥에 따라
사는 와이즈의 엄마.
"멋진 미소군요. 바로 그겁니다."

"엄격함은 애정의 반증!
함께 정상을 향해 나아가는,
엄마 아이돌 3호!"
"커다란 사랑으로,
사랑하는 너를 꼬옥~ 안아주는,
엄마 아이돌 1호!"
메디 마마
MEDHIMAMA
아이돌이 되는 것에 거부감을
느끼고 있는, 의외로 똑 부러지는
구석이 있는 메디의 엄마.
오오스키 마마코
MAMAKO OOSUKI
아이돌이 되어 세계를
구하는 것에 의문을 품지
않는 무드메이커 엄마.

마마☆마마☆매직
OKA3

마마☆마마☆매직(MMMMMAGIC)

작사 : 이나카 다치마

(맘마~ 마~마~마 마~마)

(맘마~ 마~마~마 매~직!)

(마마코) 「좋은 아침」 하고 인사를 하면

(마마코) 인상 쓰며 뒤돌아서는 너

부끄럽나 보네 하고

말하면 또 발끈하려나

(카즈노) 입을 열면 건방진 소리

(메마마) 꾸짖어줄 필요가 있겠어

(마마코) 아껴둔 엄마의 마법으로

지금 바로 너를 돌아보게 해줄게

(마마마마 매~직!)

세상에 하나 뿐인

(카즈노) 끈끈한 유대

(메마마) 항상 곁에서

(마마코) 너를 꼬옥 안아줄게

(마마마마 매~직!)

태어나준 기적을

대지를 넘어

바다보다 깊게

커다란 사랑으로 감싸줄 테니까

(맘마~ 마~마~마 매~직!)

CONTENTS

프롤로그
프로듀서의 실종
11

제1장
항상 곁에 있을 거라고, 생각하지 마라.
부모와 돈과…… 그리고…… 포타?
15

제2장
항상 『좋은 아침』이라고 말해주던 상대가 사라졌어.
어쩔 거냐고? 뻔하잖아.
57

제3장
만남과 작별. 그리고 재회.
사람과의 유대가, 우리를 강하게…… 동요시킨다.
115

제4장
우리가 모르는 곳에서, 뭔가가 움직이고 있다.
무시무시한 무언가가.
173

제5장
상냥하고, 자유분방하며, 때로는 엄격하고, 때로는 난해하다.
그 존재는, 때때로 병기가 된다.
243

에필로그
297

후기
305

일반공격이 전체공격에 2회 공격인 엄마는 좋아하세요?

STORY INAKA DACHIMA
ILLUST IIDA POCHI.

VOLUME 8

프롤로그
프로듀서의 실종

현실 세계의 일본, 도교도 치요다구 나가타쵸.

오늘 날씨는 비. 북적대는 빌딩들은 머리부터 비에 흠뻑 젖은 채, 고개를 숙이고 있는 것처럼 보였다. 우울한 광경이다.

"하다못해 날씨라도 맑으면 좋을 텐데……. 더욱 마음이 무거워지는군요."

정장에 묻은 물방울을 손으로 털어낸 시라세는 불만 섞인 목소리로 중얼거렸다.

그녀는 볼일이 있어, 동료인 남성 직원들과 함께 어느 빌딩을 찾았다.

"어서 오십시오. 용건을……."

"사전에 약속을 잡지는 않았지만, 이런 강제적인 용건으로 온 거니 들여보내 줬으면 합니다."

"어…… 아, 네! 자, 들어가시죠!"

집행부 측으로부터 빌린 특별한 허가증을 접수처에 보여준 후, 서둘러 목적지로 향했다.

"그럼 저희는 대상이 도주할 때를 대비해, 통로 곳곳에서 대기하겠습니다. 시라세 씨는 예정대로……."

"저는 제 몸의 안전을 최우선으로 생각하며, 무리하지 않는

한에서 행동하면 되는 거죠?"

"그렇습니다. 대상자가 권고에 따르지 않고 저항하려 한다면, 즉시 도움을 요청하십시오. 저희가 대처하겠습니다. ……그럼, 잘 부탁드립니다."

동료인 남성 직원들이 흩어지면서, 각자 맡은 자리로 향했다.

혼자 남은 시라세는 【기획 제작부 제4과】라는 팻말이 걸린 사무실로 향했다.

"아무리 생각해도 제가 할 일이 아닙니다만…… 알려달라는 부탁을 받은 만큼, 할 수밖에 없겠군요. 시라세[#1]라는 이름에 걸맞게 말이죠."

안에 들어간 시라세는 침입자에 놀란 직원들에게 눈길 한 번 주지 않으면서 책상 사이의 공간을 당당히 통과하더니, 안쪽에 있는 과장실로 향했다.

과장실 앞에 선 시라세는 안에 들어가기 전에, 사무 가방 안에서 봉투를 꺼냈다.

봉투의 내용물은 서류였다. 의례적인 인사로 시작되는 그 서류의 내용은…… 어려운 문장으로 『대화를 통한 교섭을 중단하고, 실력행사로 나서겠다』라는, 운영 측의 선고였다.

이른바 최후통첩이다.

"이번에도 용사 모자에게 맡길 생각이었습니다만…… 이렇게 빨리 집행부가 움직일 줄은……. 뭐, 대상자의 직함을 생

#1 시라세 일본어로 「시라세(知らせ)」에는 「알림, 통보」라는 의미가 있다. 등장인물인 시라세(白瀬)의 이름과 발음이 동일하며, 그녀는 그걸 이용한 언어유희를 곧잘 사용한다.

각하면 당연할지도 모르죠. 정말 유감입니다."

문 앞에서, 꽤 큰 목소리로 혼잣말을 하면서…… 시간을 잔뜩 끈 후, 시라세는 과장실의 문을 열었다.

"실례하겠습니다. 일전의 고보도 랜드 건으로 신세를 진 시라세입니다. 이번에는 안타까운 소식을 전해드리려고…… 어머?"

문 너머의 실내에는 물건이 거의 없어 매우 삭막했다. 고작 있는 거라고는 책상과 문서 절단기뿐.

널찍한 책상 위에는 볼펜, 몇 장의 서류, 그리고 대량의 메모가 붙어 있는 데스크톱 컴퓨터만 있었다.

어찌 된 건지 대상자는 보이지 않았다.

"부재중……인 건, 아닌 듯하군요."

서류에 적혀 있는 마지막 문자에 손가락을 대보니, 아직 완전히 마르지 않은 건지 잉크가 묻어났다. 시라세가 오기 직전까지, 이곳에서 일하고 있었던 게 틀림없다.

바로 그때, 그녀는 불현듯 눈치챘다. 컴퓨터 화면에 브라우저의 최상위 페이지가 표시되어 있었고, 눈에 익은 인터넷 주소가 입력되어 있었다.

www8.cao.go.jp/ksn/mmmmmorpg......

어느 소년을 게임 세계로 보낼 때, 시라세 자신이 사용한 인터넷 주소다.

그렇다면 대상자의 행방은 판명됐다.

"괜한 발걸음이 됐습니다만, 이 사태 자체는 대환영입니다."

희미하게 열린 책상의 서랍 안에, 털실 인형 키트와 귀엽게 꾸며진 사진 액자가 뒤집힌 채 놓여 있었다.

그녀는 사진 액자를 손에 쥐고 안에 들어있는 사진을 지그시 보더니, 확신했다.

"아직 기회는 남아 있군요……. 이 시라세도 서둘러, 향하도록 할까요."

일터에 가지고 온 그 무엇과도 바꿀 수 없는 보물을, 다시 서랍 안에 넣어둔 후…….

최후통첩이 들어있는 봉투를, 실수로 문서 절단기에 던져넣고만 시라세는 과장실을 나섰다.

그날, MMMMMORPG(가제)의 세계에, 초대받지 않은 존재가 들어왔다.

그것은 재앙. 세계에 위험을 가져오는 자.

세계의 끝에 강림한 그 자는 휘몰아치는 눈바람 안에서, 모든 세계에 대한 불쾌감을 품으며 노려보았다.

그 존재는 보고 있다. 하지만 그것은 너무나도 머나먼 곳에서 일어난 일이다.

그 시선을 눈치챈 인간은 없다. ……단 한 명을 제외하고…….

제1장
항상 곁에 있을 거라고, 생각하지 마라. 부모와 돈과…… 그리고…… 포타?

그것은 느닷없이 벌어진 일이었다.

용사 일행이 초월 필드를 산책하고 있을 때, 갑자기…….

"어라? ……어……?"

여행상인 포타가 갑자기 멈춰 서더니, 북쪽 하늘을 쳐다보았다.

조그마한 구름이 느긋하게 흘러가고 있었다. 그저 그뿐인 광경을, 지그시 응시하고 있었다.

그런 상태에서, 이미 수십 초가 흘렀다.

뒤편에서 지켜보던 동료들은 왠지 걱정되기 시작했다.

"으음…… 포타가 왜 저러지?"

"나도 모르겠으니까, 물어보지 마……."

"몬스터가 출현, 한 건 아닌 것 같네요……."

용사 마사토를 비롯해 현자 와이즈도, 치유술사 메디도 상황을 파악하지 못했다.

"어머? ……으음~, 그래……. 뭔가, 좀……."

용사의 어머니, 마마코는 뭔가를 눈치챈 것 같았다.

"응? 엄마, 무슨 일이야? 가르쳐 줘."

"으음…… 말로 설명하기, 좀 어렵지만…… 말로 설명할 수 없는 불안 같은 게, 느껴지는 것 같단다."

"말로 설명할 수 없는 불안이라니……."

"말로 잘 설명할 수 없지만, 불안이 느껴져. 이러지 않으면 진정이 안 될 정도야."

마마코는 마사토의 머리를 끌어안자, 그의 머리가 어머니의 가슴에 쏙 파묻혔다. 「아아, 진정돼」, 「어이?!」 사랑하는 자식의 머리를 상냥하게 쓰다듬자, 그녀는 약간 안심했다.

하지만 아들의 정신이 너무 불안정해지기에, 일단 놔주기로 했다.

"엄마까지 뭔가를 느낀 걸 보면, 무슨 일이 벌어지긴 했나 보네……."

"그래……. 아, 혹시 남몰래 세계가 위기에 처한 것 아닐까?"

"예를 들어, 마왕이 출현하는 걸 감지했다거나?"

"잠깐만 있어 봐. 그런 거라면 용사인 내 분야 아냐? 확인해보겠어."

마사토는 북쪽 하늘을 쳐다보며, 정신을 집중시켰다.

그렇게, 10초가 흐르고…… 30초가 흐른 후…….

"어때? 응? 어떤데? 사과할 거면 빨리하는 편이 좋지 않아?"

"솔직히 말해서, 마음이 편해지는 게 어때요? 그럼 저희도 뜨뜻미지근한 미소를 보내기만 하면 되니까요."

"크……!"

전혀 기대해주지 않는 것 같다. 분하다.

그렇기에, 반드시 뭔가를 감지하고 싶지만…… 아무래도 무리인 것…….

아니다.

'……응? 어라?'

어쩌면 빛의 굴절이나, 미세한 먼지 같은 게 눈에 들어온 걸지도 모르지만— 간단히 끊어질 것 같아서 불안을 부르는, 그런 가느다란 실 같은 것이…….

북쪽 하늘 너머에서, 포타를 향해 뻗어오고 있는 듯한…….

"죄송해요! 저, 잠시, 얼이 나가 있었어요!"

"어? ……으, 응. 정신 차렸구나."

포타가 갑자기 말을 걸어오자, 마사토의 집중력이 흐트러졌다.

다가온 포타의 온몸을 꼼꼼히 살펴봤지만, 실 같은 것은 보이지 않았다. 역시 잘못 본 것일까…….

"마사토 씨, 저한테 무슨 문제라도 있나요?!"

"아~, 그게…… 뭐랄까…… 막연한 불안감이, 보인달까……."

"불안감이 보여? 무슨 소리인지 모르겠네."

"마사토 씨, 무리하지 마세요. 다 이해해요."

"나쁜 의미에서 이해하고 있는 게 틀림없나 보네. 뭐, 됐어. 나도 진짜 모르겠거든."

"그런데, 포타 양은 뭘 보고 있었던 거니?"

"모르겠어요! 이유는 모르겠지만, 저절로 눈길이 저쪽으로 향했어요!"

포타가 솔직하게 대답했다. 그녀는 거짓말을 할 애가 아니었다.

“그래……. 뭔가 느껴진 것 같지만, 누구도 그게 모른다…… 신경이 쓰이지만, 신경 써봤자 뭔가 알아낼 것 같지는 않은 걸. 그럼 이번 건은 보류로 넘어가자.”

마사토는 그렇게 말하며 동료들을 돌아봤다.

“그럼 마음을 다잡고, 스케줄을 실행에 옮기자. ……오늘 활동 내용은, 바로 내가 고안한 새로운 전투 스타일의 시험 운용이야!”

말할 필요도 없겠지만, 우리의 전투는 항상 마마코 무쌍이다. 적과 마주치는 것과 거의 동시에, 마마코가 적을 단숨에 쓸어버리는 게 정석이지만…….

슬슬, 하극상의 때가 됐다.

“우리들, 아이들은 이래 봬도 매일같이 성장하고 있어. 자, 동지들이여. 우리의 힘을, 이 자리에서 보여주자!”

“그래그래. 속는 셈 치고, 일단 참가해주겠어.”

“이미 결과가 보이는 것 같은 느낌이 들지만, 잠자코 어울려 줄게요.”

“거기 있는 여자 둘. 텐션 좀 끌어 올려 주면 안 될까? 응?”

“저기, 마 군. 이 엄마는 새로운 스타일에 대한 설명을 듣지 못했는데…….”

“엄마는 이제까지처럼, 마음대로 행동해도 돼. 거기에 우리가 어떤 식으로 끼어들 수 있는지를, 시험해보고 싶은 거야.”

“알았단다. 그럼 이 엄마는 평소처럼 행동할게.”

"좋아. ……또한, 새로운 전투 스타일을 성공시키기 위해서는 어느 동료의 활약이 매우 중요해. 그게 누구냐면……."

파티의 아이템 담당이자, 힐링 담당. 열두 살 여자 여행상인. 그 이름은…….

"포타! 잘 부탁해!"

"네! 저, 힘낼게요!"

그 진지한 눈동자가, 정말 믿음직스럽다. 귀엽다. 「참 사랑스럽다니깐」, 「꺄앗~!」 볼을 손가락으로 콕콕 눌러준 후…….

그럼, 이제 시작이다.

일행은 우선 평소처럼, 초원 필드를 산책했다. 적당히 걸어다니고 있을 때…….

"……앗…… 으읍!"

포타가 몬스터를 발견했다. 하지만 급히 입을 막았다.

적의 출현을 알리기 전에, 서둘러 마마코의 곁으로 뛰어갔다.

"어머어머, 왜 그러니?"

"마마 씨! 이쪽으로 오세요!"

포타는 숄더백에서 돗자리를 꺼내더니, 적당한 장소에 깔았다.

그리고, 차 세트와 과자를 꺼내서 그 위에 놓았다.

전투 개시를 코앞에 둔 상태에서, 티타임 준비가 갖춰졌다.

"어머, 맛있겠다. 좀 쉬어도 되는 거야?"

"네! 마마 씨는, 저와 함께 여기서 차를 마셔요! ……그 사이에……!"

마마코가 자리에 앉자, 포타는 마사토 일행을 향해 눈짓을

보냈다. 몬스터가 왼쪽에 있다는 의미의 눈짓을 말이다.

그 눈짓을 받은 마사토 일행이 지시를 받은 방향으로 뛰어갔다.

"좋아! 계획대로야! 이번에야말로, 우리의 지혜와 노력으로 승리를 거머쥐자! 엄마보다 먼저 몬스터를…… 앗, 찾았다!"

몬스터 무리를 발견했다. 지상에, 늑대 타입과 곰 타입의 몬스터가 다수 존재했다.

게다가 하늘에도, 거대한 새 타입 몬스터가 여러 마리 있었다.

"좋았어, 하늘의 적이다! 저쪽은 내가 맡겠어! 간다!"

우선 나선 것은 마사토. 마마코보다 먼저 공격을 할 수 있다는 기쁨을 곱씹으며, 천공의 성검을 힘차게 뽑아 들었다.

"하늘의 적은 전부, 나한테 맡겨도 된다, 고!"

찢어지는 듯한 울음소리를 내며 선회하고 있는 새 타입 몬스터를 향해, 마사토는 온 힘을 다한 충격파를 날렸다.

적은 여럿. 충격파는 하나…… 하지만 충격파는 분열하면서 네 마리의 매로 변하더니, 각자의 사냥감을 덮쳤다.

"좋았어! 나도 성장하고 있는 거야! 가라~!"

"흐음~. 마사토 주제에 꽤 하잖아. 그럼 지상의 적은 초절정 현자인, 내가……!"

"……스파라 라 마지아 펠 미라레…… 사망[모르테]!"

"잠깐만, 메디! 내 몫도 남겨달란 말이야! ……스파라 라 마지아 펠 미라레…… 염진(炎陣)[피암마 체르키오]! 그리고! 염진[피암마 체르키오]!"

와이즈가 무슨 말을 하는 사이, 주문 영창을 마친 메디가 즉사 마법을 발동시켰다. 와이즈도 뒤늦게 주문 영창 속도를 높이더니, 연속 마법을 발동시켰다.

지상에 있는 몬스터들의 발치와 머리 위에 광대한 마법원이 그려지더니, 불꽃의 기둥이 위아래에서 간헐적으로 분출됐다.

게다가 그 불기둥이 잦아드는 틈을 노리듯, 사신이 몬스터의 혼을 빼냈다.

"와이즈와 메디도 꽤 하잖아! 이야~, 좋네! 좋아! 이 새로운 전투 스타일은 대성공이야!"

"결국 포타가 마마코 씨의 발을 묶었을 뿐이지만 말이야."

"그냥 『먼저 공격하게 해주세요』 하고 부탁하기만 하면 될 것 같은데 말이죠."

"아…… 뭐, 그 말이 맞을지도 모르지만…… 그건 좀 분하달까……."

"그럼 전투 때마다 마마코 씨를 접대해야 한다는 게 되거든?"

"마마코 씨가 섭취하는 당분과 수분의 양도 신경 쓰이네요."

"아…… 그건, 으음…… 나중에 생각하자고! 아무튼 지금은 이 전투를 즐기자! 이제부터는 쭉 우리의 턴이라고! 와하하하~!"

이 새로운 전투 스타일이 꽝이란 생각이 이미 들지만, 마사토는 일단 전투에 열중하기로 했다.

마마코는 그 모습을 훈훈한 눈길로 지켜보고 있었다.

"마 군과 아이들이 저렇게 어엿하게 싸울 수 있게 됐구나……."

"네! 마사토 씨도! 와이즈 씨도, 메디 씨도, 엄청 강해요!"

"그리고 포타도 말이지. 저 아이들을 서포트해 주는 것도 능숙해졌고, 이렇게 멋진 접대도 할 수 있게 됐잖니. 놀라운걸."

"저, 이것저것 할 수 있게 되어서, 기뻐요!"

"우후후. 그래. 너희의 성장을 느낄 수 있어서, 나도 기뻐. ……하지만……."

마마코의 얼굴에 애틋한 미소가 어렸다.

"하지만, 아주 조금 쓸쓸한 느낌도 드네."

"네? ……쓸쓸, 한가요?"

"응. 아이들이 점점 성장하면서, 이런저런 것들을 맡길 수 있게 되면, 엄마는 할 일이 사라지니까…… 어쩌면, 엄마는 이미 필요 없는 걸까, 하고……."

"그렇지 않아요! 저는, 엄마가 있어 줬으면 해요!"

갑작스러운 고함이었다.

마마코도, 한창 전투 중인 세 사람도, 몬스터들도, 즉사 마법의 사신마저도, 어리둥절한 표정을 지으며 움직임을 멈췄다.

금방이라도 울음을 터뜨릴 듯한 표정으로 고함을 지른 포타는 퍼뜩 정신을 차렸다.

"아…… 크, 큰 소리 내서 죄송해요! 저는…… 으음……!"

"괜찮아. 나야말로 이상한 소리를 해서 미안해."

"아, 아뇨! 마마 씨는 잘못 없어요! 하지만, 저는…… 엄마가 필요 없다고는 생각하지 않아서, 무심코……."

"그래……."

풀이 죽은 포타가 고개를 푹 숙이자, 마마코는 그녀의 머리를 상냥히 쓰다듬어줬다.

"포타는 엄마를 필요로 하는구나. 정말 기뻐. ……그럼 이 엄마가 아직 쓸모 있다는 걸, 똑똑히 보여줘야겠는걸?"

"아, 네! 부탁드려요!"

마마코는 천천히 몸을 일으키더니, 성검을 양손에 쥐었다.

그리고 「에잇」 마마코의 공격. 바위 칼날이 솟아나고, 물방울 탄환이 쏟아지자, 남아 있던 몬스터가 순식간에 소멸했다. 「잠깐…… 으와아아앗?!」 마사토가 아무리 고함을 질러본들, 이미 전투는 종료됐다.

"이게 엄마의 힘이야. 어떠니?"

"네! 역시 엄마는 대단해요! 엄마는 필요해요!"

"그래. 아직 엄마는 필요한 거야. 그럼 아이들의 곁으로 확 가볼까, 우후후."

포타를 향해 장난스레 윙크한 후…… 마마코는 마사토를 향해 걸어갔다. 「어이, 엄마!」, 「어머, 왜 그러니?」 아들이 분해 죽겠다는 표정으로 맹렬한 항의를 시작하려 했다. 훈훈한 모자 싸움으로 발전할지도?

"역시, 엄마가 있어 줬으면 해요……. 엄마……."

그 모습을 지그시 응시하던 포타는 작게 중얼거리더니, 또 북쪽 하늘을 쳐다봤다.

새로운 전투 스타일의 시험 운용을 마친 마사토 일행은 인

근의 역참 마을로 귀환했다.

"마사토의 아이디어답게, 역시 실패했네."

"아니나 다를까, 실패했군요. 자기 성장을 과신한 게 원인이라고 생각해요."

"아, 아냐! 아직 단정 짓기엔 일러! 아직 실패하지 않았다고! 일반 전투에서는 쓰기 어려운 스타일이지만, 여차할 때 절대적인 효과를 발휘할 거야! 그러니까……!"

한숨 돌리는 시간도 아까워하며, 일행은 우선 모험가 길드로 향했다.

그리고 의뢰서가 붙어 있는 게시판으로 곧장 향했다.

"시험 운용을 더 해보기 위해, 퀘스트를 받자!"

"왜 퀘스트인 건데……."

"이유는 단순해. 내가 고안한 스타일은 보스전에서 효과를 발휘할 거라고 생각하거든. 틀림없어. 그러니, 토벌 퀘스트로 시험해보자."

"시험해봤자, 마마코 씨가 다과를 즐기면서 간단히 격파해버릴 듯한 예감이……."

"그런 소리 하지 말아줄래?! 진짜로 그렇게 될 듯한 예감이 들거든?! ……아, 아무튼! 다 같이 그럴듯한 퀘스트를 찾아보자고!"

"알았어요! 저, 힘낼게요!"

"이 엄마도 힘낼게. 믿음직한 면을 보여줄 거야."

"그건 그것대로 분한데…… 뭐, 잘 부탁해."

와이즈, 메디, 마사토, 마마코, 포타가 커다란 게시판 앞에 한 줄로 서더니, 의뢰서를 한 장씩 체크해봤다.

의뢰서에는 문장뿐인 것과, 사실적인 일러스트가 실려 있는 것이 있다. 그런 의뢰서가 게시판을 뒤덮을 듯이 붙어 있었다. 조그마한 메모 종이 같은 것도 포함한다면, 백 장은 되지 않을까. 원하는 내용을 찾는 것도 힘들어 보였다.

"특정 보스를, 확 해치워버리는 퀘스트…… 흐~음……."

토벌 퀘스트 한두 개 정도는 금방 찾을 수 있을 거라고 생각했는데…… 꼭 이럴 때는 좀처럼 보이지 않았다. 소재 수집이나 수집 계열 퀘스트가 대부분인데…….

마사토가 게시판을 살피며 옆으로 이동하다 보니, 마마코와 어깨가 부딪쳤다.

"아, 미안해."

"어머, 괜찮단다. 마 군이라면, 항상 붙어 있어도 돼."

"그건 사양하겠어."

마사토는 몸을 뺐지만, 마마코가 계속 따라왔다. 「……어이」, 「우후후」 자석에 딱 달라붙은 사철보다 성가시다.

성가시지만…… 어쩌면 잘된 건지도 모른다.

마사토는 마마코에게 몰래 물어볼 것이 있었다.

"……저기, 엄마. 물어볼 게 있는데 말이야. 아까 전투 중에, 포타가 갑자기 고함을 질렀잖아? 그건 대체 어떻게 된 거야?"

"아아, 그건……."

"어어엇?!"

마마코가 몰래 설명해주려 한 순간, 갑자기 떨어진 곳에 있던 포타가 깜짝 놀란 목소리를 냈다.

두 사람이 몰래 나누는 이야기를 들은 건가 했지만, 아니었다.

의뢰서 한 장을 손에 쥔 포타는 입을 벌린 채, 딱딱하게 굳어 있었다.

"포, 포타, 왜 그래? 그렇게 놀랄 정도로 괜찮은 퀘스트를 찾은 거야?"

"어엇?! 어, 으음, 못 찾았어요!"

"어머, 그러니? ……손에 든 건……."

"어버버버벗?! 아, 아무것도 아니에요!"

손에 쥔 의뢰서를 동그랗게 구긴 포타는 등 뒤로 손을 돌려서 숨기더니, 온 힘을 다해 고개를 옆으로 흔들었다.

뭔가를 숨기고 있다, 수상하다, 정도의 레벨이 아니라 완벽한 아웃이다.

"으음~, 포타?" 빙긋.

"포타 양?" 빙긋.

"아무것도 안 숨겼거든요?! 손 보여드릴게요!"

포타는 등 뒤로 돌린 손을 꼼지락거리더니, 양손을 확 펼쳐 보였다.

확실히 아무것도 없……을 리가 없다.

"좋아, 포타. 오른쪽으로 돌아서 봐."

"으음, 으음…… 저, 저는 오른쪽이 어느 쪽인지 몰라서, 못 돌아서요!"

"젓가락을 쥐는 손이, 오른손이야. 밥그릇을 드는 손이 왼손이란다."

"그럼 나는 포타의 오른편으로 돌아 들어갈 테니까, 엄마는 왼편에서 공격해. ……포타가 뭘 숨기고 있으려나……."

"으으으윽?! 아, 아무것도 안 숨겼는데요오오오오!"

허둥대는 포타의 양옆에서, 마사토와 마마코가 슬금슬금 다가가…….

"아, 마사토 씨. 잠시 저 좀 봐요."

갑자기 마사토의 뒤편에서 메디가 말을 걸었다.

"미안해, 메디. 지금은 포타를 취조하느라 바빠. 나중에 이야기하자. ……자, 포타. 순순히 항복해. 아프게는 안 할 테니 걱정하지 마. 크크큭……."

"제 용건을 들을지, 거동 수상자로 신고당할지, 어느 쪽이 좋나요?"

"메디 양의 용건을 듣겠사옵니다."

스스로도 방금 발언이 너무 수상했다고 느낀 건지, 마사토는 순순히 메디의 말에 따랐다.

메디가 의뢰서 한 장을 보여줬다. 질 좋은 종이에 금박까지 입혀져 있는, 딱 봐도 고급스러운 의뢰서였다.

의뢰 내용은『대지와 바다를 조사해달라』였다.

의뢰자는 카산 왕국 여왕, 퀸 오브 카산이다.

"여왕 폐하의 의뢰…… 대지와 바다 조사…… 조사 범위는, 전 세계…… 다른 서버 세계의 고보도 랜드도 조사 대상이잖아? 규모가 엄청난걸."

"조사가 필요한 사태가 발생한 것 같군요. 좀 신경 쓰여요."

"그래. 여왕 폐하와는 면식도 있고, 엄마와 개인적으로 친분이 있으니까…… 역시 협력하는 편이 좋겠지?"

"그래. 이 엄마도 같은 생각이란다."

"네! 저도 그렇게 생각해요! 지금은 이 의뢰서가 가장 중요하다고 생각해요!"

포타도 찬성인 것 같았다. 힘찬 목소리로 그렇게 말했다.

하지만, 저렇게 기쁜 목소리로 말하면 안 됐다. 「으음~, 포타?」, 「포타 양?」, 「어어엇?!」 여왕의 의뢰서로 관심을 돌리려는 생각이 뻔히 드러났다.

"거기 있는 거동 수상자, 잠깐 나 좀 봐. 여기에도 신경 쓰이는 의뢰가 있어."

"나는 결단코 거동 수상자가 아니거든? 그래도 보여줘, 와이즈."

와이즈는 막대 형태로 말려 있는 의뢰서를 펼쳐서 보여줬다. 이쪽은 일반적인 의뢰서였다.

의뢰 내용은 『어린이의 부자연스러운 급성장에 관한 정보 제공 요청』이었다.

의뢰자는, 엄마 해결사 가게의 점원, 모네다.

"모네가 정보 제공을 요청하는 거야? ……어린이의, 부자연스러운 급성장…… 무슨 일 있는 걸까?"

"잘은 모르겠지만, 말 그대로 아닐까? 이쪽도 내버려 두면 안 될 것 같지 않아?"

"그래. 아이들에게 무슨 일이 있는 거라면, 큰일이잖니."

"네! 저도 그렇게 생각해요! 지금은 그 의뢰서가 더 시급해요!"

또 포타가…… 이하 생략. 「으음, 포터?」, 「어어엇?!」 마사토는 인정사정없이 추궁하며 마구 귀여워해 주고 싶었지만, 노닥거리고 있을 때가 아닌 것 같았다.

"우리 일정은 중지하고, 이 안건에 대처해야겠는걸."

"오, 마사토는 대단하네. 어린애 같은 소리를 할 줄 알았는데 말이야."

"나를 얕보지 말라고~. 그럼, 어떻게 한다……."

바다와 대지의 조사. 어린이들의 급성장. 그리고, 역시 신경이 쓰는 포타의 태도…….

두 장의 의뢰서, 그리고 거동이 수상하기 그지없는 포타를 지그시 응시한 후…….

용사이자 리더인 마사토는, 결단을……!

"역시 아이들이 걱정되는구나. 우선 엄마 해결사 가게에 가서, 모네 양한테서 이야기를 들어보자. 마 군, 어떠니?"

"뭐, 이럴 줄 알았어. 그럼 그렇게 하자."

"오케이~! 내 전송 마법만 믿어! 후딱 보내줄게!"

마마코의 결정에 따라, 행동을 개시하기로 했다.

"그럼, 그런 걸로…… 포타 양, 잘 됐죠?"

"아, 네! 저, 안심했…… 아, 아뇨! 저, 저는 아무것도 숨기고 있지 않아요!"

모험가 길드에서 뛰쳐나온 마사토 일행은 전송 마법의 빛에 휩싸이더니, 역참 마을에서 순식간에 사라졌다.

마사토 일행은 카산 왕도 입구에 내려섰다.

길을 가는 사람들이 그들을 보고 말을 걸어왔지만, 일행은 급한 볼일이 있었다. 마마코가 무례하지 않도록 짤막하게 인사를 건넨 후, 일행은 빠른 걸음으로 엄마 해결사 가게로 향했다.

"마을의 분위기는 딱히 변함없네. 심각한 사건은 아닌 걸까?"

"그런 것 같은걸. 하지만 일이 심각해지면 곤란하니까, 후딱 해결해버리자고. ……자, 도착했어."

일행이 익숙한 발걸음으로 카페 같은 형태를 지닌 엄마 해결사 가게에 성큼성큼 들어가 보니…….

가게 안쪽의 카운터에는 점원인 소녀, 모네가 있었다. 그리고 테이블 자리에는 아직 어린 남자애와 어머니로 보이는 이가 있었다. 마침 손님이 와있는 것 같았다.

"아, 마사토! 다들! 와줬구나!"

"응, 그렇긴 한데…… 접객 중이었구나. 타이밍이 안 좋았네."

"그렇지 않아! 나이스 타이밍! 마~사~토~!"

모네는 조그마한 동물 같은 가벼운 몸놀림으로 마사토의 품속에 뛰어들었다. 그리고 행복에 겨운 얼굴을 그의 가슴에 대더니…… 「부비부비~」, 「어이!」 손님인 어머니가 입을 쩍 벌린 채 쳐다보고 있다고!

다른 이들은 이런 행동에 익숙해 보였다. 마마코는 빙긋. 포타도 빙긋. 그리고…….

"그래그래. 정상 운전 중이네." 못 본 척.

"어처구니가 없군요." 절레절레.

"와이즈와 메디는 좀 질투심 섞인 반응을 보여줘도 괜찮을 것 같은데…… 그것보다 진정하라고, 모네! 지금은 일하는 중이잖아! 어리광부릴 때가 아니거든?!"

"조금만 봐줘~. 어리광 성분 좀 보충할래~. 일이 심각해져서, 나도 진짜 지쳤단 말이야~."

"일이 심각해졌다니, 어린이의 부자연스러운 급성장 말이야? 우리는 그것에 관한 의뢰서를 보고 온 건데……."

"맞아, 그거야! 마침 여기 계신 손님이 그 일로 찾아오셨어! 소개할게!"

갑자기 업무 모드로 표정을 바꾼 모네는 마사토 일행과 모자 손님을 서로에게 소개했다.

엄마 해결사 가게를 방문한 이들은 네 살이 되는 아들과 그 어머니다.

그 어머니는 마마코의 팬인 건지, 그녀와 인사를 나누자마자 악수를 요청하며 꺄아꺄아~ 거렸지만…… 그 표정은 점점 어두워졌다.

그 어머니는 아들 때문에 고민인 것 같았다.

"글자를 더 잘 읽을 수 있게 되면, 엄마가 책을 안 읽어줘도 돼……. 더, 공부해야…… 옛날, 옛날에, 어느, 어느 곳에…….”

네 살인 아들은 네 살답지 않게 굳은 표정으로 테이블에 놓인 그림책을 지그시 응시하더니, 문장을 종이에 옮겨 적으면서 소리 내어 읽고 있었다.

매우 열심히, 주위를 전혀 신경 쓰지 않으며, 읽고 쓰기 공부를 하고 있었다.

“보아하니, 참 괜찮은 아이 같은데요……?”

“그래요. 그렇긴 한데…….”

아이의 어머니는 쓴웃음을 머금더니, 아들에게 다가가서 말을 걸었다.

“공부 많이 했지? 그럼 좀 쉬면서 간식이라도 먹을래?”

“아냐. 됐어.”

“『됐어』라니…… 안 먹을 거야?”

“먹고 싶어지면, 직접 준비할래.”

“그, 그래? ……그럼, 이 엄마는 뭘 하지…….”

“아무것도 안 해도 돼. 나는 말이지? 직접 할 수 있는 건, 직접 할 거야. 뭐든 혼자 할 수 있도록 더 공부하고 싶으니까, 방해하지 마.”

“아, 알겠단다. 미안해…….”

물러난 어머니는 마사토 일행 앞에서 쓸쓸한 듯이 고개를 숙였다.

“이런 상태예요……. 어제까지만 해도 『엄마~! 엄마~!』 하며 뭘 할 때도 저한테 의지하고, 어리광을 부리며 한사코 떨어지지 않던 애인데…….”

“그런 애가, 갑자기 저렇게 된 거야? 이상하지 않아?”

“느닷없이 저 정도로 자립심이 싹트는 건, 명백하게 부자연스럽긴 해.”

“그래요……. 순수하게 아이가 성장한 것이라면, 기뻐할 일이겠지만…… 그게, 너무 갑작스러워서……. 걱정이 된 나머지, 이곳에 상담을 받으러 찾아왔답니다.”

“그랬구나. 확실히, 이건 부자연스러운 급성장이야.”

“응. ……게다가, 이 손님만이 아냐.”

모네는 카운터로 뛰어가더니, 서류 다발을 손에 들고 돌아왔다. 엄마 해결사 가게에서 받은 상담을 정리해둔 것이다. 이곳을 찾아온 부모에게서 직접 들은 것 말고도, 편지가 첨부된 것도 있다. 전부 오십 통은 될 것 같았다.

“같은 상담이 이렇게 잔뜩 들어왔어. 처음으로 상담을 받은 건 일주일 정도 전이었는데…… 그 후로 쑥쑥 늘어나더니, 이렇게 된 거야.”

“마망 촌, 하하웨…… 챠카, 오칸야데, 미마…… 고보도 대촌락에서도…… 전 세계에서 문의가 들어온 건가.”

“맞아. 이거, 이상하지 않아? 무슨 일이 일어나고 있는 것 맞지?”

“그래. ……하지만, 그건 나중에 생각해보자. 지금 우리가 해야 하는 건 하나야. 우선 눈앞에 있는 문제부터 어떻게 해보자고.”

이렇게 마사토 일행이 모두 모여 있는데도 아무것도 하지 못한다면, 전 세계에 이름을 널릴 떨친 엄마 해결사 가게의 명성에 먹칠을 하는 것이다. 마음을 단단히 먹으며 해결을 하기 위해 나섰다.

그런 마사토의 모습에 아이의 어머니는 감동한 건지, 금방이라도 눈물을 흘릴 듯한 표정을 지었다. 마마코 또한 눈가에 눈물이 맺혔다.

한편, 와이즈와 메디는 「으~」 하는 듯한 표정을 지었다.

"어이, 거기 둘. 왜 불만에 찬 표정을 짓는 건데?"

"뭐랄까…… 마사토가 리더십을 발휘하는 느낌이 딱 질색이다?"

"뭐에 질색하는 건데? 그러지 말고, 환영해달라고."

"이것도 부자연스러운 급성장이군요. 마사토 씨답지 않아요."

"나는 어디까지나 한 걸음씩 꾸준히 성장해왔어. 전혀 부자연스럽지 않다고."

"마 군이 어엿하게 성장해서 뭐든 다 할 수 있게 되면, 이 엄마는 점점 필요 없어지겠구나. 훌쩍훌쩍."

"엄마까지 이러기야?! 장난칠 때가 아니잖아! 정신 좀 차리라고!"

"우후후. 그래. 미안해. ……하지만 걱정하지 말렴. 우리 최고의 노력가가, 이미 조사에 착수했거든."

"뭐엇?! 선수를 빼앗겼어?!"

꾸물거리는 사이, 먼저 행동을 시작한 동료가 있었다.

포타였다.

"으음…… 누나, 뭐해?"

"이상한 구석이 없나, 조사하고 있어요! 신경 쓰지 마세요!"

"으, 응……."

포타는 남자애의 맞은편에 앉더니, 남자애를 지그시 살펴보았다.

어마어마하게 의욕을 불태우고 있는 것 같았다.

"어리광을 부릴 수 있을 때 부리지 않는 건, 아까운 일이에요……. 엄마는, 항상 곁에 있어 주지 않으니까요……. 그러니까…… 으으음!"

남자애가 전혀 집중하지 못할 만큼, 맹렬한 관찰안으로 주시하기 시작하고 1분가량 흘렀을 때였다.

포타는 눈치챘다.

"저기, 가슴에 달고 있는 고양이 배지를 좀 봐도 될까요?!"

"어? 이거? 으음…… 누나는 엄마가 아니니까, 봐도 돼."

남자애는 귀여운 고양이 얼굴이 그려진 배지를 빼더니, 포타에게 건네줬다.

바로 그때였다.

"으응…… 왠지, 배고파…… 엄마~! 배고파!"

"어? 아, 그래. 그럼 간식 먹을래?"

"응! 먹을래! 간식 줘~!"

"간식, 먹는 거지? ……엄마가 준비해도 돼? 공부는 그만할 거니?"

"공부 같은 거, 안 해~! 엄마가 주는 간식, 먹을래~!"

남자애는 표정을 누그러뜨리더니, 어머니의 다리를 끌어안았다. 「응~!」 그리고 볼을 비벼대더니, 어머니의 손을 잡고 마구 흔든 후에 다시 다리를 끌어안았다.

아들의 태도가 갑자기 달라지자, 아이의 어머니는 어리둥절한 표정으로 마사토 일행을 쳐다봤다.

마사토 일행 또한, 마찬가지로 어리둥절한 표정을 지으며 아이의 어머니를 응시했다.

"으음…… 어?"

"왠지, 마음껏 어리광을 부리는 것 같은데……."

"아, 네. 평소와 다름없어요. 공부를 싫어하고, 어리광만 부려대는, 우리 애가 틀림없어요……."

"갑자기 원래대로 되돌아갔다, 는 건가요? ……그럼……."

"부자연스러운 성장의 원인은, 저 배지였던 걸까?"

마사토 일행은 포타가 들고 있는 배지에 주목했다.

그것을 감정하던 포타가 힘차게 고개를 끄덕였다.

"네! 이게 원인인 것 같아요! 이걸 좀 보세요!"

배지의 뒤편, 구석에는 조그마하게 【ⓒ20XX 반항조직 리벨레】라고 새겨져 있었다.

세계 저작권 조약에 준거해, 제작자의 권리를 주장하고 있는 어엿한 제품이다.

"쓸데없는 데까지 집착하는 녀석 덕분에, 금방 수수께끼가 풀렸네."

“즉, 그 녀석들 짓인 거구나.”

“아이들의 성장을 억지로 촉진시켜 부모 곁을 빨리 떠나게 해서, 어머니를 필요 없게 만든다— 그런 걸까요. 배지에는 일종의 세뇌 효과가 있는 것 같군요.”

“칠흑빛 보석과 같은 효과구나. 아지트에 있던 제작소를 박살을 냈는데, 또 어딘가에서 만들고 있는 거냐고. 이래서야 다람쥐 쳇바퀴 도는 거나 마찬가지네. ……그런데, 입수 경로는…….”

아이의 어머니를 쳐다보니, 짚이는 곳이 없는 건지 표정을 굳히며 고개를 갸웃거리고 있었다.

그렇다면, 아는 사람은 이걸 몸에 달고 있던 당사자뿐이다. 마마코는 남자애의 앞에서 몸을 웅크리며 빙긋 미소 지었다.

“저기, 예. 가르쳐주지 않겠니? 저 배지는 누구한테 받았어?”

“산타 씨야! 아침에 일어나보니, 창가에, 놓여 있었어!”

조직의 검은색 코트를 걸친 세 명의 산타클로스가 아이들이 있는 집을 찾으며 전해주고 있는 것일까. 그렇다면, 참 고생이 많다 싶었다.

바로 그때…….

“다들, 이것 좀 봐! 다른 부모도 그 배지와 관련이 있는 걸지도 몰라!”

모네가 다시 살펴본 서류를 내밀었고, 그것을 돌려 읽어본 마사토 일행은 납득했다.

부모의 소견 중에, 동물 얼굴이 그려진 배지가 언급된 것이 다수 존재했다.

“『아이가 처음 보는 배지를 차고 있는데, 떼어내려 하면 화낸다』라……. 이 서류도, 이 서류의 가족도…… 이걸로 확정이네.”

“원인은 배지. 빼앗으면 해결돼. 그럼 행동을 개시하자.”

“서류에 주소가 적혀 있으니까, 서둘러 카산 왕국에서의 회수 작업을 마치도록 하죠.”

“나는 주의 환기 안내문을 만들어서 전 세계에 배포해달라고 할게! 배지 회수, 잘 부탁해!”

“좋아. 그럼…….”

“다들, 조심해서…….”

“정체불명의 배지를 회수하죠! 저, 힘낼게요!”

“으, 응…….”

마사토를 제쳐놓고 힘차게 한마디 하려던 마마코보다 선수를 치는 기세로, 누구보다 먼저 달려 나가는 포타를 선두 삼아 일행은 엄마 해결사 가게를 뛰쳐나갔다.

마사토 일행은 흩어져서, 엄마 해결사 가게로 문의를 했던 집들을 찾아갔다.

“안녕하세요~! 엄마 해결사 가게입니다~!”

“안녕하세요! 무슨, 일이시죠?! 수상한 오빠~!”

“하나도 수상하지 않거든?! 신고하지 마!”

어른스럽게 대응하며 맞이해준 여자애의 가슴에서, 토끼 배지를 발견했다. 고생길이 열릴 듯한 느낌이 들지만, 마사토는 첫 번째 회수 대상을 정조준했다.

다른 집을 찾은 와이즈도…….

"므흐흐~. 귀여운 배지네. 그거, 이 누나한테 보여주지 않을래?"

"으음~, 그건 괜찮은데…… 아줌마는, 누구야~?"

"아줌?! ……뭐, 뭐어, 네 나이에 비하면, 나는 엄청 연상이지만…… 끄으으……!"

와이즈도 치켜든 주먹을 온 힘을 다해 치우는 것을 보면, 배지는 어찌어찌 회수할 수 있을 것 같다.

같은 시각, 다른 집을 찾은 메디는…….

"순순히 내놓는 편이, 신상에 이롭지 않을까 싶군요." ……고오오오…….

"아, 네! 이거, 줄게요!"

무시무시한 다크 파워를 민감하게 감지한 어린이가 순순히 배지를 내민 덕분에, 손쉽게 회수할 수 있었다. 첫 번째 배지, 무사 획득.

하지만 아이들이 순조롭게 작업을 진행하는 사이, 마마코는 고전하고 있었다.

"당신은, 누군가의 엄마죠?! 그럼, 싫어요!"

"그런 소리 하지 말렴, 응? 잠깐 보여주기만 하면 된단다."

"싫어요! 돌아가 주세요!"

어머니를 거절하라고 조종을 당하고 있는 건지, 어린이는 마마코의 호소에 응하지 않았다. 「곤란하게 됐네……」, 「죄송해요……」 아이의 어머니와 얼굴을 마주한 마마코는 쓴웃음을 머금을 뿐이었다.

그런 와중에, 최고의 퍼포먼스를 선보이는 이가 바로 포타였다.

"그 배지를, 저한테 주세요!"

"응. 누나에게라면, 줄게. 자."

찾아간 집에서 금방 어린이와 접촉하더니, 손쉽게 배지를 회수했다. 이걸로 벌써 네 개째다.

자기가 맡은 몫을 벌써 처리했다.

"저, 임무 완료예요! 해냈어요!"

마지막 집을 나선 포타는 주먹을 꼭 말아 쥐더니, 달성감에 사로잡히며 왔던 길을 되돌아갔다.

회수 작업을 마치면, 엄마 해결사 가게에서 모이기로 했다.

그래서 곧장 집합 장소로…… 향할 생각이었지만…….

"……아, 여기는……."

포타는 우연히, 모험가 길드 앞을 지나갔다.

카산 왕도의 모험가 길드는 포타가 마사토, 마마코와 처음으로 만난 추억의 장소다. 모험의 출발점이 된 멋진 장소다.

하지만 지금은, 그것보다 신경 쓰이는 점이 있다.

"윽……."

포타는 주위를 살피면서, 건물 뒤편에 몸을 숨겼다.

아무에게도 보이지 않도록, 숄더백에서 꼬깃꼬깃 구긴 종이를 꺼낸 후에 몰래 펼쳤다.

그것은 역참 마을의 모험가 길드에서 발견한 후, 재빨리 숨겼던 의뢰서다.

정확하게는 범인을 잡기 위한 정보 제공을 요청하는 수배지다.

수배지에는 사진을 그대로 옮겨 그린 듯한, 대상자의 현실적인 초상화가 첨부되어 있었다.

정면에서 고개를 슬쩍 돌렸고, 피로에 절어있는 눈을 내리깐, 안경을 쓴 여성이다. 나이는 30대 중반 정도다.

범인인 그 인물의 얼굴을, 포타는 잘 안다. 아마 이 세상에서 가장, 잘 알 것이다.

"여기 모험가 길드에도, 붙어 있을까요……. 그렇다면……!"

회수해서, 다른 사람이 보지 못 하게 해야만 한다. 안 그러면, 누군가가 그 사람을 잡고 말 것이다.

포타는 건물 뒤편에서 재빨리 뛰쳐나가더니, 모험가 길드로 뛰어 들어갔다.

일직선으로 게시판이 있는 곳으로 향해 거기에 붙어 있는 수배지를, 누구도 눈치채지 못하도록 몰래 회수한다…….

"……앗!"

하지만 유감스럽게도, 접수처의 여성 직원이 보고 있었다.

"아, 잠깐만! 그건……!"

"우왓?! 으, 으음, 저는 아무것도 안 들고 있어요! 죄송해요!"

"잠깐 기다려봐! 그건, 게시를 자제해달라는 지시가…… 아아, 가버렸네."

포타는 제지하는 목소리를 무시하며, 건물을 뛰쳐나갔다.

일단 사람이 없는 방향으로 뛰어갔다. 필사적으로, 정신없이, 저절로 흘러나오는 눈물을 닦으며…… 그리고 또다시, 남들의 눈길을 끌지 않는 어둑어둑한 곳에 숨었다.

심장 고동과 나쁜 짓을 했을 때의 나쁜 마음을, 다른 방법이 없었다는 변명을 통해 무리하게 억눌렀다.

"이, 이제부터, 어쩌면 좋을까요……. 저는, 어떻게 해야……."

포타는 수배지에 그려진 얼굴을 응시하며 생각했다. 엉망진창으로 헝클어진 머릿속으로, 다음 행동을 결정해야…….

바로 그때, 포타의 시야 구석에서 뭔가가 흔들렸다.

숄더백에 달려 있는, 마스코트 인형이다.

"……아, 그래요! 이게 있었네요!"

중요한 사실을 떠올린 포타는 숄더백을 안아 든 채, 또 내달리기 시작했다.

카산 왕도를 빠져나온 포타는 필드로 나갔다.

몬스터들은 비전투 직업인 포타를 적으로 인식하지 않는다. 이상하다는 듯이 쳐다보는 괴물들 사이를, 포타는 쏜살같이 곧장 달려갔다.

포타가 향하는 곳은 왕도를 내려다보는 언덕에 있는 전송 포인트다. 전송 궁전이 있는 구역을 중계해서, 현실 세계나 다른 서버 세계와 쌍방향 이동이 가능하게 해주는 특수한 이동

장치다.

"여기서라면 분명, 바로 연락을 취할 수 있을 거예요! 연락해서 이야기를 좀 나눈 다음, 바로 엄마 해결사 가게로 돌아가면 괜찮을 거예요!"

포타는 계단을 뛰어 올라가더니, 마술적인 돌기둥에 둘러싸인 전송 포인트로 향했다.

그리고 바로 마스코트 인형 『피타』를 사용했다.

"할게요! 하나, 둘…… 에잇!"

포타는 피타의 다리 부분을 잡아당겼다.

동시에 삣~! 삣~! 삣~! 하며, 날카로운 경보가 울려 퍼졌다.

"이걸로 됐어요! 이렇게 긴급사태를 알리면……."

삣~! 삣~! 삣~!

"무슨 일인지 보러 올 거라고…… 생각하는데……."

삣~! 삣~! 삣~!

"으음…… 너무, 시끄럽네요……."

이미 충분하다고 생각한 포타는 피타의 팔 부분을 당겨서 소리를 멈췄다. 다리로 ON, 팔로 OFF가 되는 아동용 방범 버저다. 아무튼…….

그렇게 한동안 기다린 후…….

"……앗! 와줬어요!"

상공의 전송 포인트에서 커다란 빛 덩어리가 내려왔다. 기다리고 기다렸던 사람이 이곳으로 전송한 것 같았다. 포타는 기뻐하며 뛰어갔다.

하지만…….

“겨우 HAHAKO한테서 도망쳤나 했더니, 이번에는 긴급 소집이야? 너무 바빠서 눈이 빙빙 돌 것 같네. 하아.”

“우리 연락에는 응답 안 했으면서~, 갑자기 부르고 말이야~. 되게 거들먹거린다니깐~.”

“의무라서, 오긴 했는디…… 경우에 따라선 확…… 응?”

눈부신 빛이 흩어지자, 세 사람이 모습을 드러냈다.

호랑이처럼 흉포하게 언짢은 기색을 마구 드러내고 있는, 모역(母逆)의 아만테.

나른하고 넋을 빼앗길 듯한 눈동자로 앞 머리카락을 쳐다보며 뼈로 된 장식을 만지작거리고 있는, 모멸(母蔑)의 소레라.

그리고 상어 후드를 깊이 눌러쓰고 험상궂은 말투로 남자다움을 어필하고 있는, 멍한 눈매의 격투가 소녀, 모협(母脅)의 프라테로.

반항조직 리벨레의, 사천왕 중 세 명이 나타났다!

포타는 벌어진 입이 다물어지지 않았다.

“어어…… 어어어어엇……?!”

“뭐꼬? 포타가 여기 있데이.”

“정말이네. 여기서 뭐 하는 거야?”

“야호~. 오래간만~. 포타 양, 혼자야~?”

“아, 네! 여기 있는 건 저뿐이에요! ……아니, 그렇게 대답할 때가 아니라…… 으음, 으음…… 으으음?!”

포타가 부르려고 한 이는 이 세 사람이 아니다. 분명 아니다.

아니지만, 갑자기 나타나서 자신에게 다가오고 있다.

포타가 슬그머니~ 한 걸음 물러나자, 상대방은 두세 걸음씩 성큼성큼 다가왔다.

"우리는 일단 적대 관계이기는 하지만, 포타 양한테 해를 가할 생각은 없어. 그러니 마음 놓고, 질문에 대답해주지 않겠어?"

"우리를 부른 건~, 포타 양 맞이 맞으려나~?"

"아, 아니에요! 저는 부르지 않았어요!"

"여기에는 포타 밖에 없는디, 포타가 부른 게 아닌기가? 이상한 일이데이. 우리는 분명, 조직의 긴급 신호를 받고, 여기에…… 어이, 잠깐만. 거기 서그라."

"어어? ……앗……!"

언덕 가장자리까지 물러난 포타는 그대로 발을 헛디뎠다.

프라테로가 반사적으로 손을 뻗었지만 닿지 않았고, 포타는 그대로 쓰러지며, 낙하했다……!

그 찰나. 포타의 등 뒤에 칠흑빛 소용돌이가 홀연히 생겨나더니, 안에서 뻗어 나온 손이 포타의 등을 받쳤다.

"……어, 어라?"

"흥. 이 타이밍에 마스터 등장인가."

"어? 마스터라면…… 반항조직 리벨레의, 높은 사람……?"

"음. 우리의 보스데이. 저 칠흑빛 소용돌이를 다룰 수 있는 건, 마스터뿐인 기다. 틀림없다."

포타를 언덕 위로 다시 올려둔 후, 칠흑빛 소용돌이에서 사람이 나왔다.

칠흑빛 갑옷 위에 조직의 검은 코트를 걸친, 꽤 나이가 많은 여성이다.

안경 너머의 눈은 너무나도 피곤해 보였으며, 아래쪽을 향한 채로 눈앞에 있는 포타를 쳐다보려 하지 않았다.

어둡기 그지없는 표정을 비롯해, 어둠의 세계를 지배하는 제왕 같아 보이는 그 여성은…….

"앗! 엄마!"

""""……응?""""

포타가 못 알아볼 리 없다. 칠흑빛 소용돌이에서 나온 이는 바로 포타의 어머니다.

이번에는 사천왕 중 세 사람의 벌어진 입이 다물어지지 않았다.

"잠깐만 있어 봐……. 뭐, 뭐가 어떻게 된 거야?"

"저 사람은~, 포타 양의 엄마이고…… 하, 하지만~, 칠흑빛 소용돌이를 다룰 수 있다는 건~, 우리의 마스터……인 거야~? 어때~?"

"이 몸도 초면이라, 모른데이. ……어이, 포타. 설명해 보그라."

"으, 으음, 저도 잘 모르겠지만…… 그래도, 우리 엄마가 맞아요!"

포타는 환한 미소를 짓더니, 수배지를 손에 든 채 어머니를 향해 뛰어갔다.

"엄마! 저, 이걸 보고 놀라서, 연락했어요! 뭐가 잘못된 거라고 생각하지만, 걱정이 되어서…… 앗……."

포타의 어머니는 아무 말 없이 수배지를 집어 들더니, 구겨서 버렸다.

그리고 딸에게는 눈길도 주지 않으며, 사천왕에게 말했다.

"필요한 건 전부 설명해줄게. 하지만, 여기는 장소가 좋지 않아. 용사의 어머니와 HAHAKO에게 포착되기 전에, 이동하자. 따라와."

"그, 그래……. 포타 양이 여기 있다는 건, 오오스키 마마코 일행도 이 근처에 있다는 거잖아……. 그리고 성가신 HAHAKO도……."

"그럼~, 일단~, 따라가볼까~?"

"음. 정체에 관해서도, 고보도 랜드에서 우리를 내팽개쳤던 것에 대해서도, 설명을 들어야 할 끼다. 호랑이를 잡으려면 호랑이굴에 들어가야 한다 아이가."

포타의 어머니는 돌아서더니, 칠흑빛 소용돌이 안으로 들어갔다. 사천왕 중 세 사람은 경계를 늦추지 않으며 그 뒤를 쫓았다.

네 사람이 모습이 사라지자, 포타만 이 자리에 남겨졌다.

"저, 저기, 엄마…… 저는, 어쩌면……."

"동료들 곁으로 돌아가렴."

차가운 목소리가 들려오더니, 칠흑빛 소용돌이가 서서히 작아졌다.

입술을 깨문 포타는 흘러내리려는 눈물을 닦은 후, 지그시 생각했다.

어머니를 쫓아, 칠흑빛 소용돌이 안으로 뛰어들 것인가.

동료들이 있는, 카산 왕국으로 돌아갈 것인가.

두 개의 행선지를 번갈아 쳐다본 포타는…… 결단을 내렸다.

어느새 해가 저물면서, 밤이 머지않았을 즈음…….

마사토 일행이 엄마 해결사 가게에 집합한 후로, 꽤 시간이 흘렀다.

테이블 석에 앉아 있던 마사토는 완전히 말라버린 찻잔 바닥을 내려다보는 것을 관두면서, 고개를 들었다.

옆자리에는 마마코가 아무 말 없이 앉아 있었다. 맞은편에는 천장을 올려다보는 와이즈와, 창밖을 지그시 응시하는 메디가 있었다.

모네는 카운터 안쪽에 틀어박혀서, 서류 정리를 하고 있었다.

한 명이 모자랐다.

"……솔직히, 너무 늦는걸. 이 근처를 둘러보고 오겠어."

"그래. 이 엄마도 같이 갈게."

마사토와 마마코가 자리에서 일어나자, 와이즈와 메디도 자리에서 일어났다. 엇갈릴 것에 대비해 모네를 가게에 남겨둔 후, 마사토 일행은 포타를 찾으러 가기로 했다.

바로 그때였다. 초인종이 경쾌하게 울렸다.

"오! 드디어 돌아왔……나?"

마사토 일행이 일제히 입구를 쳐다봤다.

현관을 통해, 커다란 보퉁이 짐이 밀어 넣어지고 있었다. 너무 큰 탓에 문에 걸려서 좀처럼 들어가지 않지만, 그래도 억지로 밀어 넣으려 했다.

"끄으응…… 세로로 집어넣을 걸 그랬데이……. 이 몸답지 않게 실수를 한 기가?"

"어? ……그 목소리는…… 프라테로냐?!"

"어, 형씨가. 오래간만이데이. 미안하지만 좀 도와도. 그쪽에서 잡아 당겨주면…… 아니, 거의 다 됐데이. 이야아아앗!"

"기, 기다려! 뭘 가져온 거야! ……설마, 위험물이냐?!"

아이들에게 이상한 배지를 나눠줬던 검은색 코트 차림의 산타클로스가, 엄마 해결사 가게에 재앙을 배달하러 온 것일지도 모른다. 마사토는 허둥지둥 그 보퉁이를 밀어내려 했지만…… 늦었다.

갑자기 보퉁이의 매듭이 풀리더니, 내용물이 눈사태처럼 쏟아져나왔다. 「위험해?!」, 「마 군?!」 마사토는 머리부터 그것들을 뒤집어쓰고 말았다.

하지만 그는 멀쩡했다. 충격이 매우 가벼웠던 것이다.

"어, 이게 뭐지?"

마사토의 머리 위에, 뭔가가 놓여 있었다. 집어 들어보니, 삼각형 모양의 천이었다.

녹색 줄무늬의, 여성용 속옷이다.

"이거, 왠지 눈에 익은데…… 아, 맞아! 와이즈의, 목요일 팬티잖아!"

"어, 정말? ……아, 진짜네. 내 거잖아."

"그렇지? 메디 것과 구별하려고, 태그 부분에 『W』라고 적어 둔 게 와이즈 거잖아. 메디는 『M』이라고 적어놨고 말이야."

"맞아. 하지만 뒤집으면 똑같으니까 계속 헷갈린다니깐……. 잠깐만. 너, 너무 잘 아는 거 아냐?"

"그래요. 지나치게 잘 아는군요."

"어, 얼마 전에! 내 세탁물에 섞여 있어서, 언뜻 봤을 뿐이야! 악의는 없었거든?!"

악의가 있든 없든 상관없나 보다. 와이즈와 메디가 끝내주는 미소를 머금은 채 다가왔다. 「푸헷?!」 마법서로 따귀를 맞고 「끄억?!」 지팡이로 정수리를 두들겨 맞았다. 결국 마사토는 다치고 말았다. 아무튼…….

마사토의 주위에는 다양한 일용품이 흩뿌려져 있었다. 속옷 말고도 잠옷, 교복, 수영복. 쌀과 된장, 간장 같은 조미료도 있었다.

"내 옷과, 엄마가 입수한 코스튬…… 평소에 쓰는 식재료도 있어……. 이건, 우리 집이잖아."

"응. 느그들 짐인 기다. 틀림없이 돌려줬데이."

"돌려줬다니…… 잠깐만 있어 봐! 이건 전부, 포타에게 맡겨뒀던 것들이잖아! ……너희들, 설마 포타에게 무슨 짓 한 거냐?!"

마사토가 자리에서 일어나며 검을 치켜들었다. 와이즈와 메다. 그리고 마마코 또한 긴박한 분위기 속에서 전투태세를 취했다. 「나는, 으음…… 피난!」 모네는 카운터 안쪽으로 들어갔다.

프라테로는 전투태세를 취한 마사토 일행을 둘러보더니, 양손을 들어 올렸다.

"……어이, 무슨 짓이야?"

"지금은 니들과 싸울 마음 없데이. ……그리고 함부로 넘겨짚지 말그라, 형씨. 우리는 포타한테 아무 짓도 안 했다."

"믿을 수 없어."

"그럼 본인한테 직접 말하라고 할 수밖에 없지."

프라테로는 그대로 물러났다. 「거기 서!」 마사토 일행은 엄마 해결사 가게에서 뛰쳐나가며 그 뒤를 쫓았다.

대로로 나가보니, 프라테로만이 아니라 아만테와 소레라도 있었다.

"너희까지…… 뜬금없이 사천왕 총출동인 거냐?"

"후훗. 그래. 맞아. 이쪽은 사천왕이, 총출동했어."

"그건 또 무슨 소리야? 의미심장한 느낌 좀 작작 내줄래?"

"정 하고 싶은 말이 있으면, 그냥 늘어놔도 되거든요?"

"흥. 그럼 내가……."

"스톱~. 아만테가 일일이 설명하는 것보다~, 본인이 등장하는 편이 빨라~. 자, 나오세요~."

아만테와 소레라가 몸을 옆으로 물러서자, 두 사람 사이에 길이 생겼다.

조그마한 체구의 누군가가, 힘찬 발걸음으로 그 길을 따라 걸어왔다.

조직의 상징인 검은색 코트를 걸치고, 숄더백을 어깨에 걸친…….

한껏 긴장된 표정의 포타였다.

"어이, 잠깐만 있어 봐……. 포타가, 왜…… 어?"

"잘 들으세요!"

당황한 마사토 일행을 향해, 고개를 꾸벅 숙인 후…….

"마사토 씨, 마마 씨, 와이즈 씨, 메디 씨! 이제까지 신세 많이 졌습니다! 저, 반항조직 리벨레의 사천왕 중 한 명이 됐어요! 저는…… 어머니를 너무나도 좋아하는 자, 『모호(母好)의 포타』예요!"

포타가, 마사토 일행의 동료를 관두고, 적으로 돌아섰다.

"으음, 잠깐만 있어 봐? ……저기, 포타. 농담하는 거지?"

"진담이에요! 저는 사천왕 중 한 명이에요! 아만테 씨와, 소레라 씨와, 프라테로 씨의 동료에요!"

"말도 안 되는군요. 말도 안 돼요. ……아하, 알겠어요. 그 배지군요. 조직의 책략에 걸려들어서, 포타 양은 세뇌당하고 만 거예요. 자, 설명해주세요."

"배지? 세뇌? 무슨 소리를 하는 건지, 모르겠는데……."

"어이, 아만테! 시치미 떼지 마! 알아서 나불나불 설명하라고! 그게 네 담당이잖아!"

"너무하네! 나는 알아서 나불나불 설명한 적이 한 번도 없거든?! 그런 담당이 된 기억도 없어!"

"그래그래~. 자각 없는 사람은~, 좀 입 다물고 있어~."

"형씨들도, 진정 좀 하그라. 놀란 건 이해하지만…… 무슨 소리를 하는 건지, 전혀 모르겠그든? 우리는 세뇌 같은 건 안 했데이."

아만테 일행은 배지나 세뇌에 대해 전혀 아는 바가 없는 것 같았다. 이해가 안 되는 상황이지만…… 추궁할 시간은 없었다.

"짐은 돌려드렸어요! 인사도 했어요! 저는, 조직의 성으로 돌아가겠어요!"

포타는 아이템을 꺼냈다. 『이(移)』라는 글자가 표시된, 전송 마법 효과가 담긴 보주 타입의 아이템이다.

"기다려, 포타! 좀 기다려보란 말이야!"

"못 기다려요! 죄송해요! 잘 있으세요!"

"포타 양! 부탁이니까 기다려주렴! ……하다못해 이 질문에만 답해주면 안 되겠니?!"

"마마 씨…… 뭐, 뭔가요?!"

"포타 양은, 우리와 함께 있는 게 싫어진 거야? 그래서 사천왕의 동료가 됐어?"

"그렇지 않아요! 저는, 마마 씨와 모두를 정말 좋아해요! ……하지만 저는…… 저는, 역시, 엄마와 같이 있고 싶어요! 그러니까!"

포타가 보주를 던졌다. 그러자 포타와 주위에 모여 있던 사천왕들이 빛으로 된 고치에 감싸였다. 눈부신 빛 덩어리가, 순식간에 어두운 밤하늘로 날아올랐다.

"엄마와 같이……? 그게 무슨 소리지?"

마사토의 질문에, 누구도 답하지 못했다. 마마코도, 와이즈도, 메디도, 할 말을 잃은 채 빛이 사라진 하늘을 응시하고만 있었다.

마사토가 모험을 시작할 때부터 쭉 동료였고, 항상 곁에 있었으며, 아까까지도 여기에 있었는데. 그 자리에는, 이제 아무도 없다.

포타가, 마사토 일행의 곁을 떠나고 말았다.

엄마
프로필
명부 1

오오스키 마마코

■연령
몇 살로 보이려나? 우후후.

■취미
마 군의 성장기록을 작성하는 거야.

■특기
굳이 따지자면, 요리나 세탁일까?

■매력 포인트
미소가 멋지다, 는 말을 들은 적이 있어.

■어릴 적에 가지고 있던 장래의 꿈
마법소녀 애니를 보고, 마법사가 되고
싶단 생각을 했어.

■좌우명
『마 군의 엄마』야. 그 말을 읊조리면,
힘이 마구 샘솟아.

■자식 교육방침
딱히 의식한 적은 없어.
매일 즐겁고, 건강히. 그리고,
모자가 사이좋게. 바라는 건 그게 전부이

■사랑하는 자식에게
마 군에게. 엄마와 함께 모험해줘서, 정말 고마워.
엄마는, 하루하루를 참 즐겁게 보내고 있단다. 마 군은 어떠니?
앞으로도 모자가 함께 멋진 모험을 하자, 마 군을 진심으로 사랑하는, 엄마가.

제2장
항상 『좋은 아침』이라고 말해주던 상대가 사라졌어. 어쩔 거냐고? 뻔하잖아.

그 성은 어디에도 창문이 없어서, 햇빛이 스며들지 않는다.

아침이 찾아왔다는 사실을 알려주는 건, 사령(死靈)들이다. 몸을 잃고도 존재하는 영체가 광대한 성안을 돌아다니면서, 마법석의 조명을 살며시 만져서 창백한 빛을 자아낸다.

벽을 자유롭게 통과하며, 개인의 침실에도 불을 켠다.

"……으…… 으응? 어어어엇?! 유, 유, 유령?!"

빛을 느낀 포타가 눈을 떠보니, 마침 눈앞에 사령의 얼굴이 있었다.

사령은 화들짝 놀란 포타를 개의치 않고, 그대로 벽을 통과해서 사라졌다.

"무, 무서웠어요……."

덕분에 잠이 확 달아났다. 일어날 시간이다.

봉제 인형으로 뒤덮여 있는 푹신푹신한 침대에서 빠져나온 후, 우선 세수를 하기로 했다.

벽 쪽에 설치된 세면대까지, 뛰어갔다.

"으으으~, 차가워요! 하지만, 정신이 확 들었어요!"

얼굴을 씻었으니, 다음은 옷을 갈아입을 차례다. 방의 반대편 벽 쪽에 있는 벽장까지 뛰어갔다. 방이 너무 넓은 탓이다.

인형탈 잠옷에서, 사천왕의 코트로 갈아입은 후…….

"숄더백도 챙겨 들고…… 다음은, 식사에요!"

이곳에는 동료가 같이 밥을 먹는 습관이 없는 것 같았다.

방 중앙에 있는 테이블에는 쟁반에 놓인 아침 식사 세트가 놓여 있다. 사령이 준비해준 것일까. 메뉴는 토스트, 햄에그, 감자샐러드와 수프다.

맛있어 보이지만, 만들고 나서 시간이 좀 지난 것 같았다.

"제가 늦잠을 잔 것 같아요! 이건 제 탓이에요! 그럼, 잘 먹겠습니다! ……으음~! 맛있어요!"

차가운 토스트를 베어 물고, 식은 수프를 한 입 마신 후…….

환하기 그지없는 목소리가, 딱 한 번. 이 넓은 방에 울려 퍼졌다.

그렇게, 포타는 열심히 식사했다. 등을 동그랗게 굽힌 채, 음식을 응시하며 먹었다.

고개를 들 필요는 없다. 누군가가 주위에 있지는 않으니 말이다.

"……괜찮아요. 저는 게임 세계에 오기 전에는 항상, 이런 식으로 혼자 밥을 먹었어요. 그러니 괜찮아요."

그렇게 우기고, 되뇌었지만…… 문득, 숟가락질을 멈췄다.

결국 침대에서 가져온 봉제 인형 네 개를 옆에 앉힌 후, 포타는 단숨에 아침 식사를 먹어 치웠다.

오늘 일정은 어제 전달받았다. 우선 회의부터 하기로 되어 있다.

준비를 마친 포타는 집합 장소인 알현실로 서둘렀다. 「조, 좋은 아침이에요!」 통로 곳곳에 서 있는 스켈레톤 기사에게 인사를 하면서, 거대한 성안을 내달리자…….

반항조직의 마크가 새겨진 커다란 문 앞에 도착했습니다.

"으음…… 좋은 아침이에요! 포타입니다! 안에 들어가도 될까요?"

그렇게 말한 후에 잠시 기다리자…….

문이 약간 열리면서, 아만테가 고개를 내밀었다.

"일일이 물어볼 필요는 없어. 포타 양은 사천왕 중 한 명이잖아. 당당히 들어와."

"아, 네! 감사해요! 실례할게요!"

말투는 엄격하지만 그 안에서 상냥함이 느껴졌기에, 조금은 기운이 난 것일지도 모른다.

알현실에는 포타 이외의 전원이 이미 모여 있었다. 「안녕~」 소레라가 느긋하게 손을 흔들었다. 「음」 프라테로는 주먹을 척 내밀었다.

어제까지만 해도 적대 관계였지만, 지금은 태도가 호의적이었다.

포타는 안도하며, 표정을 누그러뜨렸…….

"늦었네. 뭐, 딱히 상관없어."

그 목소리가 들린 순간, 훈훈한 분위기가 순식간에 사라졌다.

단상에 자리에 옥좌에, 마왕이라 불러도 과언이 아닌 기운을 뿜는 존재가 있었다.

갑옷을 입고, 그 위에 코트를 걸쳤으며, 팔걸이에 얹은 손으로 턱을 괸 그 존재는, 직속 부하인 사천왕조차 안중에 없었다. 그야말로 고고한 마왕이다.

"저기…… 어, 엄마…… 좋은……."

"중요한 용건이 있으면, 짤막하게 부탁해."

아침 인사가 중요한 용건일까…… 그건 아닌 느낌이 들었다. 포타는 입을 다물며 고개를 숙였다.

그러자 다른 사천왕들이 포타의 주위에 모여들었다. 「꼬옥~」, 「어……?」 소레라가 뒤에서 안아줬다. 프라테로는 아무 말 없이, 포타를 등으로 감싸듯이 섰다.

아만테는 포타의 어깨를 가볍게 두드린 후, 단상을 노려보았다.

"저기, 마스터. 좀 이르지만, 제안을 하나 해도 될까?"

"말해봐."

"우리가 이렇게 한자리에 모인 건, 이번이 처음이야. 그러니 우선, 자기소개를 해야 한다고 생각해. 어때?"

"필요 없어. 나는 너희에 대해 알고 있거든."

"마스터는 그렇겠지만, 우리는 마스터의 정체를 몰라. 그러니……."

"나는, 반항조직 리벨레의 창설자이자 지배자. 이름은…… 그래……. 죽은 어머니가 도달하는 명계의 주인, 『명모(冥母)

하하데스』인 걸로 해두겠어."

대충 주위를 둘러보면서, 문뜩 떠오른 생각으로 짠 듯한 자기소개를 늘어놨다.

아만테는 불쾌감을 드러냈다.

"정보가 충분하지 않은걸. 나는 마스터가 진짜로 포타 양의 모친인지를 명확하게 해줬으면 하는데 말이지."

"호적상으로는 그렇게 되어 있어."

"호적상, 이라니…… 말이 좀 그렇지 않아? 더 나은 표현이 있잖아. 눈앞에 자식이 있는데, 어떻게……!!"

"저는 괜찮아요!"

포타는 갑자기 아만테의 코트를 잡아당기며 말렸다. 그리고 힘차게 고개를 저었다. 전혀 신경 쓰지 않는다는 듯이 말이다.

"괜찮다니, 그럴 리가……."

"아만테~. 그쯤 해둬~."

"듣는 이의 입장에서 생각해보그라. 괜히 소동을 일으키면 어쩌자는 기고."

"……그래. 알았어."

소레라와 프라테로도 말리자, 아만테는 투덜거리며 입을 다물었다.

자기 발언 탓에 이런 소동이 벌어졌는데도, 명모 하하데스는 쳐다보지도 않았다.

"너희 용건은 끝났지? 그럼 지시를 내리겠어. 우선 이 성의 방비를 더욱 철저하게 해. 즉시 말이지."

"방비를 철저하게 하라니~, 누가 쳐들어오기라도 하는 거야~? ……아~, 맞다~. 마스터의 수배지가 나돌고 있지~."

"하지만 이 성은 도달 불가능한 장소에 있데이. 아무도 못 올 기다."

"나를 잡고 싶어 하는 건 운영 측이야. 설정을 변경할 가능성도 있어. ……게다가, 운영 측에서 버거워하는 문제를, 말도 안 되는 방법으로 해결하는 사람들도 있거든."

""""아…….""""

누구를 말하는 건지, 사천왕들도 각자의 체험을 통해 이해한 것 같았다.

"빠르든 늦든, 상대는 이곳에 도착할 거야. 하지만, 너무 빠르면 곤란해. 내 계획이 어중간하게 끝나지 않도록, 시간을 벌 필요가 있어. ……그러니, 서둘러……."

"네! 제가 함정을 잔뜩 깔아서, 아무도 엄마에게 다가가지 못하도록 할게요! 저한테 맡겨주세요!"

포타는 이때라는 듯이 힘차게 손을 들었다.

명모 하하데스는 약간 놀란 듯이 눈을 살짝 치켜뜨기만 할 뿐, 쳐다보지는 않았다. 그래도 포타는 더욱 힘차고, 더욱 큰 목소리를 냈다.

"……쳐들어오는 건 네 예전 동료들이라고 말한 건데 말이지."

"네! 잘 아는 만큼, 어떻게 될 거라고 생각해요! 저는 지금 사천왕이니까, 제 역할을 힘내겠어요!"

"그래……. 그럼, 하고 싶은 대로 해."

"알겠어요! ……으음…… 이, 모호의 포타가, 엄마를 지키겠어요! 지켜봐 주세요!"

힘찬 목소리로 자기가 사천왕이라고 말한 포타는 그대로 돌아서더니, 서둘러 알현실 밖으로 뛰쳐나갔다.

포타를 쳐다보지도 않으며 적당히 주위를 쳐다보고 있던 명모 하하데스는 불쑥 입을 열었다.

"나는 저 아이에게, 어머니를 상실한 자란 의미의 『모상(母喪)』이라는 이명을 내렸는데…… 모호, 는 대체 뭐지?"

"포타 양이 직접 자기한테 붙인 이명이야. 어머니를 너무나도 좋아하는 자, 라는 의미라네."

"개인적으로는~, 안 쓰는 편이 좋을 것 같긴 해~."

"음. 사천왕의 직함에는 걸맞지 않데이. ……무엇보다 이딴 엄마를 좋아하다니, 포타는 제정신이 아닌 게……."

"입 다물어."

명모 하하데스의 무시무시한 시선과 프라테로의 멍한 시선이 정면에서 부딪치더니, 어느 한쪽도 물러나지 않았다.

"호오. 이 몸과는 시선을 마주할 수 있는 기가. ……그른디, 어디가 마음에 안든 기고? 이딴 엄마라는 부분? 아니면, 포타를 험담한 것? 엄마다운 짓은 전혀 하지 않으면서, 엄마로서 화내는 기가?"

"입 다물라고 했을 텐데? ……괜한 소리 할 여유는 없어. 너희도 작업에 착수해. 순순히 명령에 따른다면, 그 무례한 태도는 불문에 부치겠어."

"따르지 않겠다면, 어쩔 긴데? 벌이라도 줄기가?"

"……정말 태도가 불쾌하네. 무슨 속셈이야?"

"무슨 속셈, 이냐고?"

"그건 우리가 할 말이야~."

명모 하하데스와 프라테로의 눈싸움에, 아만테와 소레라도 난입했다.

"너는 아직 우리에게 설명한다는 책임을 다하지 않았어. 고보도 랜드에서, 우리가 아직 남아있는데도 조직의 아지트를 바다에 잠기게 하려고 했지? 대체 무슨 속셈이야?"

"운영 측의 조사 해석이 예상보다 빨랐어. 활동 증거를 넘겨주지 않기 위해, 서둘러 소거할 필요가 있었던 거야. 촌각을 사투는 사태였어. 배려가 부족했던 점은 사과할게."

"그럼~, 그 후~, 우리가 몇 번이나 불렀는데도 응답하지 않은 건~, 어째선데~?"

"마찬가지로, 운영 측의 수사를 피하기 위한 작업에 쫓기고 있었어. 응답할 짬이 없었던 거야. 그 점에 대해서도 사과할게."

"말뿐인 사과데이."

"자, 설명은 이걸로 끝이야. 내 지시에 따라……."

"헛소리하지 마."

사천왕 중 세 사람은 명백한 적의가 담긴 눈길로, 명모 하하데스를 응시했다.

"일일이 말할 필요는 없겠지만, 이쪽의 태도를 확실히 해두겠어. ……우리는, 우리가 받는 취급에 납득 못 해. 너한테 반감을 품고 있어."

"어머나, 참 말귀 어두운 부하들이네."

"당연하다 아이가. 안 그래도 우리는 어머니에게 반항하는 조직의 사천왕이데이."

"질색하는 어머니에게 이래라 저래라 명령을 받고~ 순순히 따를 우리가 아냐~."

"하긴, 그것도 그래. 너희가 옳아. 조직의 이념을 제대로 수행하고 있어. ……그럼, 이렇게 하자."

명모 하하데스는 슬며시 손을 들어 올렸다.

그러자 포타의 가방보다 훨씬 거대한, 괴물이 머리 같은 형태의 숄더백이 그녀의 머리 위에 출현하면서 입을 벌렸다.

그 순간, 검과 칼, 창과 도끼 같은 대량의 무기가 튀어나와서 아만테 일행을 포위했다. 예리한 끝부분이 그녀들의 목젖에 겨눠졌다.

"이건……."

"내 원래 직업은, 상인이야. 모친 보정 효과로 무기, 방어구, 아이템을 무제한으로 소지할 수 있지. 또한, 이런 식으로 사용할 수도 있어."

"뭐든 쓸 수 있는 거야~?! 진짜 약아빠졌네~!"

"진정하그라, 소레라. 모든 무기를 쓸 수 있더라도, 명중시키지 못하면 의미가 없데이. ……그렇제, 아만테?"

"흐흥. 맞아. 나한테는 그 어떤 공격도 안 통해. 이딴 건 전부 튕겨내……!"

"할 수 있을까?"

명모 하하데스가, 읊조렸다.

트레이디느
"보상판매."

그 순간, 아만테 일행의 몸에서 혼과 흡사한 빛이 빠져나갔다.

그 빛은 사전 같은 서적으로 변하더니, 숄더백 안으로 빨려 들어갔다.

"어? ……이번에는 뭘……?"

"반사, 능력 저하, 모친에 대한 특수 공격 보정…… 너희가 소유하고 있던 고유 스킬을 스킬 서적으로서 매입했어."

"무슨 소리를 하는 거야~? 스킬은 사고팔 수 있는 게 아니거든~?"

"가능해. 나는 상인이거든. 온갖 것들을 거래 대상으로 삼을 수 있어. ……아, 그래. 매입 금액을 줘야겠네. 매입 가격은…… 이 정도려나."

숄더백에서 1맘 동전 세 닢이 툭 하고 나오더니, 사천왕들의 발치로 굴러갔다.

"맙소사…… 어이, 아만테."

"저기, 아만테~!"

"어?"

프라테로는 아만테의 배에 펀치를 날렸다. 「끄억?!」 공격이 명중. 반사되지 않았다.

소레라도 아만테의 머리를 때렸다. 「아얏?!」 공격이 명중했다. 반사되지 않았다.

"어어어, 어~쩌지~?! 진짜로 스킬이 사라졌네~?!"

"그런 것 같네. ……두 번이나 확인할 필요는, 없었다고 생각하지만, 말이야."

"아무튼, 우리는 싸울 힘을 잃었데이. 한 방 먹은 기다. ……이제 어쩔 기고? 우리를 힘으로 제압한 후, 명령을 내릴 기가?"

"그래. 내 말에 따르도록 해. ……너희는 조직의 사천왕으로서, 이곳에서 해야 할 일을 하는 거야. 내 지시를 완벽하게 수행한다면, 스킬을 돌려주겠어. 할 말은 이게 다야."

공중에 떠 있는 무기들이 완전 포위를 풀더니, 알현실 출구로 나갈 수 있게 길을 만들었다. 나가라, 는 의미다.

"……마지막으로 하나만 물어도 될까? 오오스키 마사토 일행이 배지니, 세뇌니, 같은 우리가 알지도 못하는 소리를 하던데……."

"현재 내가 직접 주도하면서, 이 세상에서 어머니란 존재를 제거하기 위한 작전을 실행 중이야. 하지만 너희는 그 작전에 관여할 필요 없어. 괜히 끼어들었다가 실패하기라도 하면 곤란하거든."

"어머머~. 방해꾼 취급이네~. ……즉~, 우리 셋 다~, 버림받은 거구나~."

"바라던 바데이. 오히려 속이 다 시원하다 아이가. 흥."

사천왕 중 세 사람은 강한 어조로 그렇게 말하며 알현실에서 나갔다.

그 뒷모습을 응시하는 명모 하하데스가 마치 자조하듯 웃고 있다는 것은, 누구도 눈치채지 못했다.

알현실을 나선 세 사람은 동시에 한숨을 내쉬었다.

"……설마, 마스터가 진짜로 포타 양의 어머니일 줄이야. 뜻밖이야."

"맞아~. 포타 양을~, 딱히 신경 쓰는 것 같지는 않아서~, 그냥 가족이려나 했는데…… 설마 엄마일 줄이야~."

"그리고 모친이면서, 세상에서 모친을 없애기 위해 활동하고 있데이……. 대체 무슨 생각인 기고……."

불쑥 멈춰선 프라테로는 뒤편에 있는 알현실의 커다란 문을 응시했다.

물론, 의문의 답을 찾지 못했다.

"모르는 걸로 치면, 포타 양에 대한 태도도 그래."

"맞아~. 저게 무슨 엄마야~. 말도 안 돼~. 포타 양이~, 그렇게 좋아한다는 걸 어필하는데~, 눈도 마주하지 못하잖아~?"

"그렇지만, 대우는 또 나쁘지 않데이. 방도, 사천왕의 코트도, 원래 포타 용으로 준비되어 있었던 것 같다 아이가. 전에 박살 난 아지트에도 같은 방이 있었제?"

"맞아……. 마스터는 애초에 포타 양을 사천왕 중 한 명으로 만들 생각이었던 것 같아. 하지만, 데려온 후로는 태도가 너무 차갑다니깐. ……하아, 대체 뭐 하자는 거야!"

우연히 거기 있었을 뿐인 죄 없는 스켈레톤 기사가, 아만테의 화풀이 주먹질에 맞고 머리가 날아갔다.

하지만 생명에는 지장이 없다. 원래 죽은 존재인 것이다. 몸이 서둘러 머리를 쫓아갔다.

"어머나~. 기분이 안 좋나 보네~. 뭐, 심정은 이해하지만……. 그래도 말이야~."

"모르는 걸 계속 생각해봤자 소용없데이. 이럴 때는 심플하게 생각하는 기다."

"……응. 그래. 후후후."

짜증을 커다란 한숨과 함께 토해낸 아만테는 악랄한 웃음을 흘렸다.

"적어도, 마스터가 모친이라는 건 확실해졌어. 게다가 우리를 바보 취급한, 정말 짜증나는 모친이야. 그렇다면, 우리들 사천왕이 해야 할 일은 정해진 거나 마찬가지잖아."

"그래~. 무지막지하게 짜증나는 모친이 무슨 짓을 꾸미고 있다면~?"

"당연히, 방해해 줘야겠제?"

소레라와 프라테로도 악랄한 미소를 머금었다.

"저딴 어머니를 지키려 하는 포타 양을 어떻게든 설득하고 싶지만, 그건 미루자. 우선 마스터의 작전부터 방해하는 거야."

"마스터는~, 이 성에 쳐들어오는 사람을 경계하는 것 같던걸~. 그럼~."

"아예 초대해주는 기다."

"그럼 일반적인 이동 방법으로는 도달이 불가능한 이곳에, 마스터가 가장 경계하는 사람을 안내하고 싶은데…… 그런 게 가능한 사람이 이 근처에 있을까?"

아만테가 통로 구석을 쳐다보며 그렇게 말했다. 그곳에는 아무도 없지만…….

바닥 부분이 녹은 설탕처럼 솟구치더니, 인간의 모습으로 변화했다.

마마코의 얼굴, 마마코의 머리카락, 마마코와 똑같은 몸에, 검은색 원피스를 걸친…….

마마코를 본뜬 특수한 존재, HAHAKO가 나타났다.

"어떻게 안 걸까……. 아, 그래. 이게 부모 자식 간의 이신전심인 거구나. 우후후."

"아니거든? 이제까지 실컷 쫓겨 다닌 덕분에, 기척을 느낄 수 있게 된 거야. ……그것보다……."

"응. 맡겨주렴. 포타 양의 어머니가, 가장 경계하고 있을 인물…… 마마코 씨와 일행을, 이곳으로 안내할게."

"크크큭. 맞아. 오오스키 마마코 일행을 여기로…… 어?"

"적으로서 싸운 상대를 초대한다니, 참 친절하네. 어느새 그렇게 친해진 거니? 참 멋진 일이야. 우후후. 다들, 참 착한 아이구나."

HAHAKO는 기쁜 듯이 미소 짓더니, 다시 바닥으로 녹아 들어갔다.

"으음…… 마스터의 적은~, 조직의 적이고……."

"우리한테 있어서도, 가장 경계해야 하는 적이데이……."

"그런 적을 여기로 초대하다니…… 우리, 바보 아냐?"

멍하니 서로를 쳐다보던 사천왕 중 세 사람은 「「「……바보 맞네……」」」 뻔히 알고 있는 대답을 입에 담으며, 고개를 푹~ 숙였다.

한편, 그 즈음…….

"……이게, 어떻게 된 거죠?"

"보는 대로의 상황입니다만, 왜 그러시죠?"

마사토는 정체불명의 수녀 시라아세의 무릎을 베고 누운 채, 그녀의 시선을 받고 있었다.

뒤통수를 통해 다섯 살 된 딸이 있는 다른 집 어머니의 허벅지 감촉이 느껴졌다.

'……이게 뭐지? 무슨 일이 일어난 거야?'

상황을 정리할 필요가 있을 것 같다.

마사토의 현재 위치는 카산 왕도 여관의 한 방이다.

언뜻 주위를 둘러보니…… 벽에 기대선 채, 차가운 눈길로 마사토를 쳐다보고 있는 와이즈와 메디가 보였다.

오늘은 다들 일찍 일어나서 일찍 아침을 먹었고, 지금은 오전 중이다.

'포타를 찾으러 가고 싶지만, 어디에 가면 좋을지 몰랐지…….'

동료들은 각각 흩어져서, 하염없이 불안을 참고 있었다.

마사토는 침대에 드러누워서 눈을 감은 채, 포타가 무사하기를 빌었다.

'그래. 바로 그때였어.'

마마코가 『마 군, 잠시 괜찮니?』 하고 말을 걸어오더니, 마사토의 머리를 들면서 그의 머리맡에 앉았다. 무릎베개를 해주려는 것 같았다.

고민에 잠긴 마사토를 걱정해주는 것이다.

마사토는 일일이 대응하는 게 귀찮아서, 좋을 대로 하라는 듯이 내버려 뒀지만…… 왠지, 평소와 감촉이 다르다는 느낌이 들어서 눈을 떠보니…….

"이참에, 귀 청소도 해드릴까요?"

냉철한 눈길로 자신을 지그시~ 내려다보고 있는, 시라아세의 얼굴이 눈에 들어왔다. 역시 그녀였다.

마마코는 침대 옆에 서 있었다. 약간 미안한 듯이 미소 짓고 있는 것을 보면, 시라아세와 짜고 이런 일을 벌인 것 같았다.

상황을 이해한 마사토는 천천히 몸을 일으켰다.

"……고마워요. 신세 졌네요."

"흐음, 차분한 반응이군요. 발끈할 거라고 생각했습니다만……."

"미안하지만, 그럴 기분이 아니라서요."

"그렇군요……. 그렇다면…… 마사토 군, 이를 악무십시오."

"네?"

시라아세는 손을 치켜들더니, 그대로 마사토의 볼을 때렸다.

마마코도, 와이즈도, 메디도, 따귀를 맞은 마사토도, 얼이 나간 채 시라아세를 응시했다.

"마사토 군! 이게 무슨 꼴입니까! 와이즈 양도, 메디 양도, 얼이 나가 있을 때가 아닐 텐데요! 정신 차리십시오!"

시라아세가 진심으로 화난 목소리는 처음 들었다. 표정 또한 분노로 가득 차 있었다.

고통보다도, 놀라움보다도, 그 말 자체가 마사토 일행의 마음속 깊은 곳까지 스며들었다. 활력이 서서히 돌아오는 것 같았다.

"그, 래요……. 맞아요!"

"우리가, 이렇게 가라앉아 있어봤자……!"

"상황은 호전되지 않……!"

"제가 이렇게 찾아왔는데 눈치 못 챈 걸로 모자라 제대로 상대해주지 않다니, 이게 무슨 꼴입니까! 제대로 신경써 주십시오!"

"어엇?! 그거 때문에 화난 거예요?!"

"화나고말고요! 저는 오늘도 할당량을 달성하기 위해, 여관의 현관 앞에서 관에 들어간 채 기다리고 있었습니다! 그런데, 한 시간가량 흘렀는데도 나오지도 않다니……!"

"시체로 등장하는 게 무슨 할당량이에요……."

"게다가! 기다리고 기다린 끝에 겨우 소생됐더니, 저를 소생시킨 이는 지나가던 생면부지의 힐러 씨였습니다! 당연히 여러분일 줄 알고 평소처럼 인사했더니 『어, 누구?』 하는 느낌의 서먹한 태도를 취하더군요! 그때는 정말 부끄러웠어요! 너무 부끄러운 나머지, 다시 죽을 뻔했죠!"

"그건 우리 탓이 아니라고 생각하는데요."

"뭐, 그건 그렇습니다. 제가 경솔한 행동 탓이죠. 에헷."

평소처럼 태연한 표정을 지은 시라아세가 마사토의 볼을 매만졌다.

"어떻게 하면 이 무거운 분위기를 풀 수 있을지, 저 나름대로 생각해봤습니다만…… 손찌검은 과했습니다. 죄송합니다."

"동기가 너무 불순하지만…… 뭐, 됐어요. 덕분에 정신이 들었거든요."

"마마코 씨에게도 사과해야만 하겠군요. 소중한 아드님에게 심한 짓을 했습니다. 정말 죄송합니다."

"아냐……. 원래라면 제가 아이들이 기운을 낼 수 있도록 한마디 해야 했어. 하지만 나는, 도저히 그럴 수가 없어서…… 시라아세 씨가 큰 도움이 됐어."

"그렇습니까. 제가 도움이 된 거군요. 그럼, 이제 신경 쓰지 않겠습니다. 저는 앞으로도 이렇게 실없이 굴 것을 약속드리죠. 후후후."

민폐를 끼치는 이야기긴 하지만, 덕분에 가라앉아 있던 기분이 조금은 풀린 것도 사실이다.

마사토 일행은 자세를 바로 고치더니, 다시 시라아세를 맞이했다.

"이렇게 시라아세 씨가 왔다는 건, 뭔가 중요한 정보를 알려주러 온 거죠? 부탁드릴게요.”

“물론이죠. ……포타 양의 이탈로 여러분이 바보처럼 얼이 나가 있는 사이, 마마코 씨에게서 자세한 이야기를 들었습니다.”

“말이 심하잖아. 뭐, 부정은 안 하겠지만~.”

“우선 포타 양이 여러분의 동료를 관두게 된 이유…… 포타 양의 어머니에 관해 알려드리겠습니다.”

시라아세는 품속에서 종이 한 장을 꺼내더니, 테이블 위에 뒀다. 포타 어머니의 초상화가 그려진 수배지였다.

“이 사람이, 포타의 어머니……?”

“성함은 『홋타 사오리』 씨. 포타 양의, 친어머니이자…… 『MMMMMORPG(가제)』의 프로듀서를 맡고 계신 분입니다.”

“……네?”

뜻밖의 직함이었기에, 마사토의 사고회로가 한순간 정지됐다.

“포타의 어머니가 이 게임의 프로듀서였다니, 사실인가요?”

“사실입니다. 본작은 『마더의, 마더에 의한, 마더를 위한』 MMORPG이기 때문에 저 같은 말단 직원을 비롯해, 자식을 둔 어머니가 우선적으로 기용되어 왔습니다. 직장에서 여성이 활약할 기회를 늘리고 싶다, 라는 운영자인 정부 측의 의향이기도 합니다만…… 홋타 씨는 경험과 실적을 평가받아 선출된 듯합니다. 즉, 『자수성가』 타입의 프로듀서죠.”

“아이를 키우면서 프로듀서로서도 성공했다는 거야? 대단하네.”

“상당한 노력을 하셨겠군요. 모친 프로듀서인가요…… 아,

그러고 보니…… 부모 자식이 2인 1조로 참가하는 게 기본 조건인데도, 포타 양이 혼자 참가할 수 있었던 건, 혹시……?"

"뭐, 그 예측이 맞습니다. 입장상 다소의 억지를 밀어붙일 수 있을 테니까요. ……하지만, 홋타 씨는…… 그와는 별개로 은밀히 엄청난 일을 벌인 탓에, 이런 사태가 벌어지고 말았습니다."

시라아세는 수배지를 손가락으로 두드렸다.

"홋타 씨는 은밀하게 게임 안에 어떤 조직을 만들어서, 어머니들을 게임 세계에서 배제하기 위한 다양한 활동을 해왔습니다. 그 조직의 이름은 반항조직 리벨레입니다."

마사토 일행이 숨을 삼키자, 시라아세는 그들을 둘러보며 말을 이었다.

"홋타 씨가 조직의 주모자…… 그 사실을 안 운영 측은 사정 청취를 위해 홋타 씨의 신병을 확보하려 했습니다. 하지만 한발 늦은 탓에, 그녀는 이 게임 세계로 도망쳐서 자취를 감추고 말았죠."

포타의 어머니가 조직의 흑막. 게임 세계로 도망쳐서 행방불명.

"그 시점에서 저도 즉시 여러분의 곁으로 향할 생각이었습니다만…… 이런 부적절한 조치의 중단과 앞으로의 대응에 대해 협의하다 보니, 늦어지고 말았습니다. ……자식이 이것을 보고, 어떤 생각을 했을지…… 배려가 부족했군요. 분노조차 느낄 지경입니다."

포타는 수배지를 보고, 어떻게든 연락을 취해 어머니의 곁으로 향한 것이다.

그리고 어머니와 함께, 반항조직 리벨레에 들어가기로 결심했다.

"아아, 그래……. 모험가 길드에서 숨기고 있던 게, 이거구나……. 그렇게 된 거였어……."

포타의 행동을 이해한 마사토는 천천히 침대에 쓰러지듯 누웠다.

그리고 천장을 올려다보며, 납득했다.

"포타는 쭉 어머니 없이 여행을 해왔으니까…… 만나고 싶어질 만도 해."

"마사토는 마마코 씨와 쭉 함께였고, 나와 메디와 엄마와 함께 다닌 적이 있으니까…… 포타가 어머니를 그리워하는 것도 무리는 아냐."

"설령, 모든 사건의 흑막일지라도…… 쫓기고 있다면, 곁에서 힘이 되어주고 싶다는 생각이 들겠죠."

"맞아……. 포타 양은 참 솔직한 아이니까…… 자기 마음에 솔직히 따르며, 어머니의 곁으로 바로 뛰어갔을 거야. 상황을 알게 되니, 조금 안심이 돼."

마마코는 상냥하게 미소 짓더니, 마사토의 머리를 쓰다듬어줬다. 「하지 마」, 「우후후. 미안해」 우리 애도 좀 더 솔직해졌으면, 하고 생각하고 있는 걸지도 모른다.

사이좋은 부모 자식의 모습을 보자, 이 자리에 있는 이들의 표정이 누그러졌지만…….

“이걸로 만사 해결, 인 건 아닙니다. 내버려 둘 수 없는 문제가 남아 있으니까요.”

시라아세가 냉철한 어조로 그렇게 말하자, 모두의 표정이 다시 굳어졌다.

“그래요. ……모녀의 재회는 잘된 일이지만, 부모 쪽이 좀……. 부모 자식끼리 오붓하고 행복한 시간을 보내시길, 하고 끝낼 수는 없으니까요……. 영차.”

마사토는 반동을 주며 힘차게 몸을 일으켰다.

“여기서 골머리를 썩여봤자, 아무것도 해결 안 돼. 일단 포타 모녀를 만나러 가자.”

“그럴 수밖에 없겠네. 만나서 이야기를 나눠본 후, 앞으로 어떻게 할지 생각하자. 무계획적 될 대로 되라 작전이야!”

“우선 인사부터 하도록 하죠. ……빈손으로 찾아가는 것도 실례일 테니까…….”

“그래. 만일의 사태에 대비해, 장비를 철저하게…….”

“인사용 과자를 챙겨가야만 하겠는걸. 아만테 양들도 먹을 테니, 두 상자 정도는 필요하려나?”

“어이, 엄마. 무슨 소리를 하는 거야. 과자를 들고 적진에 쳐들어갈 생각이야?”

“그것보다, 포타 모녀가 있는 곳에 갈 방법은 생각해뒀습니까?”

시라아세가 냉철한 어조로 그렇게 묻자…….

마사토 일행은 빙긋 웃었다.

"그야, 뭐, 시라아세 씨가……."

"맞아. 이렇게 당당히 나타난 걸 보면……."

"이미 어디 있는지 파악……."

"모릅니다만?"

시라아세가 태연한 어조로 그렇게 말했다. 「「「……네?」」」, 「모릅니다」 두 번이나 말했다.

"긴급한 사태라는 건 잘 알고 있습니다. 하지만 세상일이라는 건 그렇게 뜻대로 돌아가지 않는 법이죠. 안 그렇습니까?"

"그야, 뭐……."

"게다가 당신들은 용사 일행입니다. 스스로 생각하고, 고생을 거듭한 끝에, 겨우겨우 길을 개척해서, 앞으로 나아간다…… 그게 용사의 모험이 아닐까요? 타인의 힘에 의지해, 안이하게 매사를 진행해도 되겠습니까? 마사토 군, 어떻게 생각하죠?"

지당하기 그지없는 말이었다.

완전히 남에게 의지할 생각이었던 마사토는 그런 자신을 부끄럽게 여기며, 고개를 숙인 채 입술을 깨물었다…….

"그래요……. 저희는, 저희의 힘으로……."

"—라는 엄격한 소리를 하면서도, 실은 이미 손을 써뒀습니다. 슬슬 시간이 되었다고 생각합니다만…… 아아, 오셨군요."

"네?"

갑자기 방구석의 바닥이 솟아오르더니, 마마코와 똑같은 모습으로 변했다.

"앗, HAHAKO 씨?!"

"안녕. 타이밍은 괜찮았어?"

"최고의 타이밍입니다. ……그런데, 일은 어떻게 됐습니까?"

"잘 풀렸어. 시라아세 씨의 의뢰대로, 포타 양의 어머니가 있는 곳을 찾았다니깐. 포타 양도 거기 있어. ……지금 바로 안내할 수 있는데, 어떻게 할래?"

그렇게 말한 HAHAKO는 마사토를 향해 미소 지었다.

"이러쿵저러쿵하면서도 실은 이미 수단을 마련해놓다니…… 시라아세 씨는 정말 약았어요. 좋은 의미에서요."

"운영 측의 실수로 폐를 끼치고 말았으니까요. 그것을 사과하는 의미에서 손을 써뒀습니다."

"알았어요. 그럼 감사하는 마음으로, HAHAKO 씨의 안내에 따라 이동하겠어요."

"아, 또한 다른 이의 어머니인 제 무릎을 벤 마사토 군에게는 특별히 【엄마의 무릎베개 마스터】 칭호도 선물해드리……."

"그건 필요 없어요." 단호.

칭찬을 해주면 바로 기어오르는 시라아세에게서 돌아선 후, 출발 준비를 시작했다.

"그럼 출발하자. 준비는 됐지?"

"응. 과자 선물 세트도 두 상자 챙겼어."

"엄마는 진짜로 과자를 지참할 생각인 거냐고……. 그래도 생각하기에 따라선 잘됐네. 엄마가 양손에 과자를 들고 있으면, 무기를 쥘 수 없을 거잖아."

"전투는 우리한테 맡기는 거구나. 우리만 믿어."

혹시나 하는 마음에 각자 회복 포션 등을 챙기면서, 만반의 준비를 마쳤다.

"그럼 여러분, 부디 조심하시길."

"시라아세 씨는 같이 안 가나요?"

"저는 이곳에 남아서 아이들의 부자연스러운 급성장에 대처하겠습니다. 모네 양이 주의 환기 전단을 만들어서 배포하고 있습니다만, 그것만으로는 막을 수 없을 테니까요."

"아, 맞다. 그 일도 있었지. ……진짜 문제투성이네……."

"근본적인 문제를 해결하면, 이쪽의 문제도 자연스럽게 해결될 겁니다. 그러니……."

"알았어요. 그 문제도 포함해, 어떻게든 해보겠어요. ……그럼, 다녀오겠습니다."

바닥에서 자라난 수많은 새하얀 손에 감싸인 마사토 일행은 아래로 가라앉았다.

그것은 게임 세계에서 독자 발생한 HAHAKO만이 가능한, 데이터 안을 잠행하는 이동법이다. 「이게, 뭐야……」, 「바닥없는 늪에 빠져드는 느낌, 이랄까……」 처음으로 느껴보는 감각이기에, 일행의 얼굴은 새파랗게 질린 것 같았다.

그런 그들의 모습이 시야에서 사라질 때까지 배웅한 후, 시라아세는 가볍게 한숨을 내쉬었다.

"그럼, 이쪽도 서둘러 행동을 시작하도록 할까요. 우선 엄마 해결사 가게에 가서, 모네 양과 정보 공유를 해야겠군요."

시라아세는 방을 나선 후, 여관 밖으로 나갔다.

그리고 한 걸음 내디딘 순간…….

"어머……?"

발을 디딘 장소가 기울어지더니, 아래쪽으로 주르륵 미끄러졌다.

여관 앞의 길이 움푹 파이더니, 구덩이 같은 게 생겼다. 시라아세는 그 안으로 미끄러진 것이다.

"이건……?"

"어이~, 수녀 누님. 괜찮아? 밧줄 내려줄 테니까, 잡으라고. 자."

지나가던 생선가게 앞치마를 한 남성이 시라아세를 꺼내줬다.

"감사합니다. 폐를 끼쳤군요. ……그런데, 이게 대체……?"

"나도 잘 모르겠지만, 여기저기서 일어나나 봐. 여기처럼 지면이 갑자기 움푹 파이나 보더라고."

"거참 이상한 이야기군요……."

"이상한 이야기긴 해. ……아, 그러고 보니…… 오늘 아침에 물고기를 잡으러 나갔을 때, 바다에서도 이런 구덩이가 생긴 걸 봤어. 범위는 작지만, 바다 일부가 움푹 파여 있지 뭐야."

"바다가 파이다니…… 상상하기 어렵습니다만……."

"뭐, 내가 잘못 본 걸지도 몰라. 아무튼, 발치를 조심하면서

걸으라고."

남성은 환하게 웃으면서 사라졌다.

"흠. 묘한 이야기군요. 이것도 사건일까요……. 뭐, 두 마리 토끼를 잡으려나 한 마리도 못 잡는다는 말도 있으니…… 우선 예정대로, 아이들의 부자연스러운 급성장에 먼저 대처하도록 할까요."

일단 이 건은 머릿속 한편에 담아두기만 하기로 한 후…….

시라아세는 엄마 해결사 가게로 향하「어머?」려다, 또 미끄러지고 말았다. 어느새, 소리 없이 두 번째 구덩이가 생겨난 것 같았다.

그것은, 이 사태가 착실히 진행되고 있다는 증거였다.

마사토 일행은 고속으로 이동하고 있었다.

"바닷속 산책처럼, 데이터의 바다를 멋지게 이동……할 수 있다면 좋을 텐데 말이야."

"굳이 따지자면 심해 산책일까요. 주위가 어두컴컴해서 아무것도 안 보이는군요."

"어쩔 수 없어. 여기는 데이터 공간인걸."

세상을 구성하는 데이터 영역, 그러니까 게임 세계의 이면을 몰래 나아가고 있는 것이다.

형태나 색깔이 표현되지 않는 게 당연했다.

"배경 그림 뒤편을 나아가는 느낌일까……. 게임 세계가 창

조물이라는 걸 보여주는 것 같아서 말로 형용할 수 없는 기분이 들지만…… 뭐, 참을 수밖에 없겠네."

"저기, HAHAKO 씨. 앞으로 얼마나 더 가야 해?"

"거의 다 왔어. 이제 1초쯤 남았을까? 자, 도착."

"어, 빠르……."

마사토가 그 말을 끝까지 잇기도 전에, 목적지에 도착한 것 같았다.

횡 이동을 하던 감각이, 상승 이동을 하는 감각으로 바뀌었다. 마사토 일행은 천천히 떠올랐다.

새하얀 손으로 된 고치에서 풀려나자…… 마사토 일행의 눈에는 창백한 빛에 비친 현관홀이 들어왔다.

"여기는…… 왠지 분위기가 카산 성의 입구와 비슷한 것 같지 않아?"

"맞아. 여기는 성이야. 포타 양의 어머니…… 홋타 사오리 씨, 명모 하하데스라 자칭한 사람의 성, 하하데스 성이야."

"명모 하하데스? ……거창한 이름을 붙였네……."

"게임 세계라고 좀 오버한 걸까요. 누구라고 말을 못 하겠지만, 와이즈 양의 어머님과 같은 계통의 분일지도 모르겠군요."

"이미 말했잖아! ……그래도 사실이긴 해. 우리 엄마, 대놓고 『내가 밤의 여제야!』 하고 떠벌리고 다녔거든. 부끄러워서 죽는 줄 알았다니깐. ……그건 일단 제쳐두자. 저기, HAHAKO 씨. 이제부터 어쩔 거야?"

"협력자가 있으니까, 우선……!"

무슨 말을 하려던 순간, HAHAKO의 등 뒤에서 홀연히 칠흑빛 소용돌이가 생겨났다.

그 소용돌이 안에서, 경비용 노란색 테이프 같은 것이 뻗어 나오더니, HAHAKO의 몸에 휘감겼다.

"어이! 뭐 하는 거야!"

"이건…… 프로듀서 권한에 의한 조치야. 내 행동이 제한되고 말았어. 아무래도 이건 간단히 해제할 수 없겠네."

"프로듀서 권한…… 그럼, 포타의 어머니 짓이구나! 젠장!"

구속된 HAHAKO는 그대로 칠흑빛 소용돌이에 빨려 들어갔다. 「어머어머!」, 「기다려!」, 「이게~!」 마사토 일행은 넷이서 잡아당겼지만, 빨려 들어가는 것을 막을 수는 없었다.

"저항해봤자 소용없어. 상대의 권한이 너무 강해. 포기하자."

"아니, 하지만……!"

"이건 어디까지나 행동 규제야. 신변에 위험은 없으니까 안심해도 돼. ……그것보다…… 소동이 일어난 걸 알고, 무심코 보러온 걸까. 타깃인 애가 모습을 보였거든? 자, 저쪽을 봐."

"어? ……앗! 포타!"

현관홀에서 일직선으로 뻗은 중앙 통로 끝. 「어엇?!」 사천왕의 검은색 코트를 걸친 포타가 기둥 뒤편에서 얼굴을 내밀고 있었다. 하지만 곧 도주하고 말았다.

"빨리 쫓아가. 그러려고 온 거잖아?"

"응, 맞아. ……마 군! 다들!"

마마코가 힘찬 목소리로, 망설이는 마사토 일행의 등을 밀었다.

"……알았어요! 다녀오겠습니다!"

"HAHAKO 씨, 고마워! 엄청 도움 됐어!"

"이 은혜는 언젠가 꼭 갚을게요!"

"괜찮아. ……아아, 그래. 아까 말하려다 못한 건데…… 조직 안에, 협력자가…… 솔직하지 않지만…… 심성은, 착한 아이들이니까…… 사이좋게……."

잘 못 들은 것으로 하고 싶은 말을 남기며, HAHAKO는 칠흑빛 소용돌이에 빨려 들어가서 사라졌다. 그와 동시에 소용돌이도 소실됐다.

"조직 안에 협력자…… 절대 협력해주지 않을 것 같은 녀석들이라면, 짚이는 데가 있는데 말이야."

"HAHAKO 씨가 오해했을 뿐일 거야. 그 사천왕 바보 트리오가 또 바보짓을 한 바람에, 결과적으로 우리에게 득이 되는 상황이 벌어질 뿐인 것 아닐까?"

"그럴 가능성은 있겠죠. 운 없이 접촉한다면 거꾸로 고생할 것 같은 느낌이 드니, 최대한 마주치지 않도록 조심하도록 해요."

"그래. ……그럼, 포타를 쫓아가자. 여기는 조직의 본거지야. 서두르는 것도 중요하지만, 경계를 늦추지 마!"

마사토는 성검 필마멘트를 칼집에서 뽑아 든 후, 꽉 움켜쥐었다.

와이즈는 손에 마법서를 출현시켰다. 다른 한 손에는 마법 봉인을 해제하는 보주를 미리 쥐고 있었다. 만일의 사태에 대한 대비도 확실했다.

메디는 지팡이를 허공에 휘둘러대고 있었다. 공격 준비를 하는 것 같았다. 힐러지만 말이다.

아무튼 준비 완료다. 그럼…….

"자, 마 군! 다들! 공격 개시야!"

마마코는 양손에 과자 선물 세트를 든 채, 앞장서서 달렸다.

"어, 엄마?! 지금은 그렇게 무턱대고 뛰면 안 되거든?! 자기가 뭘 들고 있는지 잘 생각해보라고!"

"괜찮아! 개별 포장이 된 쿠키인걸! 잘 부서지지 않는 거니까, 다소 격렬하게 움직여도 돼!"

"내 말은 그런 뜻이 아니라…… 어이! 앞!"

앞장서서 달리는 마마코의 앞에, 스켈레톤 기사 집단이 나타났다.

하지만 마마코는 달리는 속도를 줄이지 않았다. 그대로 돌진하더니 「어머!」 상급 언데드인 「안녕하세요」 스켈레톤 기사들의 날카로운 공격을, 「수고 많으세요」 가볍게 인사를 건네면서, 「환대해주셔서 감사해요」 화려한 몸놀림으로 회피하며 나아갔다.

그것은 모친 특수 스킬, 【어머니의 패리】.

급한 볼일이 있다. 하지만 눈앞에, 안면이 있는 사모님들이 출현했다.

인사를 해야만 한다. 하지만 인사를 했다간 이야기가 길어진다— 그럴 때, 인상이 나빠지지 않도록 재빨리 대처하며,

서둘러 그 자리를 벗어나기 위한 스킬이다.

"그런 게 가능하면, 왜 평소에 장을 볼 때는 발휘하지 않는 거냐고……."

"언제 쓸지는 마마코 씨가 정하는 거 아니겠어? 그것보다! ……스파라 라 마지아 펠 미라레…… 호풍(豪風)(포르테 벤토)! 그리고! 호풍(포르테 벤토)!"

"성가신 적만 제거하면서, 저희도 단숨에 통과하죠! 에잇!"

와이즈가 펼친 맹렬한 바람에 휘말려 공중에 떠오른 스켈레톤 기사를 메디가 지팡이로 후려치자, 스켈레톤 기사는 그대로 날아갔다.

"좋아! 바람에 휘말려 공중에 떠오른 적은, 내 사냥감……!"

"그것보다, 통로나 확보해!"

"네……."

모처럼의 활약 기회지만, 어쩔 수 없다. 마사토는 투덜거리면서 좌우로 적을 쳐내서 통로를 확보했다. 그렇게 일행은 스켈레톤 기사 무리를 돌파했다.

통로 끝에 있는 마마코의 모습이 눈에 들어왔다. 멈춰 서 있는 것처럼 보였다.

"좋아, 따라잡았어! 엄마! 혼자 앞서가지 마!"

"아, 마 군! 기다려! 이쪽으로 오면 안 돼! 움직일 수 없게 돼!"

"어?"

기다리라는 말을 들었지만, 이미 늦었다. 마사토 일행은 마마코가 있는 곳에 집합하고 말았다.

그곳은 중앙 통로의 종점이자, 다음 구역의 입구였다.

눈앞에는 댄스홀 같은 넓은 공간이 있다. 천장에 달린 호화로운 샹들리에에 눈길을 빼앗길 뻔 했지만…….

바닥에는 약 가로세로 1미터의 눈금이 그려져 있으며, 마사토 일행은【스타트】라고 적힌 칸 위에 서 있었다.

"이게 뭐야……. 어, 칸 밖으로 나갈 수가 없어. 눈에 보이지 않는 벽 같은 게 있네."

"맞아. 이곳에 선 순간, 아무 데도 갈 수 없게 됐단다."

"우와~. 완벽하게 함정에 빠진 거 아냐?"

"그럴지도 모르겠군요. ……칸으로 된 줄이 꾸불거리면서 홀의 출구까지 이어지고 있는 게…… 마치, 보드게임 같아 보이는군요……."

"그래요! 이건 제가 준비한, 함정 보드게임이에요!"

포타의 목소리가 들려왔다. 홀의 출구,【골】이라고 적힌 칸 위에, 포타가 서 있었다.

"어이~, 포타! 잠깐 나 좀 봐!"

"무, 무슨 일이죠?! 저는, 사천왕 중 한 명으로서, 마사토 씨들과는 적이 됐으니까, 사이좋게 이야기를 나눌 수는……!"

"좋은 아침!"

마사토가 힘차게 인사를 건네자, 포타는 치켜뜬 눈을 끔뻑거렸다.

"……어?"

"아~, 그게, 이제 아침이 아니지만 말이지? 그래도 이 말이 하고 싶었거든."

"이해해. 역시 우선은 인사야. 그것부터 시작해야 한다니깐."
"서로를 느끼기 위해, 꼭 필요한 행위니까요."
"우후후. 다들 포타 양의 활기찬 목소리를 못 들어서, 쓸쓸했나 보네. 그럼…… 하나, 둘…… 포타 양!"

"좋은 아침!", "야호~!", "안녕하세요!", "아침은 챙겨 먹었니?"

호흡을 맞추지도 않고, 말을 전혀 맞추지도 않았다. 그래도…….
인사를 받은 포타의 눈에, 눈물이 맺혔다. 하지만…….
"그, 그런, 들으면 기뻐지는 말 해봤자, 소용없어요! 저는, 엄마를 지킬 거예요! 엄마를 위해 싸울 거라고요!"
무심코 우리를 향해 걸음을 옮기려던 포타는 걸음을 멈추더니, 뒤돌아서며 어딘가로 뛰어갔다.
"그냥 인사를 했을 뿐인데, 기뻐하는 건가. ……엄마, 어떻게 생각해?"
"좀 무리하고 있는 것 같구나. 엄마와 즐겁게 지내는 줄 알았는데, 아닌가 보네. 왠지 걱정돼."
"맞아. 빨리 쫓아가서 이야기를 들어보는 편이 좋겠네. ……그럼……."
마사토 일행은 이미 출발 지점에 서고 만 함정 보드게임과 마주했다.
그러자 공중에 커다란 주사위가 출현하더니, 마사토의 손아귀를 향해 떨어졌다.

“자기 입으로 『함정』이라 말하는 귀여운 포타의 도전을, 금방 공략해주자고. ……영차!”

마사토는 주사위를 던졌다. 주사위가 바닥을 구르더니, 나온 숫자는…… 2다.

마사토가 2칸 나아가자, 그 칸에 글자가 표시됐다.

【축하합니다! 멋진 강화 아이템 획득!】

마사토의 앞에 조그마한 보물 상자가 출현했다.

“오오! 시작하자마자 러키~! ……인 줄 알았는데…….”

보물에는, 종이가 붙어 있었다.

【이건 함정이에요! 열면 안 돼요!】

포타가 붙여둔 주의 글인 것 같았다.

“그럼 열면 안 되겠네……. 아니, 하지만…….”

지금은 적인 포타가, 마사토를 위해 조언을 해줄까?

실은 이 주의 글이 함정이며, 실은 멋진 강화 아이템이 들어있을 가능성도……?

보물 상자를 지그시 쳐다보던 마사토는…….

“함정 보드게임, 이잖아……. 함정이니까…… 포타의 말이 함정이고, 실은 나에게 딱 맞는 엄청난 보물이 들어있는 게 분명해! 틀림없어!”

모험가의 마음을 흔드는 보물 상자와 물욕에 휩쓸린 나머지, 그것을 연 순간……!

함정 발동. 디버프 효과 이펙트가 발생하더니, 마사토의 공격력이 대폭 저하됐다.

"우아아앗! 젠자아아아앙! ……크, 진짜로 함정이었냐고……. 안은 텅 비어있고……."

"어머어머. 너무 복잡하게 생각했나 보네."

"아뇨. 저건 욕심에 사로잡힌 결과에요."

"정말, 마사토는 자제심이 부족하다니깐. ……다음은 내 차례야!"

와이즈의 턴. 발치에 굴러다니던 주사위를 주워들더니, 그대로 던졌다. 나온 숫자는…… 2다.

"우와, 마사토와 같은 칸이네. 뭐, 나는 마사토와 다르게 함정에 안 걸려. ……자, 비켜. 칸이 좁단 말이야."

"크……."

바닥에 엎드린 채 절망한 마사토를 밀어낸 와이즈는 강화 아이템 칸에 도착했다.

또 조그마한 보물 상자가 출현했다.

【이건 함정이에요! 열면 안 돼요!】

포타의 주의 글이 붙어 있는…… 마법 봉인을 완전히 막아주는 목걸이 액세서리 『프레베니레』의 일러스트가, 표면에 그려진 보물 상자다.

와이즈의 눈동자가 한순간, 욕망에 물들었다.

"이…… 이이이, 이건?! 어, 잠깐만?! 이건?!"

"어이~, 와이즈. 그건 함정이야. 함정이 틀림없다고."

"아, 알아! 이건 함정이야! 그러니까…… 안을 살펴보기만 할게." 달깍.

와이즈는 1밀리미터 정도만 보물 상자를 열어서, 안쪽을 살폈다.

함정 발동. 디버프 효과 이펙트가 발생하더니, 와이즈는 마법이 봉인됐다.

"으아아아앗! 젠자아아앙!"

"너야말로 자제심이 너무 없는 거 아냐? 동료로서 정말 부끄럽다고."

"어머나. 와이즈 양도, 걸려들었구나. 유감이야."

"마사토 씨도, 와이즈 양도, 포타 양의 책략에 간단히 걸려들었군요. ……하지만, 저는 그렇게 안 돼요. 제 자제심은, 그 어떤 사태가 발생해도 흔들리지 않으니까요."

메디의 턴. 주사위를 가볍게 던지자…… 4가 나왔다.

한심하게 널브러져 있는 마사토와 와이즈의 사이를 당당히 지나면서, 네 칸을 나아갔다.

메디가 도착하자, 그 칸의 글자가 표시됐다.

【실수로 벽을 부쉈다! 다 치울 때까지, 주사위를 던질 수 없다!】

……라고 한다.

"벽을 부쉈다고요? 저는 그런 짓을 하지 않았으니, 이건 무효가 아닐까요……!"

바로 그때, 메디의 옆에서 다다미 사이즈의 벽이 솟구쳤다.

거기에는 히로인에 관한 랭킹표가 붙어 있었다. 1위는 마마코. 2위는 와이즈. 3위는 다름 아닌 시라아세. 이하, 수많은 여성의 이름이 적혀 있었고…….

【제98위 : 돌멩이(여자)】, 【제99위 : 메디】, 【제100위 : 말똥(여자)】.

그 순간, 순간적으로 눈이 어둠에 휩싸인 메디의 온몸에서 다크 파워가 방출되더니, 그녀는 아무 말 없이 벽을 걷어차기 시작했다. 퍽퍽퍽! 건달 킥으로 벽을 걷어차서 부숴대고 있었다.

한편, 그 벽에는 【이건 랜덤으로 작성된 가짜 랭킹이에요!】라는 주의 글이 붙어 있지만, 메디의 눈엔 들어오지 않았다.

자제심 따위, 그 어디에도 없었다. 이제 손을 쓸 수 없다. 내버려 둘 수밖에 없는 것이다.

"메디는 성적이나 랭킹 순위 같은 것에 특히 집착하잖아. 안 그래도 효과적일 텐데, 돌멩이와 말똥 사이…… 아, 돌멩이의 성별 같은 건 오히려 흥미가 좀 생기네."

"저건 의외로 진짜 랭킹 아닐까? 나는 그렇게 생각해. 진짜였으면 해. 제발 부탁이야."

"유감이지만 메디 양도 걸려들고 말았구나. ……그럼……."

드디어, 마마코의 차례가 됐다.

"어이, 엄마. 조심해. 쭉 함께 다닌 만큼, 포타는 우리에 대해 너무 잘 알아."

"마마코 씨 무쌍까지 막을 수 있을 거라고는 생각하지 않지만…… 그래도, 역시 주의할 필요는 있을 거야. 조심해."

"그렇구나. 그럼 포타 양과 진지하게 승부해볼까. ……에잇."

소중한 과자 상자를 한 손에 든 마마코가 다른 한 손으로 주사위를 굴리자…… 6이 나왔다.

마마코가 나아간 칸에는 이런 글자가 표시됐다.

【특별 세일 개최 중! 전송 장치를 이용해 서둘러 가게로 향할 것!】

마마코의 마음을, 그대로 뒤흔드는 말이었다!

"어머나. 세일이라네. 어떤 가게일까." 두근두근.

"엄마, 진정해! 그건 함정이야! 절대 가면 안 돼!"

"HAHAKO 씨가 잡혔으니까, 전송되면 그대로 아웃이야! 여기서 세상의 어디쯤인지 모르니까, 전송 마법으로 왕복할 자신 없어!"

"그, 그래. 이건 함정이구나. 냉정하게…… 어머?"

갑자기, 마마코의 눈앞에 전단지 한 장이 나타났다.

【이건 함정 스위치예요! 만지면 안 돼요!】

포타의 주의 글이, 구석에 적혀 있지만…….

"어머나, 세일은 오늘까지만 한다네! 특별 쿠폰도 붙어 있어!" 덥썩.

마마코는 무심코, 그 전단지를 손에 쥐고 말았다.

그와 동시에, 마마코의 발치에 마법원이 출현했다. 전송의 빛이 마마코를 감쌌다.

"……어머?"

"어이이이잇! 뭐하는 거야?!"

"진짜로 마마코 씨가 전송되는 거야?! 저기, 마사토! 어떻게든 안 하면 큰일 날 거야!"

“알지만, 나는 이 칸에서 나갈 수 없다고! ……엄마, 어떻게 안 되겠어?!”

“글쎄……. 이렇게 되면 어쩔 수 없네……. 좋은 방법이 아니지만, 긴급사태니까…… 마 군!”

“왜! 뭔가 좋은 방법이…… 어?”

마마코가, 마사토를 향해 뭔가를 던졌다.

과자 상자였다. 포물선을 그리며 날아온 상자 두 개를, 마사토가 능숙하게 잡았다.

“마 군에게 맡길게! 포타 양의 어머니에게, 인사 부탁해! 이 엄마에 대해서도, 잘 말해주렴! 부탁해!”

“사람은 칸 밖으로 못 나가지만, 물건은 나갈 수 있는 건가…… 그것보다! 이 상황에서 뭘 신경 쓰고 있는 거야! 어머니의 힘으로, 보드게임을 박살내서 전송을 회피한다거나…… 아앗!”

늦었다. 웃으면서 손을 흔드는 마마코가, 전송됐…….

여기는, 카산 왕도에 있는, 엄마 해결사 가게.

“……문의가 늘어났다고요? 어떻게 된 거죠?”

“정보가 확산되면서, 원흉인 배지는 점점 회수되고 있지만…… 애들이 또 그걸 몸에 달고 있대. 어딘가에서 주워오나 봐.”

가게를 찾은 시라아세가 카운터에 놓인 서류의 산을 쳐다보며, 모네와 논의를 하고 있었다. 상황은 여의치 않았다.

"무한정으로 나눠주고 있다는 겁니까. 마치 배지의 대 바겐세일이군요. 이래서야 끝이 나지 않겠어요."

"덕분에 엄마들로부터의 SOS도 바겐세일 상태인데…… 그 중에는 포기해버리는 사람도 있는 것 같아. 아이는 어느새 성장해서 부모의 곁을 떠나는 법이니까, 하면서 말이지."

"그건 그렇지만…… 눈물에 젖은 글자로 그런 호소를 해봤자, 설득력이 없는데 말이죠."

"맞아. 쓸쓸함에 젖어 침울해진 엄마들의 마음이, 편지를 통해 전해지는 것…… 어? 저게 뭐야?"

"왜 그러시죠?"

가게의 현관 앞에, 홀연히 마법원이 출현했다.

그리고 거기서 뿜어진 빛 속에서, 마마코가 모습을 드러냈다.

""어? 마마코 씨?""

"……어머? 세일 중이란 곳이, 여기였어?"

두 사람과 마마코가, 서로의 얼굴을 쳐다보며 눈을 끔뻑거렸다.

다시 하하데스 성. 포타의 함정 보드게임장.

마마코가 무사히 전송되는 모습이, 영상을 통해 표시된 후에 사라졌다.

"엄마 해결사 가게로 전송됐구나……. 뭐, 완전히 모르는 곳으로 보내지는 것보다는 낫나. 엄마는 걱정 안 해도 되겠어."

"그에 비해 이쪽은 전력이 격감해서, 위험해졌지만 말이지……. 저기, 마사토. 마마코 씨가 없으면 아무것도 못 해~ 하며 질질 짜지는 않을 거지?"

"당연하잖아. 이렇게 되면 마음 단단히 먹고, 우리끼리 공략하자. 우리도 성장했으니 말이야."

"맞아. 그럼 그렇게 하자."

함정 보드게임을 다시 시작하기로 했다.

마사토의 턴. 강아지처럼 귀엽게 굴러온 주사위를 휙 던졌다.

나온 숫자는, 6이었다.

"하나, 둘…… 메디, 좀 지나갈게."

"네, 그러세요. 마침 청소도 끝났으니…… 어, 어머? ……마사토 씨! 마마코 씨의 모습이 보이지 않는데, 무슨 일 있었나요?!"

메디가 겨우 정신을 차린 것 같았다. 「와이즈, 설명 부탁해」, 「오케이~」 메디를 와이즈에게 맡긴 마사토는 여섯 칸 나아갔다. 그러자 그 칸의 문자가 표시됐다.

【사천왕이 나타났다! 이기지 못하면 앞으로 나아갈 수 없다!】

잘못 본 거라면 좋겠는데 말이다.

"어이어이. 이런 데서 등장하는 거냐……. 뜬금 위기 같은 건 사양하고 싶거든?"

마사토는 만약에 대비해 언제든 과자를 내밀 수 있도록 준비 「앗, 이게 아냐!」 무기를 꺼내 들고 맞서 싸울 생각이었지만, 한발 늦었다.

바닥에 마법원이 떠오르더니, 반항조직 리벨레의 사천왕이

거기서 나왔다.

모역의 아만테, 모멸의 소레라, 모협의 프라테로.

세 명의 강적이 마사토의 코앞, 거리로 치면 10센티미터 거리에 나타났다!

"먼저 이 말부터 해야겠어……. 너무 가깝잖아! 생각이라는 걸 해가며 튀어나오라고!"

"나도 그렇게 생각하거든?! 그리고 코앞에서 고함지르지 마! 침이 다 튀잖아!"

"자~ 프라테로~. 좁으니까~, 마사토 쪽으로 좀 붙어~."

"이, 이 몸은 남자니까, 형씨와 들러붙어도, 전혀 신경 안 쓰인데이."

"으, 응. 나도 딱히, 신경 쓰진 않아. 실은 여자애라는 걸, 알지만 말이지. 응."

아무튼, 사천왕이 나타났다.

와이즈와 메디가 다급히 다가오려 했지만, 현재 칸에서 나올 수가 없었다. 마사토도 도주 불가. 마사토 VS 사천왕 중 세 명이란 상황이 됐다.

"만족스럽게 움직일 수 없는 상황에서 이 세 사람과 싸우라니, 완전 망했잖아. ……설마 나를 이곳에 부른 협력자로서, 순순히 보내준다…… 같은 건 아니지?"

"당연히 아니지. 그 건은 HAHAKO가 멋대로 착각했을 뿐이야. 우리와 너희는 적대 관계거든? 그러니까…… 오오스키 마사토!"

"크!"

절체절명의, 전투 개시!

"마사토는~, 주먹이야~."

"자, 형씨. 가위, 바위~."

"보?"

마사토는 자연스럽게 주먹을 내밀었다. 사천왕인 세 사람은 전원이 가위를 냈다.

마사토는 사천왕 세 사람을 쓰러뜨렸다!

"좋아! 내 승리! ……잠깐, 그럴 리가 없잖아! 장난치지 말라고!"

"아니, 오오스키 마사토의 승리야. 승패를 정할 방법은 딱히 지정되지 않았거든. 그러니 이건 정당한 승부이자, 정당한 결과야. 일일이 설명하게 만들지 말아줄래? 흥."

"……진짜야?"

아만테가 방금 한 말이 진짜인지 확인하려고 소레라와 프라테로를 쳐다보니, 두 사람 다 고개를 끄덕이고 있었다.

그렇다면, 마사토는 진짜로 이긴 걸까……?

"마사토! 속으면 안 돼! 이건 함정 보드게임이야!"

"게다가 상대는 사천왕이에요! 냉정을 유지하세요! 한순간의 방심으로 목숨을 잃을 수도 있어요!"

"으, 응. 그래……. 나는 안 속아!"

마사토는 전투에 대비해 과자 상자를 「그러니까 이게 아니라고!」 꺼내 들 수가 없다.

그 모습을 본 아만테는 어처구니없다는 듯이 탄식했다.

"하아. 보충 설명을 안 해주면 이해를 못 하나 보네. 어쩔 수 없지. ……소레라. 그 영상을 보여줘."

"그래그래~. 벽을 주목해~."

소레라의 머리 위편에 펼쳐진 거대한 마법서가, 프로젝터처럼 빛을 투사했다.

벽에 비친 것은 포타의 오늘 아침 모습이었다.

호화로운 방에서 깨어나, 세수를 하고, 옷을 갈아「프라이버시야」,「마사토는 보면 안 돼~」,「으, 응」중요한 부분에서, 아만테와 소레라가 눈을 가렸지만…….

그 후에 나온 영상이야말로, 마사토로서는 눈을 가리고 싶은 것이었다.

봉제 인형과 몸을 맞댄 채 먹는, 혼자서의 식사.

어머니에게 달려가 봤지만, 인사조차 허락되지 않았다.

어머니를 위해 힘내겠다고 선언했지만, 기뻐하기는커녕 시선조차 마주하지 않았다.

그런데도 어찌어찌 웃으며 힘차게 뛰어가는 포타의 모습을 끝으로, 영상은 종료됐다.

"자, 오오스키 마사토. 우선 감상을 들려줄래?"

"감상, 이라니…… 말로 표현 못 해."

마사토는 안타까운 마음을 한숨에 담으며, 힘껏 토했다.

"실은 방금 영상이 가짜이고, 이것도 함정이라든가……."

"형씨. 이 몸 안의 남자를 걸고 말하겠데이. 방금 보여준 건, 전부 진짜 있었던 일인 기다."

"좀 봐줘……. 프라테로가 그렇게까지 말하면, 진짜인 거잖아……."

"응. 이 몸은 남자니까, 거짓말 안 한데이. 속이지도 않는 기다."

"그리고~, 이런 것도 있어~."

소레라는 종잇조각을 보여줬다.

【1분 안에 결판이 나지 않을 경우, 전원이 스타트 지점으로 돌아가요!】

포타의 주의 글은 전부, 진짜다. 단 하나도, 거짓이 없다.

"……아만테. 설명 부탁해."

"우리 마스터는, 포타 양의 모친이었어. 게다가 자기 자식한테 이딴 짓을 하는 모친이야. 즉, 우리 적이지. ……게다가 우리를 부려 먹는 것도…… 하아, 정말. 떠올리기만 해도 속이 뒤집힐 것 같아……. 끄으응……!"

"뭐, 뭐야. 무슨 일 있었어?"

"이쪽 이야기야. 아무튼 마스터는 이 세계에서 배제해야만 할 상대인 거지. ……하지만, 포타 양은 거기에 찬성해주지 않았어."

"뭐, 그럴 거야. ……저래 봬도 포타는 어머니를 좋아하는 것 같거든……."

"왜 그런 건지, 전혀 이해가 안 돼. 포타 양은 설득에 응하지 않았을 뿐만 아니라, 화까지 내더니…… 우리를, 여기에 가뒀어. 룰에 따르지 않으면 나갈 수 없는, 이 성가신 보드게임에 말이지."

"그래서, 가위 바위 보로 빨리 승부를 내려는 거구나. 이해했어. ……그렇게 된 거면 설명을 해줘야 할 거 아냐."

"뭐, 그럴지도 모르겠네. ……아무튼 상황을 이해했다면, 이야기는 이걸로 끝이야."

아만테와 함께, 소레라와 프라테로도 돌아섰다.

"저기, 마사토~. 혹시 괜찮다면……."

"나름대로 생각하는 바가 있긴 해. 하지만 포타의 어머니를 쓰러뜨리는 것에 찬성 못 해. 포타의 상황을 가르쳐준 것에는 감사하지만 말이야."

"음, 예상대로의 대답이데이. 형씨와 우리는 결국 적대 관계인 기가."

"우리는, 마스터를 적으로서 격파할 거야. 오오스키 마사토 일행은 여기서 마음껏 놀고 있어. 그럼 먼저 실례할게."

악당다운 뒷모습을 보이며, 아만테 일행이 떠나가……

""""으윽."""" 터엉!

떠나가지 않았다. 이 칸의 주위에는 보이지 않는 벽이 있는 것이다.

안면을 그대로 부딪친 세 사람은 울상을 지었다. 코가 빨개졌다.

"너희는 왜 항상 마무리가 이 모양인 거냐고."

"시, 시끄러워! ……우리도 이 보드게임을 클리어 못 하면 나갈 수 없나 보네……. 오오스키 마사토! 주사위를 내놔!"

"주사위는……."

"내 차례니까, 나한테 있어~. 에잇."

순서는 마사토의 다음인 와이즈 차례다. 나온 숫자는 「끄응!」 6이었다.

그리고 주사위는 메디에게 넘어갔다.

"4만 나오지 말아주세요. 제발 4만 나오지 않기를…… 부탁이에요!"

메디가 굴린 주사위는 「윽?!」 4가 나왔다.

그리하여…….

"와이즈 양. 조금만 더 안쪽으로 들어가 주지 않겠어요?" 꾸욱꾸욱.

"한계야! 밀지 마! 아앗, 프라테로가 으깨지려고 해!" 철푸덕.

"이, 이 몸은 형씨와 들러붙어도, 아무렇지 않데이." 철푸덕.

"마사토는 운이 없네~. 모처럼의 기회인데~, 절벽가슴인 두 사람 사이에 끼었잖아~." 말캉말캉.

"소레라! 바보 같은 소리 하지 말고, 주사위 내놔! 빨리!"

"어~? 내가 먼저잖아~?" 말캉말캉?

"나야! 빨리 안 하면, 네 가슴에 질식할 것…… 혹시, 일부러야……?!"

함정 보드게임의, 여덟 번째 칸.

누가 먼저 빠져나가서 편해질 것인가. 1제곱미터의 범위 안에 들어가 있는 여섯 명 전원의, 「……끄아……」, 「아만테, 탈락~」 다섯 명의 처절한 싸움의 막이 올랐다.

여기는, 알현실.

"협력해준다면, 내 이상이 실현될 텐데…… 어려우려나."

수정 구슬 안에 비친 마사토 일행의 시끌벅적한 모습을 보자, 명모 하하데스의 볼이 희미하게 씰룩거렸다.

하지만 그것은 한순간에 불과했다. 금세 표정을 굳히더니, 시선을 돌렸다.

"……벌써 구속에서 풀려난 거야? 대단하네."

"정말 고생했어. 당신의 결정을 뒤집는 건, 쉬운 일이 아니거든."

옥좌 옆의 바닥이 솟아오르더니, HAHAKO의 모습으로 변했다.

HAHAKO는 자신의 대우를 비난하지 않으며, 상냥한 표정으로 명모 하하데스를 응시했다.

"……뭐야?"

"당신은, 아이를 싫어하는 건 아니구나."

"그래. 딱히 싫어할 이유가 없어. 아이를 해악이라고 여기지 않거든."

"자기 아이 또한, 물론, 싫어하지는 않겠네?"

그 질문에, 명모 하하데스는 대답하지 않았다.

그 대신, 수정 구슬을 향해 손을 뻗어서 표시된 영상을 바꿨다.

포타가 성안을 뛰어다니며, 곳곳에 봉제 인형을 설치하며 다니는 모습이 보였다.

명모 하하데스는 눈을 돌리지 않으며, 그 모습을 지그시 응시했다.

HAHAKO는 더욱 기쁘다는 듯이 미소 지었다.

"당신은, 어엿한, 어머니구나."

"잠깐만. 그 점은 딱 잘라 부정하겠어."

"어머, 어째서야?"

"아이를 좋아하니까, 어머니라는 거야? 그렇지 않았잖아? 그런 논리로 보자면 혈연이나 성별, 나이도 상관없이 어머니가 되어버려. 그건 이상해."

"어머나. 사소한 걸 신경 쓰는 사람이네. 그럼…… 혹시, 아이에게도 그런 세세한 걸 요구하는 사람인 거야?"

"아냐. 아무것도 요구하지 않아. 자기 뜻을 강요하며, 엄격하게 키우고 싶단 생각은 없어."

"어머, 그렇구나……. 그럼, 곤란하네……. 당신이 해당되는 어머니 타입은 없어……. 수많은 참가자에게서, 어머니 데이터를 모았다고 생각하는데……."

"당연하잖아. 애초에 나 같은 어머니라면 모친 동반 게임 같은 것에 참가할 생각은 안 해."

"뭐……?"

명모 하하데스는 포타의 영상을 지우더니, 옥좌에서 일어났다.

"모친 동반으로 모험을 한다니, 말도 안 돼. 게임 세계는, 아이들을 위한 세계여야 해. 그곳에 어머니란 존재는 필요하지 않아."

"나는, 그렇게 생각하지 않아. 어머니와 함께 모험을 하는 건, 참 멋진 일이라고…….”

“하지만, 그것이 아이의 성장을 저해하지 않을까?”

“성장을, 저해해?”

“어머니와 함께하며 배우는 것이, 아이에게 전부야? 아니잖아?”

“그건…… 그렇지만…….”

“아이들은 아이끼리의 관계를 만들어서 함께 경험을 쌓는 것을 통해, 많은 것을 배워. ……HAHAKO, 잘 들어.”

당황한 HAHAKO의 정면에 선 명모 하하데스가 말했다.

“부모가 없어도, 자식은 자라.”

그것이야말로 명모 하하데스의 신념이다.

적어도 지금 이 순간, 절대적으로 믿고 있는 것이다.

“HAHAKO. 당신이 저 세 사람을 자신의 자식으로 삼고 싶다면, 그렇게 하면 돼. 내 명의로 허가해줄 수도 있어. 그게 당신의 소망이잖아?”

“그, 그렇긴 한데…….”

“하지만 당신이라는 모친이 저 아이들에게 진정으로 필요한지, 잘 생각해봐. 그게 진정으로 저 아이들에게 도움이 될지를 말이야. ……판단을 잘못 내리면, 서로에게 있어 괴로운 사태를 부르고 말아.”

고민에 잠긴 HAHAKO의 어깨를 살며시 두드려준 후…….

명모 하하데스는 알현실 안쪽에 있는 자신의 방으로 향했다.
"……하나만, 물어봐도 될까?"
"대답 여부는 내용에 달렸어. 뭔데?"
"당신은 자기 아이를 매정하게 대해서, 미움을 받으려고 하는 것 같아. 그렇게 미움받는 자로서, 자기를 쓰러뜨리기 위해온 아이들을 환영하는 것 같아. ……당신의 계획은, 대체 뭐야? 당신은 생각은 뭔데?"
명모 하하데스는 갑자기 멈춰섰다.
"내 모든 행동은, 아이를 위한 거야. 하나부터 열까지 전부, 아이를 위한 행동이야."
자신의 발언을 자기한테 들려주듯 작게 중얼거린 후, 방으로 들어갔다.
남겨진 HAHAKO는 망설임에 휩싸인 것처럼 움직이지 못했다.
"부모가 없어도, 자식은 자란다……. 그렇다면 나는, 어머니로서 존재하지 않는 편이 좋을까……. 나는, 필요 없는 존재인 걸까……."
그것이 올바른 것처럼 느껴진 HAHAKO는 끝없이 마음이 가라앉았다…….

HAHAKO는, 어머니가 되기를 소망하는 존재다.
그 마음은 강하며, 최강의 어머니로 칭송되는 마마코에게 버금가는 절대적인 어머니의 힘을 행사할 수 있다.

어머니의 힘의 발생원은, 주로 세 가지다. 어머니 본인, 그리고 만물의 어머니 되는 대지와 바다다. 아직 어머니가 아닌 HAHAKO는 대지 및 바다와 밀접하게 이어짐으로써, 힘을 행사한다.

그렇기에, 그것은 일어나고 말았다.

카산 왕국의 국기가 걸린 특급 전함 한 척이, 망망대해를 순회하고 있을 때였다.

"어? ……파도가, 잦아들었어?"

선원인 남성이 뱃머리에서 해수면을 쳐다보더니, 자기 눈을 의심했다.

잔잔하게 파도치고 있던 해수면이, 꿈쩍도 하지 않았다.

이것은 단순히 파도가 없는 게 아니다. 바람은 불고 있다. 군함은 돛으로 바람을 받으며 순조롭게 나아가고 있지만, 바다의 움직임만 완전히 멎은 것이다.

바로 그때였다.

"저, 저게 뭐야?!"

돛대 위의 망루에 있던 다른 선원이 비명을 질렀다.

"어이, 무슨 일이야?! 보고해!"

"진행 방향의 바다가 파인 것처럼 꺼지고 있어! 거리는…… 틀렸어! 엄청난 기세로 범위가 넓어져서, 거리를 측정할 수 없어! 아무튼, 이대로 나아가다간 배가 빠질 거야!"

"알았어! ……키를 오른쪽으로 최대한 꺾어! 긴급 회피! 전원, 뭐라도 잡아! 떨어지지 마!"

조타용 키가 전력으로 움직이자, 선체가 크게 오른쪽으로 기울어지면서 급선회했다.

코앞까지 다가온, 사발 형태의 구덩이…… 조그마한 마을이 통째로 들어갈 듯한 그 거대한 구덩이의 가장자리를, 아슬아슬하게 스치면서 이탈했다.

위기에서 벗어난 군함은 엄중 경계를 하면서, 확대가 멈춘 그 구덩이의 주위를 돌아봤다.

"일단은 멈췄나…… 아, 맞아! 여왕 폐하께서는 무사하셔?! 서둘러 확인해!"

"문제없어. 심하게 흔들려서 놀라기는 했지만, 나는 보다시피 무사해."

"아, 여왕폐하! ……아……."

선실에서 카산 왕국 여왕, 퀸 오브 카산이 모습을 보였다.

배 위에서도 고귀한 드레스를 걸치고 있으며…… 식사 중이었던 건지…… 나이프와 포크와 삶은 바닷가재가 풍성한 머리카락에 꽂혀 있는, 여왕 폐하다.

"무사하시지는, 않은 것 같군요……. 송구합니다……."

"무슨 소리야. 나는 보다시피 무사하잖아? ……그것보다, 상황을 설명해주겠어?"

"아, 네……. 그럼……."

머리카락에 꽂힌 바닷가재에 눈길이 계속 향했지만, 선원은 어찌어찌 보지 않으려 하며 현재 상황을 보고했다.

여왕은 이야기를 듣더니, 거대한 구덩이를 응시하며 지그시 생각에 잠겼다.

"설마 이런 사태가 벌어지다니…… 확인하러 오기 잘했네. 서둘러 손을 써야만 할 것 같아. ……배를 카산 왕도로 돌려 주겠어?"

"명 받들겠습니다!"

머리카락에 꽂힌 바닷가재가 아니라 여왕에게 경례한 선원은 힘차게 뛰어갔다.

"전 세계에서 벌어지고 있는 부모 자식 간의 문제. 그리고 만물의 어머니인 대지와 바다의 이변……. 이 두 가지가 관련이 있는 듯한 느낌이 들어……. 부모 자식과, 어머니…… 그렇다면, 이 문제를 해결할 수 있는 건 분명……."

여왕은 살며시 눈을 감더니, 긴급사태라는 것을 알면서도 슬며시 미소 지었다.

엄마
프로필
명부 2

카 즈 노

■연령
메디 마마보다 적고, 시라세 씨보다 많아.

■취미
그야 물론 호스트……
콜록콜록…… 예, 예술 감상이야!

■특기
옷 위로도 근육이 얼마나 있는지 알 수 있어.
남자 한정이지만 말이지.

■매력 포인트
이 나의, 매력적인 바디. 모든 것이 매력 포인트야.
……뭐, 변화마법을 쓰긴 했지만, 사소한 건 신경 쓸 필요 없어.

■어릴 적에 가지고 있던 장래의 꿈
어린애였음에도 엄청 진지하게,
부자가 되고 싶었지.

■좌우명
『겐야』야. 가게에 가면 넘버원 호스트인 겐야가 슬쩍 내 오른편에 앉아서…… 뭐? 좌우명은, 자기 좌우에 앉는 사람의 이름 아냐?

■자식 교육방침
부모 대부터 방임주의였으니까,
마음대로 살게 두고 있어.

■사랑하는 자식에게
이럴 때, 무슨 말을 하면 좋을지…… 아…… 딱히 할 말이 없네.
잘 지내고 있으면, 그걸로 충분해. 나도 적당히 살고 있거든.
……때로는, 그쪽에서 먼저 연락을 해줘도 돼. 그럼 잘 지내, 바보 딸.

제3장
만남과 작별. 그리고 재회. 사람과의 유대가, 우리를 강하게…… 동요시킨다.

하하데스 성에 전개된, 포타 특제 함정 보드게임.

그것을 공략하다 보니, 마사토와 사천왕들 사이에서 특별한 감정이 싹트려 했다.

서로를 응시하는 눈동자와 눈동자에, 열기가 어렸다.

"오오스키 마사토. 나는 어느새, 너를, 쭉 쳐다보게 됐어. 내 가슴 속에 있는, 이 마음은, 혹시…… 일일이 설명하게 만들지 말란 말이야. 흥!"

"아만테…… 고마워. 왠지, 멋쩍은걸."

"실은~, 나도~, 마사토는 꽤 괜찮네~, 하고 생각해왔어~. 연상의 누님에~, 흥미 있으려나~? 멋진 걸, 가르쳐줄게~. 우후후~."

"소레라가, 그런 요염한 눈길로 쳐다보니…… 진짜 신경 쓰이네……."

"형씨. 이 몸의 마음은, 이미 알제? 이 몸은, 형씨를 진짜로 좋아한데이. 이대로 쭉 같이 있고 싶을 지경인 기다. 응? 괜찮제?"

"프라테로. 너의 솔직한 마음, 정말 기뻐. 가슴이 뜨거워지

는 것 같달까…….”

마사토는 사천왕 세 사람과 시선을 마주한 채, 자신의 가슴에 손을 얹어서 그 두근거림을 느꼈다.

두근두근, 두근두근. 두근두근이 멎지 않는다.

“아만테. 소레라. 프라테로. 세 사람 다, 고마워. ……나는, 너희와!”

“““쭉 함께!”””

“쭉 함께…… 있을까 보냐! 적당히 좀 해! 부탁이니까, 제발 부탁이니까, 빌어먹으으으으으으으으으으으을!”

마사토의 턴. 마사토는 주사위를 내던졌다.

나온 숫자는 1이다!

“““아아아아앗?!”””

“좋았어어어어엇!”

【1이 나올 때까지 골인할 수 없다!】라는 표시를 밟으며, 마사토는 골인 지점에 뛰어 들어갔다. 마사토는 함정 보드게임을 클리어했다!

먼저 클리어를 한 후에 통로에서 과자 상자를 안아 든 채 졸고 있던 와이즈와 메디가, 눈을 떴다.

“……어? 아, 드디어 끝났어? 아니~, 뭐가 이렇게 오래 걸린 거야. 너, 운이 너무 없는 거 아냐?”

“스무 번까지는 셌는데…… 결국, 몇 번 했나요?”

“58번이야! 분노를 넘어 해탈의 경지에 오를 뻔했다고!”

“6분의 1 확률인데, 그렇게까지 빗나간 것도 어찌 보면 미라클이네. 대단해~."

"아무튼, 이걸로 저희 셋은 클리어군요. 그럼……."

"그럼!"

마사토 일행이 환하기 그지없는 미소를 머금자……!

곧 바로 앞에서 계속 발이 묶여 있는 사천왕 세 사람은, 망령보다 더 원한에 찬 표정으로 그들을 노려봤다. 얼굴에는 시퍼런 힘줄이 돋아나 있었다.

"헛소리하지 마! 그 환한 표정을 보니, 더럽게 짜증나거든?!"

"아~ 정말~. 아무것도 못 믿겠어~. 좀 친해졌나~ 하고 생각했는데~, 그렇지도 않았네~. 최악~."

"우리한테 짜증내지 마. 너희가 운이 없을 뿐이잖아."

"평소 행실 탓이군요. 자업자득이에요."

"저기, 형씨. 그쪽에서 좀 잡아당겨 준다거나……."

"그럴 수는, 없어. ……우리는, 적이잖아? 너희가 하려는 짓에 찬성할 수 없거든. 나쁘게 생각하지 마."

마사토 일행은 사천왕 세 사람에게서 돌아섰다.

"저기, 오오스키 마사토. 참고삼아 물어도 될까? 너희 목적은 뭐야?"

"우리 목적은…… 우선은 포타야. 일단 만나서, 이야기를 나눠보고 싶어."

"그럼~, 포타 양은 맡길게~. 그 고집쟁이는~, 우리한테 버겁거든~. ……그러니까……."

"포타의 어머니도, 우리가 맡겠어. 너희가 끼어들게 두진 않을 거야."

"그렇게는 안 된데이. 이 몸들도 빨리 함정 보드게임을 클리어해서, 한 방 먹여줄 기다."

"중요한 타이밍에 등장해서~, 확 날려버려야지~. 으흐흐~."

"방해하면, 너희도 전부 처리해버리면 돼. 각오나 단단히 해둬!"

"무슨 일이 있더라도 어머니란 존재를 타도할 생각인 거냐……. 젠장……."

세 사람이 그렇게 떠들자, 마사토는 그들을 힐끔 쳐다보며 웃음을 흘렸다.

"뭐, 뭐야?"

"별건 아니지만…… 아까 보여준 영상 안에, 너희가 포타를 격려해주거나 감싸주는 부분이 있었잖아?"

"그건~, 뭐랄까…… 어머니를 갈구하는 마음에는~, 찬성 못 하지만…… 그런 갸륵한 모습을 보니~, 어쩔 수 없었달까~."

"이 몸은 남자니까, 의리와 인정을 중요시한데이. 정에 휩쓸려 좀 도와준다고, 문제될 건 없다 아이가."

"그래. ……HAHAKO 씨의 말처럼, 너희는 심성이 착한 애들일지도 모르겠는걸……. 뭔가 계기만 있다면, 너희도 변할지도 몰라."

"무슨 말을 하나 했더니, 바보 같은 소리를…… 너, 진짜로 바보야? 그래, 바보 맞네."

"응, 맞아. 바보의 혼잣말이거든. 잊어도 돼."

아만테의 독설을, 여유롭게 흘려넘긴 후…….

마사토, 와이즈, 메디, 세 사람은 진지한 표정으로 고개를 끄덕인 후에 내달리기 시작했다. 통로에 드문드문 존재하는 봉제 인형을 표식 삼아, 포타 추격을 재개했다.

그즈음, 카산 왕도의 엄마 해결사 가게에서는…….

마마코, 모네, 시라아세가 테이블에 모여 앉아서 굳은 표정으로 세계지도를 응시하고 있었다.

"마마코 씨, 어때? 전송할 수 있겠어?"

"으음…… 어려울 것 같아. 나는 이런 걸 써본 적이 없으니까, 어떤 느낌으로 쓰는지 전혀 몰라. 게다가 위치까지 모르니까……."

마마코는 전송용 아이템인 보주를 손에 쥐며 하하데스 성으로 다시 이동하려 했지만, 좀처럼 뜻대로 되지 않았다.

"그렇다면 만물의 어머니인 대지의 힘에 협력을 부탁하는 건 어떻겠습니까? 그러면 어떻게 될지도 모르죠."

"맞아. 그럼 시험해볼게."

지면에서 무슨 일이 일어나기라도 하는 것처럼, 세계지도를 바닥에 두더니…….

마마코는 성검 테라디마도레를 높이 치켜들며, 소망했다.

"만물의 어머니 되는 대지여……. 나는, 귀여운 자식과 동료들의 곁으로 빨리 돌아가고 싶어……. 이 마음을 이해한다면,

제발 도와줘!"

그 소망에 대지가 부응하듯, 지도상의 마사토 일행이 있는 장소에! 아이들이 있는 곳을 찾는 모친 특수 스킬 【어머니의 송곳니】가, 그대로……!

꽂히지 않았다. 아무 일도 일어나지 않았다.

"어머어머. 실패했네."

"평소처럼 그 어떤 말도 안 되는 일도 당연한 듯이 이뤄질 거라고 생각했습니다만…… 이것도 틀렸다니…… 상대방이 대책을 마련한 것일까요."

"뭔가 대책…… 으음…… 예를 들어, 아이들이 있는 곳이 결계에 봉인되어 있어서 찾지 못하게 한 거라든가?"

"그럴까……. 확실히, 그런 느낌도 들지만…… 그래도…… 으음……."

마마코는 고개를 갸웃거리면서 발치를 지그시 응시했다.

"왠지 대지가 기운이 없는 듯한…… 마 군의 위치를 찾아서 가보는 것에 그다지 찬성하지 않는 듯한, 그런 느낌도 드네."

"찬성하지 않는다고요? 마마코 씨가 갈 필요는 없다, 라는 걸까요?"

"걔들한테 맡겨두면 된다는 거야?"

"그래……. 그런 걸지도, 몰라……."

마마코는 검을 칼집에 집어넣더니, 조용히 의자에 앉았다.

"뒷일은 애들에게 맡겨두면 괜찮다…… 그 말이 맞을 거라고 생각해. 왜냐하면 그 아이들은 어엿하게 성장했는걸. 전투도 그래. 일상생활도 그래. 내가 곁에서 도와주지 않더라도, 자기들끼리 충분히 해낼 수 있을 거야."

"그럴까? 나는 잘 모르겠어."

"확실히, 꽤 믿음직해졌다고는 생각합니다만……."

"그렇지? 그러니까…… 걱정이 안 되는 건 아니지만…… 엄마가 없어도 되지 않을까…… 하고 생각해버렸어."

아이가 성장해서, 손이 가지 않게 됐다. 부모의 역할은 끝났다.

그것은 기쁜 일인데도, 쓸쓸함이 묻어나는 듯한 말로 형용할 수 없는 느낌이 들었다.

복잡한 부모 마음에 흔들리는 마마코가 애틋한 미소를 머금더니, 창밖을 쳐다봤다.

모네와 시라아세는 당혹스러워하며 서로의 얼굴을 응시했다.

"나는 쭉 엄마에게 어리광을 부리고 싶으니까, 엄마가 항상 곁에 있어 줬으면 좋겠는데 말이야."

"모네 양은 원래 어리광을 관장하는 마신으로서 탄생한 분이니까, 그런 생각이 들 겁니다. 어리광을 극복하고 자립할 수 있도록 엄마 해결사 가게에서 일하고 있습니다만, 근원적인 부분은 쉽게 바뀌지 않겠죠."

"우우~. 마치 내가 성장하지 않는다는 소리 같아서, 좀 불만이거든~?"

"아, 그럴 생각은 아니었습니다만…… 아무튼 일반적으로는 마마코 씨가 말씀하신 대로일 겁니다. 성장에 따라 자식은 부모를 졸업하고, 부모는 자식을…… 아…….”

“어? 시라아세 씨, 왜 그래?”

시라아세가 갑자기 카운터로 뛰어갔다.

그리고 거기에 놓여 있는 아이의 급성장에 관한 문의 서류를 손에 쥐더니, 지그시 생각에 잠겼다.

“아이가 성장해서, 부모가 필요 없게…… 어머니는 안타까운 감정을 품으며, 물러나게 되고…… 어머니의 힘 또한, 스스로를 억누르며 갈 길을 잃는다…… 그렇다면, 큰일이군요.”

“응? 뭐가 큰일이라는 거야?”

“하나부터 열까지, 적에게 유리한 상태가 되어 있다, 는 말입니다.”

그 자연스러운 흐름에 편승해, 혹은 자신의 의지로, 어머니란 존재가 나서지 않게 된다면…… 어머니를 배제한다고 하는 반항조직 리벨레의 뜻이 손쉽게 달성되고 만다.

‘상대의 의도대로 되게 할 수는 없습니다……. 하지만…….’

가장 효과적인 대항 전력인 마마코조차 부모로서 한발 물러서는 것에 납득하려 하고 있었다.

게다가, 어머니의 힘까지도 의기소침했다면…….

‘자, 어떻게 하면 좋을까요…….’

그럴듯한 논리에 포위당한 이 열세 상황을 어떻게 공략하면 좋을지, 시라아세는 생각해야만 한다…….

바로 그때였다.

말 울음소리가 들렸다. 엄마 해결사 가게 앞의 대로에, 마차가 선 것 같았다.

성에서 일하는 정장 차림의 관리 같아 보이는 사람이 허둥지둥 뛰어들어왔다.

"갑작스러운 방문을 이해해 주시길! 시급한 용건 때문이니, 부디 무례를 용서해주십시오! ……이곳에 오오스키 마마코 님 일행이 계십니까!"

"어머, 나는 여기 있는데……."

"오오! 여기 계셨습니까! 자제분들의 모습은 보이지 않습니다만…… 아, 아무튼, 서둘러, 성으로 와주십시오! 여왕 폐하께서, 긴히 부탁드릴 일이 있다고 하십니다!"

"여왕 폐하가? 어머, 무슨 일일까?"

마마코는 시라아세, 모네와 시선을 마주하더니, 세 사람 다 사이좋게 고개를 갸웃거렸다.

아이의 급성장에 관한 문의가 언제 또 들어올지 모르기에, 모네는 가게를 비울 수 없다며 남았다.

마마코는 시라아세와 함께, 초대에 응하기 위해 왕성으로 향했다. 급하게 달려가는 마차 안에서 잠시 흔들린 후…….

성에 도착한 마마코와 시라아세는 친구로서, 알현실이 아니라 여왕의 방으로 안내됐다.

"여왕 폐하, 실례할게요."

"어머나, 마마코 씨! 와줘서 고마워! 옆의 분은…… 운영 측의 시라아세 씨였지? 왕자의 맞선 파티 때 봤잖아!"

"기억해주시다니, 황송합니다. 여왕 폐하의 존안을 뵙게 되어, 정말 영광…… 어?"

공손히 인사를 하려던 시라아세는 갑자기 말을 멈추더니…… 그녀의 두 눈은 여왕의 머리카락에 꽂혀 있는 나이프와 포크와 바닷가재에 고정됐다.

"이건…… 제 판죽 능력을 시험받고 있는 걸까요?"

"으, 으음…… 그런 건 아닐 것 같은데……."

"두 사람 다, 왜 그래? 왜 그렇게 내 머리카락을…… 아, 맞아. 시찰에서 돌아온 직후라 흐트러졌나 보네. 어머나, 부끄러워라. ……누구 없어?"

옆방의 문이 열리더니, 시녀 몇 명이 공손히 들어왔다.

그리고 머리 모양을 손보는 척하면서 여왕의 머리에서 나이프와 포크와 바닷가재를 회수하더니, 낯빛 하나 바꾸지 않으며 다시 나갔다. 「이제 괜찮을 거야. 안심이네」, 「그렇네요」, 「동감입니다」 여왕 본인보다 마마코와 시라아세가 더 안심했다. 아무튼…….

두 사람은 응접용 소파로 안내됐다. 여왕은 맞은편에 앉으며 입을 열었다.

"우선, 갑작스러운 초대에 응해준 것에 진심으로 감사할게. 정말 고마워. ……그러고 보니 아이들의 모습이 보이지 않는 것 같은데……."

"마 군들은, 저기…… 모험 중이라……."

"모험 중? 마마코 씨를 두고, 어디 가버린 거야?"

"그게 아니라…… 뭐라고 설명하면 좋을지……."

"마마코 씨 일행은 어떤 사건을 해결하기 위해 활동 중이었습니다만, 상대의 책략에 의해 마마코 씨만 카산으로 보내졌습니다."

"어머, 그랬구나……."

여왕은 마마코를 지그시 응시했다. 그녀답지 않은 미적지근한 태도가 신경 쓰이는 것 같았다.

"여러모로 바쁜가 보네. 그럼 괜히 불러서 시간만 빼앗은 거려나?"

"아, 아뇨. 그렇지 않아요. 그쪽 문제는 아이들에게 맡겨두면 해결될 테니까요. ……제가 곁에 없어도, 분명 해낼 거에요. 왜냐하면, 자랑스러운 제 아들과 친구들인걸요."

마마코는 빙긋 웃었다. 본인은 힘찬 미소를 지었다고 생각하는 것 같지만…….

여왕의 눈에는 그렇게 보이지 않았다. 미간을 찌푸리며 의아해했다.

"……저기, 시라아세 씨가 가르쳐주지 않겠어? 마마코 씨에게 무슨 일이 있었던 거야? 왠지 침울하고, 어두워 보이는데……."

"이 시라아세가, 알려드리죠. 말씀대로, 마마코 씨는 딱 그런 상태입니다."

시라아세는 엄마 해결사 가게에서 가져온 서류 몇 장을 여왕에게 내밀었다.

그것은 아이의 부자연스러운 급성장에 관한 문의 서류이며, 특히 아이의 홀로서기를 받아들이고 만 어머니들의 침통한 코멘트가 적혀 있는 것을 가져왔다.

서류를 본 여왕은 이해했다는 듯이, 깊은 한숨을 내쉬었다.

"그렇게 된 거구나. 알았어. ……그렇다면, 반대로 적당한 타이밍이라고 할 수 있겠네. 기회야."

"그 말씀은……?"

"마마코 씨가 어머니로서의 올바른 모습을 가르쳐준 덕분에, 우리 모자는 구원받았어. ……나는 마마코 씨에게 답례를 해야만 해. 그리고 지금이야말로 바로 그때야. 이번에는 내가, 마마코 씨에게 가르쳐줄게……. 어머니로서, 너무나도 중요한 것을 말이지."

"알겠습니다. 그럼 이쪽은 여왕 폐하께 맡기겠습니다."

"응. 맡겨줘."

시라아세의 말에 미소로 답한 후…….

여왕은 다시 마마코와 시선을 마주했다.

"본론에 들어갈게. 잘 들어. ……현재, 세계 각지에서는 세계의 존망과 관련이 있을지도 모르는 중대한 사태가 발생하고 있어."

"네? ……무슨 일 있나요?"

"첫 번째는 대지와 바다가 갑자기 함몰되는 현상이야. 아까 나는 바다가 광범위하게 움푹 파이는 광경을 두 눈으로 봤어. 같은 규모의 현상이 지상, 하물며 마을이 있는 장소에서 일어난다면 극심한 피해가 발생할 거야."

"그 건은 저도 확인했습니다. 직경 3미터 정도의 비교적 소규모였습니다만, 이미 카산 왕도에서 발생했죠. 저도 거기 빠졌습니다. 한 번도 아니고, 두 번이나 말이죠."

"그런 일이……."

"그리고 하나 더. 아이의 부자연스러운 급성장에 따른 슬픈 홀로서기 또한, 두고 볼 수만은 없어. 여긴 부모와 자식이 언제까지나 사이좋게, 손을 맞잡고 행복하게 살아가는 것을 바라는 세계…… 가장 중요한 이념적인 부분을 부정당한다면, 세계 그 자체의 존재 이유가 상실되고 말아."

"존재 이유의 상실…… 그렇게 된다면, 어떤 일이 벌어질까요……."

"간단히 말해, 이 게임 세계는 실패한 게 돼. 운영 측에서 서비스 종료 알림을 알려주지 않으려나? 안 그래, 시라아세 씨?"

"여왕 폐하께서 제 말장난을 인용해주시다니, 영광입니다."

시라아세는 여왕을 향해 고개를 숙였다. 말장난을 사랑하는 마음을 공유한 듯한 느낌이 들었다.

그리고 진지한 이야기를 시작했다.

"내 생각이지만, 이 두 사태는 이어져 있어. 마마코 씨를 보고 확신했다니깐."

"저를, 보고요……?"

"마마코 씨는 아들이 성장해서 홀로 서게 되는 것을 쓸쓸하게 여기며, 우울해하고 있어. 그것은 흔히 『가라앉는다』라고 하는 상태야. ……그래서, 대지와 바다도 가라앉은 거지."

"……네?"

마마코가 어리둥절한 표정을 짓자, 여왕은 깊이 고개를 끄덕였다.

"만물의 어머니인 대지와 바다는 어머니의 마음에 호응해서 힘을 내려줘. 그러니 거꾸로, 어머니들의 감정에 영향을 받을 수도 있다고 생각해. ……저기, 시라아세 씨. 이 추측을 어떻게 생각해? 운영 측으로서의 의견을 들려줬으면 해."

"유감입니다만, 게임의 구조에 대해서는 해박하지 못한지라…… 아니, 그게 아니군요. 구조를 떠나, 어머니의 이름으로 말도 안 되는 현상을 발생시키는 분이 계시죠. 그것도 근처에 말입니다."

"호호호. 그렇지? 내 때도 말이야. 상대의 등을 톡 두드리기만 했는데, 차원의 벽을 넘게 하더라니깐. 내 눈을 의심했어."

"게임의 메인 시스템이 그분에게 영향을 받아서, HAHAKO 씨를 탄생시킨 적도 있습니다. 움직이지 않는 세계가 움직인, 하나의 예시죠. 그렇다면…… 평소부터 만물의 어머니인 바다와 대지와 이어져 있는 그런 말도 안 되는 분이, 자신도 모르는 사이에 그 유대를『나눠준 것』에 의해……."

"다른 어머니들도 그 은혜를 받아서 감정을 공유하게 되면서, 대지와 바다가 움직이게 된 거야. 충분히 있을 수 있는 일이지? 정말, 말도 안 되는 사람이네."

"네. 확실히 말도 안 되는 분이군요."

"으음…… 그 말도 안 되는 분은, 대체 누구인가요?"

전혀 자각을 못 한 사람이 얼이 나간 투로 그런 소리를 늘어놓고 있지만, 일단 제쳐두기로 했다.

"거기까지 알았으면 충분해. 할 일은 정해져 있는 거나 다름없잖아. ……안 그래, 마마코 씨?"

"어? ……으음……."

"간단히 설명하겠습니다. 현재 발생하고 있는 두 가지 사태는 이어져 있습니다. 대지와 바다가 가라앉는 현상은 어머니들이 침울해하면서 벌어진 겁니다. 어머니들의 기분이 가라앉은 건, 반항조직 리벨레가 일으킨 일이죠. 그렇다면?"

"그렇다면…… 아, 그래! 반항조직의 리더인 포타 양의 어머니를 설득하면, 모든 사태가 해결되겠네!"

"이미 적 주모자의 정보를 파악하고 있구나. 그럼……."

"자, 이번에야말로 마마코 씨다운 목소리를 들려주십시오."

"알았어! 그럼……!"

침하게 일어선 마마코는!

퍼뜩 뭔가를 눈치채더니, 치켜들려던 주먹을 내렸다.

"……분명, 마 군과 아이들이 무사히 해결해줄 거야. 나는 맛있는 밥을 만들어놓고, 그 아이들이 돌아오길 기다릴까? 그래. 그러는 편이 좋겠어."

힘없이 그렇게 중얼거린 마마코는 다시 자리에 앉았다.

하지만…….

"확실히, 그게 어머니다운 행동일지도 몰라. ……하지만 마마코 씨, 당신은 그렇지 않잖아?"

여왕은 마마코의 눈을 지그시 응시했다.

"잘 들어, 마마코 씨. 당신이 힘을 빌려준 덕분에, 내 아들인 왕자는 멋진 반려자와 만났어. 무사히 결혼식을 올리고, 둘이서 행복한 나날을 보내고 있지. ……하지만, 한편으로 나는 침울해졌어."

"네? 어째서……."

"왕실이라 일반적인 집과는 다르지만, 아들이 자기 가정을 가지게 된 거야. 자신들의 생활을 시작했어. 그러니, 엄마가 쭉 곁에 있을 수는 없잖아? 아들을 신뢰한다면, 더 그렇지 않겠어?"

"그렇, 겠죠……. 자식을 생각한다면…… 어머니로서, 물러나야만 할 때가 있을 거예요……."

"그래. 그래서 나는 홀로서기를 할 수밖에 없었어. 그게 너무 쓸쓸했지. ……하지만 말이야. 그럴 때, 문뜩 좋은 생각이 났어."

"……어떤, 생각인가요?"

"비장의 방법이야. 자식과 어느 정도 거리를 두면서도 얼굴을 마주하거나 이야기를 나누며, 이제까지와 변함없는 시간을 함께 보내는 방법을 발견했어."

"그, 그런 방법이 있나요? ……그건……."

마마코가 관심을 보이자, 여왕은 말했다.

"겸사겸사, 만나러 가는 거야."

그 말의 의미를 바로 이해하지 못한 건지, 미마코는 얼이 나갔다. ……하지만 옆에 있던 시라아세는 이해했다는 듯이, 가볍게 손뼉을 쳤다.

여왕은 즐거운 듯이 미소 지었다.

"간단한 이야기야. 뭔가 볼일을 마친 김에, 겸사겸사 만나서 이야기를 나누며 함께 시간을 보내. 그게 다야. ……하지만, 여기서부터가 핵심이야. 여기가 중요해. 잘 들어."

"아, 네. 뭔가요?"

"그런 적당한 볼일이 자주 있을 리가 없잖아? 그러니…… 볼일이 없을 때는, 볼일을 만드는 거야."

"……네?"

"이건, 어머니만이 쓸 수 있는 기술이야. 모친 스킬이라고 해도 괜찮지 않을까 싶네."

예를 들어, 갠 세탁물을 일부러 방까지 전해주러 가면서 뭘 하고 있는지 살펴본다.

예를 들어, 아이가 혼자 살게 되더라도 그 부근의 관광지에 가볍게 여행 가는 김에 잠시 쉴 겸 자연스럽게 들러서 얼굴을 비춘다.

그런 식의 어머니다운 행동은 모친 특수 스킬 【어머니, 오다】의 효과에 의한 것이다. 틀림없다.

"왜냐하면 나는 아들을 만나고 싶은걸. 얼굴을 보고 싶고,

이야기를 나누고 싶어. 함께 있고 싶은 거야. 그렇다면, 어떻게든 해서 함께 있을 수 있는 볼일을 만들 수밖에 없지 않겠어? ……그래……. 예를 들어, 지금의 마마코 씨라면…….”

“마사토 군과 다른 루트로 다른 목적을 위해 행동한 결과, 우연히 합류해서 함께 달성한다. 그건 너무 작위적일까요?”

“어머나, 시라아세 씨도 참. 그건 너무 작위적이야. 호호호.”

“연관된 모든 사람과 세상에, 그 이상 없을 효과를 줄 테니까요. 너무 작위적이라 무서울 정도군요. 후후후.”

시라아세와 여왕이 약간 악당 같은 표정으로 웃더니, 진지한 표정으로 생각에 잠겨 있는 마마코를 향해 시선을 돌렸다.

“저기, 마마코 씨. 나는 이렇게 생각해. ……어머니는 때때로 어리석어도 된다고 말이야. 현명한 척을 하며 자기 마음을 숨겨선 안 돼. 아이를 위한 거니 어쩔 수 없다, 하며 단정 지어선 안 돼. 어머니로서의 스스로에게 좀 더 솔직해도 괜찮다고 생각해. 그러니 말이야.”

“……맞아요. 저는, 어머니니까요.”

마마코는 천천히 고개를 들었다. 망설임이 섞이지 않은, 개운한 표정을 짓고 있었다.

여왕은 고개를 끄덕였다.

“더는 걱정 안 해도 되겠네.”

“네, 여왕 폐하. 폐를 끼쳐서 죄송해요. 저는 이제 괜찮아요. ……볼일이 생각났으니, 이만 실례할게요.”

“호호호. 볼일이 있다니, 잡을 수도 없겠네. 여왕으로서, 용사의 어머니가 여행을 떠나는 것을 배웅해야겠어. ……아, 맞다. 중요한 걸 말하지 않았네."

"어머, 뭔가요?"

"아무리 마마코 씨라도, 혼자서 모험하는 건 위험해. 모험가 길드에서 동료를 모집해서, 여행 준비를 마친 후에 출발해. 이건 RPG의 철칙이야."

여왕은 매우 의미심장하게, 살짝 윙크했다.

"우선 모험가 길드에 가서 동료 모집이네. 이 게임을 시작한 직후에 마 군과 함께 했었으니까, 기억하고 있어."

"마마코 씨가 너무 화끈하게 나간 바람에 건물과 저한테 대참사가 일어났습니다만, 이제 와선 좋은 추억이군요. 그럼, 가시죠."

왕성을 나선 마마코와 시라아세는 길 곳곳에 생겨난 구덩이를 피하면서 모험가 길드로 향했다.

건물 앞에는 여러 모험가가 있었다. 「……어이! 저기 봐!」, 「어, 진짜야?!」 마마코의 모습을 보더니, 다들 당황하면서 동경에 찬 눈길을 보냈다.

"어머나. 바로 모험가 분들을 발견하긴 했는데……."

"잠시 기다려주시길. 이 카산 왕도는 모험의 출발점입니다. 그런 만큼, 길드에 등록되어 있는 건 신규 플레이어와 파티를 짜도 괜찮도록 레벨이 조정된 풋내기 모험가 분들일 겁니다만……."

"맞아. 듣고 보니…… 저기 있는 모험가 분들에게는 미안하지만, 좀 미덥지 못한 느낌이 들어."

"그러면 일이 어려워지는 군요……. 이제부터 어찌어찌해서 적 조직의 본거지에 가려는 참인데, 초보자나 다름없는 동료를 데리고 가선 짐만 될지도 모릅니다."

"그건 좀 곤란하겠네……."

"차라리 마마코 씨가 혼자 가는 편이 마사토 군 일행과 빨리 합류할 수 있을 거라고 생각합니다만…… 그래도 여왕 폐하께서 추천해주신 만큼…… 뭔가 의미가 있을지도……."

마마코와 시라아세가 모험가 길드에 발을 들였을 때였다.

"아, 드디어 왔네."

"그래. 음료를 더 주문하기 전에 와서 다행이야."

휴식용 소파에서 쉬고 있던 여성 두 사람이 입을 열었다.

한 사람은 반짝이는 장식품으로 꾸며진 화려한 이브닝 드레스를 입은, 갈색 피부와 악마 같은 뿔을 지닌 여성이었다.

그리고 다른 한 사람은 벼락출세한 사제나 입을 법한 고저스한 성직자복을 입은, 어엿한 인상의 여성이었다.

두 사람을 보자마자, 시라아세는 무심코 눈을 치켜떴고 마마코는 놀란 듯한 목소리를 냈다.

"앗…… 카즈노 씨?! 메디 마마 씨?!"

"마마코 씨, 시라아세 씨, 오래간만이에요~. 일전에는 신세 많이 졌어요~. 그것보다, 왜 이렇게 늦은 거야. 심심해서 죽을뻔했거든?"

"죽을뻔은 무슨. 모험가들의 근육을 보고 혼자 꺄아~ 꺄아~ 거리며 즐거워했으면서……. 같이 있으면서 얼마나 부끄러웠는지 알아?"

"남의 취미에 괜한 트집 잡지 말아줄래? 좀 그렇다고 덧나는 것도 아니잖아."

친구끼리 장난치듯 그렇게 말하며 자리에서 일어나 다가온, 그 두 사람은…….

와이즈의 어머니이자 밤의 여제, 카즈노.

메디의 어머니, 메디 마마.

그 두 사람이 틀림없었다.

"카즈노 씨와 메디 마마가 맞네. 깜짝 놀랐어."

"저도 그렇습니다……. 설마 살아계실 줄은……."

"잠깐, 시라아세 씨. 그게 무슨 소리야. 나, 죽은 걸로 되어 있었어?"

"이 사람의 말은 덜컥 믿으면 안 돼. 농담하는 것뿐이거든."

"우후후. 맞아. 두 사람 다 사이좋은 모녀지간이 되어서 무사히 게임을 클리어한 후에, 먼저 현실세계로 돌아갔었잖아. ……그런데, 여기에는 무슨 일이야?"

마마코가 묻자, 카즈노와 메디 마마는 시선을 슬며시 교환하며 쓴웃음을 지었다.

"어디서부터 설명하면 좋을까…… 아~. 이런 건 메마마가 잘하지? 부탁할게."

"그 호칭으로 부르는 걸 허락한 적 없거든? 뭐, 좋아. ……

그럼…….”

메디 마마는 크게 숨을 들이마신 후, 하나, 둘, 셋~.

“나와 카즈노 씨는 이 게임 세계로 도망친 프로듀서의 신병을 확보해달라는 의뢰를 받았어. 우리가 선택된 이유는 이 세상에서의 생활 경험이 있어서라는 설명을 들었지만, 실은 운영 측에 빚이 있다는 점도 고려된 거라고 생각해. 의뢰를 거절하기 어려울 거란 타산도 섞여 있을 거야. 아, 참고로 카즈노 씨와는 각자가 일으킨 소동 탓에 운영 본부의 취조실에서 얼굴을 마주할 기회가 있었거든. 그래서 유감스럽게도 알고 지내게 됐어. 서로에게 연락을 취하고, 이 세상에서 합류한 게 약 한 시간 전의 일이야. 그리고 수색을 시작하려고 한 순간, 또 운영 측으로부터 연락이 왔거든. 모험가 길드에서 대기하다 마마코 씨 일행과 합류하란 지시였어. 그래서 우리는 이곳에서 기다리고 있었던 거야.”

“그렇게 된 거야.”

폭풍우처럼 쏟아져 나온 말을 들은 후, 「그렇게 된 거구나」, 「그렇게 된 겁니까」 하고 말한 마마코와 시라아세는 고개를 깊이 끄덕였다.

바로 그때…….

“사무적인 설명은 이것으로 끝이야. 이어서 카즈노 씨가 우리의 본심을 설명할게. 자, 부탁해.”

“어, 어째서야. ……그건 안 해도 되잖아…….”

“안 돼. 당신도, 어머니다워졌다는 걸 보여주고 싶지? 부끄러워하지 말고, 빨리 말해."

"지, 진짜로 말해야 해? ……으으……."

메디 마마가 카즈노의 등을 살며시 밀었다.

무슨 일이 있었던 것일까. 마마코와 시라아세가 쳐다보자…… 카즈노는 시선을 이리저리 돌리면서 천천히 입을 열었다.

"뭐, 저기, 그러니까…… 나도, 의외로, 엄마이긴 한 건지…… 신경이 쓰이지 뭐야."

"뭐가 신경이 쓰인 건데?"

"요즘 어떻게 지내나, 잘 지내고 있을까, 같은 식으로 말이지."

"흠…… 대체 누가 신경이 쓰인다는 겁니까?"

"그야, 물론…… 우리, 바보 딸……."

"마마마, 맙소사! 카즈노 씨가! 밤의 여제를 자처하며, 각지의 마을에서 자기 취향의 호리호리 근육질 미남을 모아서, 미남 의자를 만들며 우쭐대던, 그 카즈노 씨가! 어머니로서, 딸 걱정을 했다는 겁니까!"

"잠깐, 시라아세 씨?! 그 이야기는 그쯤 하면 되지 않아?! 그만 좀 해주면 안 돼?!"

"카즈노 씨, 진정해. 놀리는 것뿐이야. 시라아세 씨는, 그런 사람이잖아."

상대가 어머니로서 선배인 상대일지라도, 놀릴 기회를 잡으면 인정사정 봐주지 않는다. 「새로운 인재를 발견했습니다」, 「너무 그러지 마」 마마코가 말렸지만, 시라아세는 끊임없이 도전할 작정이다. 아무튼…….

괴로워 죽으려고 하던 카즈노는 갑자기 표정을 풀더니, 작게 중얼거렸다.

"우리 바보 딸이 없는 것 같으니까 확 말해버리는 건데…… 나는, 의뢰받을 일을 처리할 겸…… 딸이 잘 지내는 모습을 볼 수 있다면 좋겠다 싶어서, 이 일을 맡은 거야."

그 말에 동의하듯, 메디 마마도 고개를 끄덕였다.

"아까 두 사람의 이야기가 들렸어. 적 조직의 본거지니, 마사토 군 일행과 합류니 같은 말을 했지? 무슨 일이 일어난 거야?"

"응. 맞아. 좀 급한 볼일이 생겨서…… 겸사겸사, 마 군과 아이들을 만나러 갈 예정이야. 그러려고 동료를 찾고 있는 거야."

"그렇구나. 그렇다면……."

"협력 안 할 이유가 없네."

카즈노와 메디 마마는 만족한 표정으로 고개를 끄덕였다.

카즈노는 호화롭게 꾸며진 두꺼운 마법서를 손에 들더니, 요염한 미소를 지었다.

"이 세상에 존재하는 모든 마법을 단 한마디 말로 쓸 수 있는 대현자인 바로 나…… 밤의 여제, 『나이트 퀸』을, 여행의 동반자로 삼는 건 어때?"

메디 마마는 보석이 박힌 신성한 지팡이를 손에 쥐며, 당당한 자세를 취했다.

"새롭게 주어진 이 지팡이를 휘두르기만 해도, 모든 것을 수호하고 모든 것을 치유할 수 있어. 치유술사 메디 마마를, 당신의 동료로 맞이하지 않겠어?"

두 사람 다 최고급 장비를 지녔고, 모친 보정을 통해 치트급 능력을 얻었다. 더할 나위 없을 만큼 믿음직한 동료다.

마마코는 물론 거절할 이유가 없다. 감격한 나머지 흘러나오려는 눈물을 참으며, 힘차게 고개를 끄덕였다.

"카즈노 씨. 메디 마마. 앞으로 잘 부탁해."

"나야말로 잘 부탁해."

"저기, 마마코 씨? 나, 재등록으로 이름이 바뀌었는데…… 뭐, 좋아……."

마마코가 내민 손 위에, 메디 마마와 카즈노가 손을 얹었고…….

"시라아세 씨도, 같이 가줄 거지?"

"방해만 안 된다면, 동행하고 싶습니다. 서포트 역할로서…… 그리고 응원 대장으로서, 최선을 다하겠습니다."

"시라아세 씨가 있으면, 거꾸로 더 걱정이 될 것 같지만……."

"그래도 동료가 많은 편이 즐거울 거야."

시라아세도 손을 얹자, 네 명의 어머니는 마음을 하나로 만들었다.

"엄마 RPG의 막이 올랐네요. 힘내죠."

"그럼 온 세상의 호리호리 근육질 미남을 만나러, 는 농담이고……."

"의뢰받은 일을 처리할 겸……."

"귀여운 우리 아이들을, 만나러 가자! 오~!"

네 명의 마음속에서 오프닝 팡파르가 울려 퍼지면서, 어머니들의 모험이 시작됐다!

그런고로…….

"그럼 이제부터 어떻게 하지? 딱히 정해둔 건 없는데 말이야." 빙긋.

""어? 노 플랜인 거야?""

"우선 세상을 돌며, 각지에서 일어나고 있는 사태에 대처하도록 하죠. 문제를 해결하다 보면 다양한 단서를 얻을 것이며, 사건의 진상, 그러니 적 보스가 있는 곳에 도달할 겁니다. 아마도요."

"아마도, 라니…… 게임이라는 게 원래 그런 거라고는 생각하지만…… 괜찮은 거야? 괜히 고생할 것 같은 느낌이, 몰려드는데……."

"걱정하지 마. 우리의 앞길에 그 어떤 난관이 기다리고 있을지라도, 우리는 그것을 극복할 수 있어. 이렇게 엄청난 어머니들이 모였잖아? 그래. 그 어떤 난관일지라도, 우리라면 극복할 수 있어!"

메디 마마가 그 어떤 난관이라도 극복할 수 있다고 두 번이나 말한, 바로 그때였다.

모험가 길드 앞에 마차 한 대가 섰다. 「저 마차…… 아까 그분이 또 왔나 보네」 엄마 해결사 가게에 왔던 관리가 또 찾아온 것 같았다.

"실례하겠습니다! 이곳에 오오스키 마마코 님은…… 아, 계셨습니까! 마침 동료 여러분도 계시는군요!"

"안녕하세요. 무슨 일인가요?"

"여왕 폐하께서 드리는 선물입니다! 여러분의 모험에 도움이 되었으면 한다시더군요! 자, 받아주십시오!"

하인 네 명이 마차에서 커다란 보물 상자를 옮겨왔다.

경악과 욕망을 드러내고 있는 네 명의 어머니 앞에서, 보물 상자가 열렸다. 눈부신 빛이 뿜어져 나왔다!

"바라마지 않는 자금 원조…… 으이익?!" 데엥~!

"어…… 자, 장난이지……?" ……덜덜부들부들…….

"호오~? 이렇게 나온 겁니까." 씨익.

"어머나, 참 멋지네!" 방긋.

각양각색의 반응을 보이게 만든, 그 내용물은 바로……!

"……이건…… 함정인가……."

마사토는 통로 옆에 놓여 있는 도마뱀 봉제 인형 앞에 털썩 앉았다.

이게 몇 번째 봉제 인형인지, 이제 기억도 나지 않는다.

'봉제 인형을 표식 삼아 따라가면, 포타가 있을 거라고 생각했는데…….'

그렇게 믿으며 함정 보드게임을 돌파한 후, 복잡하게 얽힌 하하데스 성의 복도를 하염없이 뛰어갔다…….

곰, 토끼, 고양이, 개…… 다양한 봉제 인형이, 마치 방향을 가르쳐주듯 놓여 있었다.

—결과적으로, 그것들은 놓여 있기만 할 뿐이었다.

포타는 찾지 못했고, 그렇다고 어디에도 도착하지 못했으며, 그저 빙글빙글 돌며 지치기만 했다.

"더는 무리야……. 힘들어…… 포타도 안 보이고……."

"조직의 본거지인 만큼, 몬스터도 은근히 강하니까요……."

와이즈와 메디도 주저앉더니, 금방이라도 쓰러질 것처럼 몸을 벽에 기댄 채 꿈쩍도 하지 못했다.

어쩔 수 없이 잠시 쉬기로 했다. 마사토는 옆에 둔 과자 상자가 뭉개지지 않도록 조심하며, 그 자리에서 벌러덩 드러누웠다.

"우리를, 절대로, 자기 엄마가 있는 곳으로 보내주지 않으려나 보네……."

"이게 포타의 뜻인 거야. 정말『무슨 수를 써서라도!』란 느낌이네."

"하지만 한편으로 저희에게 배려를 잊지 않는 점이, 포타 양의 귀여운 점이에요."

메디는 무거운 엉덩이를 들더니, 도마뱀 봉제 인형이 있는 곳으로 걸어갔다.

봉제 인형을 치우자, HP와 MP를 회복시켜주는 포션 몇 개가 모습을 드러냈다.

"어머님을 좋아하지만, 저희도 이렇게 좋아해 주네요. 정말 멋진 애예요."

"그래. ……하지만, 그래서 더 걱정이야. 우리도 힘들지만,

포타는 우리와 비교도 안 될 만큼 힘들 거잖아."
"실은 이런 짓이 하고 싶지 않을 거야. 틀림없어."
"하지만, 사랑하는 어머님을 위한 일이니까요……."
"자기 마음에 거짓말하며, 무리해서……."
"그러다 어느새 메디처럼, 마음에 어둠을 품게 되는 거구나."
귀여운 미소를 지으며 아군에게 독 아이템을 던지는, 다크 포타의 탄생?
"안 돼! 포타가 메디처럼 되면, 전부 끝장이라고!"
"마사토 씨? 그 말은 어떤 의미죠? 저는 끝장나지 않았거든요?" 빙긋.
웃고 있지만 전혀 웃고 있지 않은 메디가, 마사토의 명치에 HP 회복 포션 병을 마구 우겨넣고 있었다. 「잘못했습니다. 그만 하세요」, 「싫어요」 마사토가 헛구역질을 할 때까지 그 짓은 계속됐다.
뭐, 장난은 이쯤 하기로 하고…….
몸을 일으킨 마사토는 HP 회복 포션을 단숨에 들이키더니…….
"자, 그럼 다시 시작할게. 일단 포타를 잡은…… 후에……."
""후에?""
어떻게 하면 좋을까.
마사토의 입에서, 좀처럼 말이 나오지 않았다.
'……어쩌면 좋지?'
정리해보자. 우선, 우리는 어쩌고 싶은 걸까?

동료인 포타를 되찾고 싶다. 나쁜 조직에 속해 있다면, 빼내 주고 싶다.

하지만, 그 조직에는 포타의 어머니가 있다.

그러니 포타를 되찾는다는 건, 어머니와 딸을 갈라놓는 것이다.

“마사토?”

“마사토 씨?”

“자, 잠깐만 있어 봐. 지금 생각하는 중이야. ……으, 으음…….”

두 사람이 쑥 다가왔다. 말해. 빨리 말해. 이럴 때만 리더십을 발휘해, 빨리 선언하라고 재촉해온다. 「마사토?」, 「마사토 씨?」, 「좀 있어봐!」 두 사람의 얼굴이 코앞까지 다가왔다.

집중하자. 생각해보는 거다.

‘단순히 모녀가 같이 있고 싶은 거라면, 그냥 둬도 돼. 하지만…….’

포타의 어머니는 조직의 보스다. 이제까지 일어난 부모 자식 관련 사건의 주모자. 만악의 근원.

게다가 딸인 포타에게 꽤 냉랭한 태도를 취하고 있는 것 같다.

이 두 가지가, 문제점이다.

‘어머니 쪽을 어떻게든 해야 해. ……하지만…….’

마사토 일행이 자기 어머니에게 다가가지 못하도록, 포타가 한사코 막고 있다. 그러니 설득해야만 한다.

그렇다면, 어떻게 포타를 설득할 것인가.

‘어떻게? 어떤 방향성으로? 무슨 말로?’

와이즈와 메디가 지그시 쳐다보는 상황에서, 생각하고 또 생각한 결과…….

마사토는……!

"아, 아무튼! 일단 포타를 찾은 후에, 어쩔지 생각을…… 아."

아무 생각도 나지 않아, 문제를 미뤄두려고 했던 바로 그 순간이었다.

마사토는 자신을 향한 시선을 피하려고, 별생각 없이 쳐다본 통로 끝의 모퉁이에…….

"우왓! 또 들키고 말았어요!"

포타가 슬그머니 얼굴을 내밀고 있었다. 눈이 딱 마주치고 말았다.

"엇, 포타?! 왜 모습을 보인 거야?! 몰래 쳐다보는 건 괜찮지만, 들키면 안 되잖아?! 좀 잘 숨으라고!"

"무슨 소리를 하는 거야! 재를 찾았으니 잘됐잖아!"

"빨리 쫓아가죠! 이번에야말로, 절대 놓치지 말자고요!"

"으, 응……. 아, 하지만, 선생님이 복도에서는 뛰면 안 된다고……."

""위치에 서고, 준비…… 출발!""

움직임이 느린 마사토를 내버려 둔 채, 여자 둘은 전력 질주를 시작했다. 「그렇게 뛰면 팬티가 보일 거라고!」, 「안 보면 되겠네!」, 「마사토 씨 하기 나름이에요!」 마사토의 부탁을 무시한 두 사람은 휘날리는 치마를 아랑곳하지 않으며 내달렸다! 오늘은 파란색과 흰색!

"포타! 기다려!"

"거친 짓은 안 할 테니, 순순히 잡혀 주세요!"

"싫어요~! 저는 절대 안 잡혀요~! 잡히면, 엄마를 지킬 수 없단 말이에요~!"

"역시 포타는 발이 빠르네! ……못 따라잡을 것 같으니까, 이쯤에서 포기를……."

""달려!""

"네……."

포타는 빠른 두 발로 통로를 내달렸다.

마사토 일행과의 거리가 벌어지자, 갑자기 방향을 전환한 그녀는 통로 옆의 방에 들어갔다.

뒤늦게 도착한 마사토 일행은 방의 문에 그려진【Ⅳ】라는 숫자를 응시했다.

"이건 사천왕의 방이네. 예전 아지트에도 있었어."

"자기 방에서, 저희와 대결할 생각인 걸까요?"

"그렇다면 주의해야겠는걸. 여기는 포타의 영역이야. 어떤 함정이 있을지 몰라……. 그러니 서두르거나 조바심을 내지 않으며, 신중하게 작전을 짜……."

""돌격!"" 철컥!

"뭐, 그럴 것 같았어."

와이즈가 경계심을 품지 않으며 문을 열더니, 메디와 함께 방 안으로 뛰어 들어갔다. 어쩔 수 없이 마사토도 그 뒤를 따랐다.

예상대로, 여기는 포타가 생활하는 방이었다. 내부는 소레라가 보여준 영상에 나왔던 것과 똑같았다. 테이블과 침대가 드문드문 놓여 있는 이 방은 매우 넓었다.

그런 방 안에서는 포타의 모습이 보이지 않았다.

"어디 숨은 건가?"

"그런 것 같네. ……나는 저 벽장 안이 수상해."

"그런 척하면서, 실은 아이템으로 모습을 감췄을 가능성도 있어요."

"그러고 보니 【싸우고 싶지 않소이다의 물】이라는 게 있었지. 적을 피하기 위한 아이템으로 기억하지만…… 그걸로 자기를 눈치채지 못하게 한 거라면……."

숨어있는 척을 하면서, 실은 이 근처에 있는 것 아닐까?

마사토 일행이 실내를 탐색하기 위해 방문 근처를 벗어난 순간, 포타가 슬그머니 방에서 나간 후에 문을 밖에서 잠가서 감금 완료, 라거나?

"좋아. 그럼 오빠 센서를 쓸 차례네. 오빠 센서…… GO!"

마사토는 오빠 센서를 켰다. 상대가 귀여운 동생 격이니까, 어디 있는지 알 수 있을 것이다. 아니, 당연히 알 수 있다. 오빠니까 말이다.

포타의 얼굴이 있을 만한 장소를 이미지하며, 「여기다!」 손가락으로 볼을 간지럽히듯 움직이자……!

"포타 발견! ……뭐, 그렇게 쉽게 찾을 리가……."

"꺄앗~! 깐지러버요~!"

"우왓?! 진짜로 있네?!"

간지러운 탓에 몸을 배배 꼬면서, 포타가 모습을 보였다!

"잘했어, 마사토! 대단해! 약간 징그럽지만 말이야!"

"한마디로 정리하자면, 매우 징그럽다, 네요."

"정리하지 말아줬으면 좋겠네! ……아무튼, 잡았다! 잡았다고!"

"우와앗~! 저, 저는, 아직 안 잡혔어요~!"

포타는 간지럼 지옥에서 빠져나가더니, 침대로 뛰어갔다.

"이렇게 되면, 제가 싸우겠어요! 마사토 씨, 와이즈 씨, 메디 씨! 승부예요!"

"싸운다니…… 잠깐만, 포타! 진짜로 싸우려는 거야?!"

"좀 진정하란 말이야! 왜 우리가 싸워야만 하는데?! 영문을 모르겠거든?!"

"싸울 이유라면, 있어요! 제가 이기면, 엄마를 지킬 수 있어요! 그러니까!"

"앗! ……마사토 씨, 와이즈 양, 조심하세요!"

포타는 숄더백에서 눈부시게 빛나는 액체가 든 병을 꺼내더니, 침대 위의 봉제 인형에 뿌렸다.

그 순간, 움직이기 시작한 봉제 인형이 마사토 일행을 향해 돌진했다.

"우왓! 말도 안 돼?! ……하지만, 그래봤자 인형이잖아."

"이렇게 말하면 좀 그렇지만, 결국 헛된 발버둥이야. 어쩔 수 없네. 내가 마법으로 한꺼번에 쓸어버리겠어!"

와이즈가 마법서를 손에 쥔 순간…….

재빨리 눈치챈 포타가 고함쳤다.

"치타 씨! 가세요!"

치타 인형이 맹렬한 속도로 달려가더니, 와이즈의 얼굴에 달라붙었다.

"우읍?! 짬깐, 하지 마! 주문을 못 외우…… 아아, 하지만…… 감촉이 너무 좋아……." 헤벌쭉.

"행복한 표정 지을 때냐! 물리적으로 마법이 봉인 당했잖아."

"어쩔 수 없군요. 그럼 제가 인형들에게 안식을 내려주겠어요."

못난 와이즈를 대신해, 메디가 지팡이를 치켜들었다.

포타는 그 움직임을 놓치지 않았다.

"우왓! 즉사 마법을 쓸 거예요! 알파카 씨, 막아주세요!"

알파카 인형이 재빨리 돌진하더니, 그대로 메디의 얼굴에 들러붙었다.

"푸읍?! 잠깐, 이러지 마쎄요! 이래선 저까지…… 아아, 하지만…… 무시무시할 정도로, 폭신폭신……." 헤벌쭉.

"메디까지 행동을 저지당했나……. 포타도 꽤 하는걸……! 하지만, 나는 그렇게 안 돼."

한순간 망설였지만, 결심한 마사토는 성검 필마멘트를 칼집에서 뽑아 들었다.

그리고 양손으로 움켜쥐었다……?

"어라? 뭔가 깜빡한 느낌이 드는데…… 뭐, 됐어!"

전투에 집중하자. 포타에게 검 끝을 겨누지는 않았지만, 싸워야 할 상대로서 마주했다.

"미안하지만, 나는 봉제 인형에 그다지 흥미가 없거든. 인정사정없이 베어버릴 거야."

"그러면 봉제 인형이 불쌍해요! 마사토 씨, 그렇게 안 봤는데 너무해요! 저는 정말 슬퍼요!"

"윽…… 되게 싸우기 힘드네……."

포타의 목소리가 마사토의 전투 의욕을 급격히 저하시켰다. 범상치 않은 디버프 효과다.

포타, 의외로 강적이다!

"위험한 짓은 시키고 싶지 않지만, 엄마를 지키기 위해서예요! 여러분, 가주세요!"

"크! 그럼, 베지 말고 검 옆면으로 어떻게든……!"

열 개가 넘는 봉제 인형이 일제히 마사토를 덮쳤다.

마사토는 가장 먼저 달려든 펭귄을 검으로 쳐냈다. 그래 봐야 봉제 인형이다. 가벼운 만큼, 일격에 벽까지 날아갔다…….

"여유롭네! 자, 다음……!"

마사토가 다른 봉제 인형을 돌아본 그때였다.

벽에 내동댕이쳐진 펭귄이 탱탱볼처럼 튕겨지더니, 마사토의 볼을 향해 맹렬한 속도로 날아왔다. 그리고 정통으로 꽂혔다.

"꾸엑?! 뭐야, 이거! 헤벌쭉하겠잖아! 완전 땡큐~!"

얼굴에 정통으로 맞았지만, 포상이라고 해도 과언이 아닌 감촉이었다. 다시 튕겨서 날아가는 펭귄을 향해 고맙다고 말한 후, 마사토는 이어져서 날아온 거북이를 쳐서 날려버렸다.

그리고 코끼리, 돌고래, 소도 차례차례 날려버렸다. 경쾌하게, 뻥뻥뻥뻬엉~ 하고 날려버렸다. 봉제 인형 배팅센터다. 「우와, 즐거워!」 정말~ 즐겁다.

그 결과…….

"하하하! 완전 쉽네! ……하지만…… 어라?"

날아간 봉제 인형들이 벽과 바닥과 천장에 부딪혀서 튕겼다.

왠지 튕겨날 때마다 속도고 빨라지는 것 같았고…… 무시무시한 속도의, 봉제 인형 핀볼 상태가 되면서…… 사방팔방에서 마사토 일행에게 날아왔다!

"컥?! 윽?! 푸웁?! ……자, 잠깐만?!"

"앗! 응! 아핫! 이게 뭐야! ……아~, 행복해." 헤벌쭉.

"꺄앗! 하앙! 흐윽! ……전부 폭신폭신, 부들부들이에요" 헤벌쭉.

"두 사람 다! 마음은 이해하지만, 헤벌쭉거릴 때가 아냐! 이 공격에 HP가 닳고 있거든?! ……젠장!"

불쌍하다는 소리를 할 때가 아니다. 마사토는 검을 고쳐 쥐더니, 날아오는 닭을 칼날로 벴다.

하지만 벨 수가 없었다. 그저 튕겨나갈 뿐이었다. ……탄력 탓에 마찰이 발생하기 어려운 솜은, 경우에 따라선 철보다 베기 어렵다.

"으으. 봉제 인형이 이렇게 벅찬 상대일 거라고는 생각도 못 했어……."

"봉제 인형은 귀여워요! 그리고 귀여운 건, 강하고요!"

“그 말, 포타에게 딱 어울리는걸. 하지만, 그런 거라면…… 이쪽도, 더는 봐주지 않을 거야! 각오해, 포타!”

“네! 저는 이미 각오가 됐어요! 그러니, 초필살 공격을 날리겠어요! 이걸로 끝낼 거예요! 갑니다!”

“아니, 너는 봐줘도 되거든?!”

포타는 숄더백에 달린 마스코트『피타』를 빼냈다.

그리고 눈부시게 빛나는 액체가 담긴 병을 꺼내더니, 「한바탕 파이팅이에요!」 병의 입을 피타의 입에 대어 액체를 먹였다.

피타가 액체에 젖어 들자…… 그 몸이 크게 요동치더니…… 손바닥만 하던 마스코트가 쑥쑥 거대화됐다.

포타의 키를 넘어서고, 마사토의 키를 넘어서더니, 더욱…….

“……우와, 말도 안 돼…….”

“잠깐…… 이, 이건…….”

“너무 큰 게, 아닐까요……?”

“이게 피타의 진심이에요! 서프라이즈 빅 사이즈 피타예요!”

올려다봐야 할 만큼 높은 천장에 머리가 닿았는데도, 거대화가 계속되더니…….

몸을 앞으로 숙여서 덮치려는 자세를 취한 서프라이즈 빅 사이즈 피타가 마사토 일행을 내려다보고 있었다. 사이즈적으로도, 위치적으로도, 무섭다.

“저, 저기, 포타? 잠깐 기다려줄래?”

“그, 그래요. 잠시만 기다려주세요. ……매우 불길한 예감이……”

"피타의 공격이에요! 초필살, 깔아뭉개기예요!"

"전혀 필살기 같지 않지만, 완전 위험한 기술 아냐아아아앗?! 하지 마아아아앗?!"

피타의 거대한 몸이 휘청거리더니, 그대로 쓰러졌다.

마사토 일행은 반사적으로 그 자리를 벗어나려 했지만 「우읍?!」, 「잠깐?!」, 「으윽?!」 봉제 인형 핀볼 러시가 이어지는 탓에, 벗어나지 못했다.

두웅! 결국 마사토 일행은 그대로 깔리고 말았다.

이것으로 전투 종료…….

"해, 해냈어요……. 제가 이겼어요……. 어라?"

이기긴 했지만 왠지 너무 나쁜 짓을 하고 말았다는 생각이 든 포타가 안타까운 표정을 지었을 때였다.

거대 피타의 몸이 움직였다. 서서히 아래편에서 들어 올려지고 있었다.

마사토 일행 세 사람이 온 힘을 다해 피타를 밀어내고 있었다.

"아직, 안 끝났어! ……우리의 싸움은, 이제부터라고!"

"그렇게 말하면, 끝나는 거잖아! 끄으으응!"

"우왓! 여러분, 무사했군요! 다행이에요……가 아니라, 제 초필살 공격을 맞고도 버텨내다니, 믿기지 않아요! 어째서 아직 멀쩡한 거죠?!"

"그건 포타 양 덕분이에요! 잘 보세요!"

아까부터 성가시게 하던 봉제 인형들이 마사토 일행의 몸을 둘러싸고 있었다.

거대 피타가 쓰러진 순간, 봉제 인형들이 자연스럽게 모여들어서 그 탄력으로 깔아뭉개기의 충격을 완화시켜준 것이다.

"역시 포타는 포타야! 진짜로 싸우겠다고 말했으면서, 우리가 다치게 하고 싶지 않았던 거잖아!"

"그, 그건…… 그렇, 지만……."

"그렇다면! 이런 짓은 관두자! 우리가 싸울 필요는 없잖아! 안 그래?!"

"하지만…… 하지만, 제가 싸워야만…… 여러분을 쫓아내야만 한단 말이에요! 저는 엄마를 지키고 싶다고요!"

포타가 갑자기 달리기 시작했다. 마사토의 말을 무시하며, 문을 향해 곧장 뛰어갔다. 또 도망칠 생각인 것 같지만…….

바로 그때, 거대 피타가 팔을 움직였다. 「우왓……?!」 동그란 손으로 문을 막아서, 그녀가 나가지 못하게 했다.

"피타…… 어째서…… 어엇?!"

마사토 일행을 누르고 있던 피타가 몸을 일으켰다. 그리고 다른 한 손을 뻗어서 포타를 들어 올리더니, 자기 배에 대고 꼭 끌어안았다.

"으으으…… 피타한테 잡혀버렸어요……."

"그러고 보니 전에도 이런 일이 있었지? 거인 여자애였나?"

"포타 양은 확 끌어안고 싶어질 만큼 귀여우니까요. 어쩔 수 없어요. ……자."

"도망은 이제 끝이야. ……저기, 포타. 이야기, 들어줄 거지?"

자기 앞에 모인 마사토 일행이 눈높이를 맞추며 그렇게 말하자, 포타는 내키지 않아 하면서도 고개를 끄덕였다.

솔직히 말해 마사토는 포타를 잡은 후에 어떻게 할지 전혀 생각해두지 않았다.

그래서, 머릿속에 떠오른 말을 그대로 해줬다.

"먼저 오해를 풀고 싶어. 우리는 포타의 어머니를 쓰러뜨리러 온 게 아니야."

"어? ……그, 그래요?!"

"응. 우리 목적은 어디까지나 포타야. 너를 만나러 왔어. 걱정됐거든."

"자세한 설명도 해주지 않고, 갑자기 사라져버렸잖아요. 걱정하는 게 당연하지 않겠어요?"

"제가, 걱정되어서…… 죄, 죄송해요! 걱정 끼쳐서, 죄송해요!"

포타가 피타에게 안긴 채로 고개를 꾸벅 숙였다. 정말 솔직한 아이다.

그 솔직한 모습을 응시하며, 마사토는 표정을 누그러뜨렸다.

"그럼, 우리가 적이 아니라는 건 이해했지?"

"네! 제가 착각했어요! 저는, 여러분과 싸울 필요가 없었네요! 죄송해요!"

"음, 알았으면 됐어. ……하지만, 솔직히 말할게. 나는 포타의 어머니를 용서할 수가 없어."

"네……?"

겁에 질린 표정을 보니 마음이 아프지만, 그래도 마사토는 말을 멈추지 않았다.

"실은 말이야. 포타가 이곳에서 어떻게 지내는지 봤어. 어떤 기술인지는 모르겠지만, 소레라가 동영상으로 찍어놨었거든……. 아, 혹시나 해서 말하는데 옷 갈아입는 모습은 보지 않았으니까 안심해도 돼."

"괜찮아요! 저는 마사토 씨라면 제가 옷 갈아입는 모습을 봐도 괜찮아요!"

"큭! 기쁜 소리 하기는! ……이런 소리나 할 때가 아니라…… 나는 말이지. 포타가 방에서 혼자 밥을 먹는 모습을 보고, 가슴이 아팠어."

"그건…… 저도, 좀……."

"그리고 포타가 인사를 하러 갔는데, 네 어머니는 상대도 안 해줬어……. 그뿐만 아니라, 시선도 맞추지 않다니…… 그건 너무 심했잖아. 화가 날 지경이야."

"……."

"아무리 그래도 그건 아니잖아. 그딴 건 너무 슬프다고……!"

"어쩔 수, 없어요."

포타는 필사적으로 웃으려 했지만…….

"제 엄마는…… 저를, 싫어하니까요."

전혀 웃지 못하며, 그렇게 말했다.

"현실 세계에 있을 때부터, 엄마는 항상 그랬어요. 인사도, 제대로 해준 적이 없죠. 시선을 마주하며 이야기를 나눈 적도, 없어요. 밥도, 항상 따로 먹었어요."

"뭐…… 어째서……?"

"몰라요. 아마 저는 기억 못 하지만, 미움받을 짓을 한 거라고 생각해요. 그래서일 거예요."

"아니, 잠깐만 있어 봐, 포타. 그럴 리가 없어."

"그래! 포타가 부모에게 미움받을 짓을 할 리가 없어!"

"그래요. 말도 안 되는 이야기에요. 포타 양은 귀엽고 배려심이 넘치는 노력가잖아요? 미워할 이유가 어디에……."

"하지만! 저희 엄마는! 저를, 싫어해요!"

찢어지는 목소리로 그렇게 말한 포타는…….

눈물을 뚝뚝 흘리면서, 마사토 일행을 지그시 응시했다.

"이 게임을 시작할 때도, 엄마는 저와 같이 와주지 않았어요! 착한 아이가 되면 와주겠다고, 엄마의 메일에 적혀 있었어요! 하지만, 아무리 기다려도 와주지 않았어요! 저를 싫어하니 그러는 거예요!"

"기다려, 포타. 거기에는 뭔가 이유가……."

"그럴 거라고 생각해요! 저보다 중요한 뭔가가 있어서, 와주지 않은 거라고 생각해요! 엄마는, 저보다도 그 뭔가를 더 좋아한다고 생각해요!"

"포타, 진정해! 그렇지 않아! 절대 아닐 거야!"

"아뇨! 저는 엄마의 마음에 들려고 정말 노력했어요! 마사토 씨와 마마 씨의 동료가 되고, 와이즈 씨의 동료가 되고, 메디 씨의 동료가 되어서, 정말, 정말, 노력했어요! 하지만 엄마는 와주지 않았어요! 저를 싫어하니까 그러는 거예요!"

"포타 양이 항상 노력해왔다는 건 저희가 잘 알아요. 그런 포타 양을 싫어하는 사람이 있을 리 없어요. 단언할 수 있어요."

"하지만 엄마는 저를 싫어해요! 엄마의 수배지를 보고 연락했더니, 찾아와줬지만…… 그래도 태도는 예전과 똑같았어요! 그래서 저는, 더! ……엄마를 위해, 엄마가 저를 봐줬으면 해서! ……더 노력하면! ……그러면, 엄마는! ……저를! ……저를……!"

그 후의 말은 알아들을 수가 없었다. 참을 수 없는 눈물에, 그녀의 말이 삼켜졌다.

참다못한 와이즈와 메디는 포타를 꼭 안더니, 그녀의 머리와 등을 어루만져줬다.

마사토는 천장을 올려다봤다. 눈언저리까지 치밀어 오른 것이, 내려가게 하려는 듯이…….

'……자, 어떻게 한다.'

생각난 게 하나 있다. 포타와 싸우면서, 느낀 것이다.

마사토는 포타의 앞에서 몸을 웅크리더니, 말을 건넸다.

"……저기, 포타. 나는 포타의 이야기를 듣고, 포타의 어머니를 더 용서할 수 없게 됐어."

"엄마는 잘못 없어요! 잘못이 없으니까, 엄마는 용서해주세요!"

"아니, 용서 못 해. 이렇게 됐으니, 조직을 이끌어서 벌인 짓은 제쳐두자. 나는 그 무엇보다도, 포타를 대하는 그 사람의 태도를 용서할 수 없어. 내 소중한 동료인 포타가 이런 생각을 하게 만든 건 용서 못 한다고."

"저는 괜찮아요! 아무렇지도 않아요! 그러니까……!"

"뭐가 괜찮다는 거야. 전혀 괜찮지 않잖아."

쳐다보는 것조차도 괴로울 만큼 필사적인 포타의 얼굴을, 양손으로 감싸더니 「우랏!」, 「우으읍?!」 눈물을 닦아주는 김에, 볼을 조물조물 주물러준 후…….

마사토는 믿음직한 오빠처럼 미소 지었다.

"그러니까, 어떻게든 해보자. 포타의 마음으로 말이야."

"네? ……제, 마음으로……?"

"그래. 상대가 쳐다봐주지 않는다면, 이렇게 억지로라도 이쪽을 쳐다보게 만드는 거야. 그리고 온 힘을 다해, 마음을 전하는 거지."

"하, 하지만……."

"하지만은 또 뭐야. 우리와 함께 모험해온 포타라면 알고 있을 텐데? 우리는 그렇게 해서, 부모 자식 간의 문제를 해결해 왔어. 슬픔을, 기쁨으로 바꿔왔지. ……와이즈 때도 그랬어. 메디 때도 그랬잖아. 안 그래?"

놀리듯이 두 사람을 향해 미소 짓자…….

와이즈와 메디는 괜히 우쭐대듯 가슴을 폈다.

"맞아. 못난 엄마와 화끈하게 한판 뜨면서, 딸의 마음이라는 걸 한 방 먹여줬다니깐."

"저도 어머님에게 한 방 먹여줬어요. 꼬리로 때렸는지, 드래곤 브레스를 날렸는지, 잘 생각나지 않지만요."

"양쪽 다야. 메디는 진짜로 몇 대나 때렸잖아. 뭐, 그런 쓸

데없는 기억은 잊어버리자고. ……이런저런 일이 한꺼번에 일어나서 패닉에 빠진 탓에, 잊은 걸지도 모르지만 말이야. 우리는 그렇게 해서, 전부 어떻게든 해결해왔어. 그렇지?"

"아, 네! 저, 기억해요! 생각났어요!"

포타는 힘차게 고개를 끄덕였다. 슬픔에 젖어서 어두워져 있던 그녀의 눈동자에, 힘찬 빛이 돌아왔다.

마사토는 포타의 볼에 대고 있던 손을 뗐다.

"그러니까 포타. 네 마음을, 네 어머니에게 전해보지 않겠어?"

"제 마음을, 엄마에게……."

"포타는, 어떤 걸 전하고 싶어?"

마사토가 그렇게 묻자, 즉시…….

"저는…… 엄마가, 저를 좋아해 줬으면 해요! 이제까지 제대로 말한 적이 없으니, 이 마음을 전하고 싶어요!"

포타다운 힘찬 표정으로, 순수한 마음이 담긴 말로, 대답했다.

겨우 평소의 포타로 되돌아온 것 같았다. 「이제 괜찮은 것 같네」, 「그런 것 같아요」 와이즈와 메디는 포타를 안아주고 팔을 풀었다.

거대 피타도, 안심했다는 듯 팔을 풀면서 원래의 마스코트 사이즈로 되돌아왔다.

피타를 숄더백에 단 포타가 힘차게 고개를 끄덕였다.

"마사토 씨! 저는 이제 준비됐어요! 빨리 엄마한테 가고 싶어요! 제 마음을 전하고 싶어요!"

"오, 의욕이 넘치는걸. 역시 포타야. 그럼 즉시…… 하고 말

하고 싶지만……. 유감스러운 소식을 하나 전해야만 해."

"뭐, 뭔가요?!"

"우리는 지금까지, 동료와 힘을 합쳐 수많은 문제를 해결해 왔어. 엄마도 포함해, 다섯 명이 힘을 합쳐서 말이지. 우리가 힘을 합치면, 뭐든 해낼 수 있어. ……하지만 유감스럽게도, 지금 이 자리에 우리의 동료는 세 명밖에 없거든."

"아~, 맞아. 셋뿐이야."

"저, 마사토 씨, 와이즈 양. 이렇게 셋뿐이죠."

"어엇?! 저, 저는 동료가 아닌가요?! 저는…… 앗!"

마사토 일행의 시선을 보고서야, 포타는 눈치챘다.

포타는 아직 사천왕의 검은 코트를 걸치고 있었다. 「저, 옷 갈아입고 올게요!」 포타는 옷장 쪽으로 바람 같이 뛰어가더니, 옷을 훌렁훌렁…….

"……마사토." 찌릿.

"……마사토 씨", 찌릿.

"포타가 신경 안 쓴다고 했…… 아, 아뇨. 그래도 이러면 안 되죠. 그렇죠?"

마사토는 뒤돌아서더니, 소리만 즐기기로 했다. 그것도 나름 괜찮았기에, 즐거운 시간이었다. 아니, 그게 아니라…….

지금은, 각오를 다질 시간이다.

"저기, 마사토. 솔직히 말해, 승산은 얼마나 될 것 같아?"

"솔직히 말해, 모르겠어. 뭘 어쩌면 좋을지, 나름대로 생각해봤지만…… 괜히 이런저런 생각을 하는 것보다, 포타의 솔직한 마음에 따르는 편이 최선이란 생각이 들었거든. 그 생각에 따를 뿐이야."

"좋은 판단이라고 생각해요. 포타 양의 솔직함은 최고의 무기니까요."

"그래. 포타의 엄마가 어떤 사람인지는 모르겠지만, 저렇게 강한 마음을 전해지지 않는다는 건 말도 안 되잖아. 우리 엄마도 마지막에는 이해해줬는걸."

"그 고집 센 제 어머님도, 마지막에는 이해해주셨고요."

"우리 엄마도, 정말 말도 안 되는 사람이지만…… 그래도, 역시 한 사람의 어머니잖아. 자식의 마음을 제대로 이해해주니까……."

각자가 각자의 어머니를 떠올린, 바로 그 순간이었다.

세 사람 다, 동시에, 오한을 느꼈다.

"윽……. 방금, 뭔가…… 무시무시한 기운이……. 뭐, 뭐어, 기분 탓일 거야! 엄마는 자식의 마음을 이해해주는걸! …… 예를 들어, 어디까지나 예지만…… 예를 들어, 자식이 절망할 만한 짓은, 절대 안 할 거라고! 하하하!"

"마, 맞아! 아하하!"

"그래요! 우후후!"

힘찬 목소리로 그렇게 말한 마사토 일행은 억지로 웃었지만…….

현실은, 참으로 가혹했다.

같은 시각. 카산 왕도의, 모험가 길드.

사무업무용 정장을 입은 시라아세가 현관문을 통해 당당히 등장했다.

"자, 이번에는 어떤 이름을 쓸까요……. 시이라세? 시라라랏세? 아뇨…… 정체불명의 프로듀서 겸 매니저, 시라세P가 좋을 것 같군요."

누구한테가 아니라 세상을 향해 그렇게 자기 이름을 밝힌 시라세P는 커다란 배낭을 짊어지더니, 물건으로 가득 찬 가방을 어깨에 걸치며 밖으로 나갔다.

"자, 여러분! 세상을 구할 겸, 아이들을 만나러 가는 장대한 모험의 막이 올랐습니다! 힘차게 출발해보죠!"

시라세P가 건물을 향해 그렇게 외치자…….

현관문의 뒤편에서, 카즈노와 메디 마마가 한껏 찡그린 얼굴을 내밀었다.

"저, 저기, 시라아세 씨. 진짜로 할 거야?"

"시라아세? 흠, 그게 누구죠? 저는 시라세P라는 이름의 민완 프로듀서 겸 매니저입니다만P?"

"『입니다만피~?』가 뭐야! 장난치지 말고, 제대로 대답해!"

"저기, 시라세P 씨? 당신, 진짜로, 우리에게, 이런 짓을 시킬 생각이야?"

"제가 내놓은 아이디어가 아닙니다. 이것은 여왕 폐하께서 제안하신 것이죠. ……대지와 바다의 이변은 자식의 부자연스러운 홀로서기에 의해 발생한 겁니다. 그러니 자식의 마음을

일반공격이 전체공격에 2회 공격인 엄마는 좋아하세요? 8
© Dachima Inaka, Iida Pochi, 2019
KADOKAWA CORPORATION
[NOT FOR SALE]

다시 어머니에게 향하게 해서, 상황의 안정화를 도모하려는 거죠."

"뭐, 뭐어, 그 논리는 이해했지만……."

"그래도 이건 좀 아니지 않아?! 완전 멍청한 짓이거든?!"

"당치도 않습니다. 멋진 아이디어라고 생각해요. 어머니의 매력을 자식에게, 그리고 세상에 전하는 데 있어서 이보다 나은 방법은 없을 거라고 생각합니다. ……자, 두 분도 빨리 나오시죠. 갤러리 여러분도 기다리고 있어요."

모험가들이 차례차례 이 자리에 모여들었다. 「어? 뭐야?」, 「뭐 하는 건가?」 모험가 길드는 모험가들의 거점이다. 그런 만큼, 시간이 지날수록 더욱 모여들 것이다.

카즈노와 메디 마마의 얼굴이 새파랗게 질려갔다.

"거, 거짓말이지? ……진짜로, 이런 꼴로 남들 앞에 서야 하는 거야……?"

"저, 저기, 카즈노 씨? 무심코 전송마법을 써서, 함께 도망치는 건 어떨까?"

"그 아이디어, 채용! 가자, 이송(트란스포르토)! ……어라, 마법이 발동 안 해……. 아, 맞다! 마법서를 시라세P한테 맡겼어!"

"그걸 넘겨주면 어떻게 해! 나도 장비를 전부 시라세P한테 넘겨줘서, 마법을 쓸 수 없단 말이야!"

"잠깐만, 잠깐만, 잠깐만, 잠깐만! 진짜로 잠깐만 있어 봐! ……이런 꼴로, 남들 앞에 서라니…… 게다가, 바보 딸한테도, 이 모습을 보여주게 된다면……."

"무, 무시무시한 소리 좀 하지 말아줄래?! 메디가, 내 모습을 본다면…… 기절하는 정도가 아니라, 확 죽어버릴지도……."

"괜찮아요. 우리 아이들이라면 분명 기뻐하며 야광봉을 흔들어줄 거예요."

"그럴 리가 없거든?! ……어……."

"앗, 마마코 씨?! 잠깐만?!"

모험가 길드 안에서, 힘차게 뛰어나와, 밖에서 기다리고 있는 시라세P와 모험가들 앞에 나타난 건……!

"커다란 사랑으로, 사랑하는 너를 꼭~ 안아주는, 엄마 아이돌 1호! 오오스키 마마코예요! 우후후!"

귀여운 상의를 휘날리고, 짧고 프릴이 잔뜩 달린 치마를 펄럭이며…….

큐트한 엄마 스마일로, 꿈뻑하고 윙크☆

엄마의 멋짐을 전하기 위해, 위기에 처한 세상에 엄마 아이돌이 강림했다!

"다들~ 안녕~! ……어머? 대답이 없네."

뭐, 어쩔 수 없다. 갑작스러운 사태가 벌어진 탓에, 모여 있는 모험가들의 사고회로가 완전히 정지된 것이다.

시라세P만이 고개를 끄덕이고 있었다.

"기대에 부푼 가슴을 안고 등장했지만, 관객들은 무반응. 데뷔란, 그런 겁니다. 이건 아이돌이라면 누구나 거치는 길. 모든 것은, 이제부터죠."

"네, 시라세P! 저, 힘낼게요! 우후후!"

"멋진 미소군요. 바로 그겁니다. ……마마코 씨는 센터니까, 중앙에 서십시오. 3인 유닛의 중심이니, 가능한 한 좌우 대칭이 되는 포즈를 취해주셨으면 합니다."

"이렇게?"

두 팔을 펼쳐서, 엄마의 품에 뛰어들렴~! 하는 포즈를 취했다. 「바로 그겁니다」 시라세P가 오케이했다.

"그럼 이어서 2호와 3호 분, 나오시죠. ……시간이 지나면 지날수록, 모험가가 모여들 겁니다. 뭐, 작전상으로는 그편을 더 환영합니다만……."

"큭! ……아, 알았어! 하면 될 거 아냐! 하아, 정말!"

"이미 승낙한 일이잖아……. 게다가 마마코 씨가 저렇게 당당한데, 나도 질 순 없어! 에잇, 해보자!"

자포자기한 심정으로, 그리고 경쟁심을 원동력 삼아, 카즈노와 메디 마마도 건물에서 뛰쳐나왔다.

"솔직하지 못한 건, 마찬가지! 불만이 있다면 얼마든지 덤벼봐! 부모 자식 싸움 웰컴인, 엄마 아이돌 2호! 나이트 퀸! 뚫어지게 쳐다보지 좀 마!"

"엄격함은 애정의 반증! 자식의 곁을 지키며 함께 정상을 향해 나아가는, 엄마 아이돌 3호! 메디 마마야! 호호호!"

마마코와 마찬가지로 아이돌 코스튬을 입을 두 사람이 그녀의 양옆에 섰다. 그리고 포즈!

카즈노는 『해보자는 거냐, 짜샤!』 느낌의 양아치 도발 포즈. 완벽했다.

메디 마마는 학구열이 엄청난 학급 반장 같은, 엄격하면서도 당당한 포즈. 완벽했다.

하지만 이 자리에 모인 모험가들은 여전히 얼이 나간 표정을 지은 채, 멀뚱멀뚱 서 있었다.

"크…… 차라리 죽여줘! 죽여달란 말이야!"

"카즈노 씨. 그런 아이돌답지 않은 말을 하면 안 돼. 가슴을 펴. ……우리는 이제, 돌이킬 수 없어……."

눈물에 젖은 두 사람에게, 시라세P가 힘찬 박수를 보냈다.

"두 사람 다 잘했습니다. ……욕심을 부리자면, 좀 더 아이돌답게 『꺄핫☆』하고 미소를 흩뿌려줬으면 합니다만……."

"말도 안 되는 소리 하지 마! 우리 나이를 좀 생각해줄래?! 그딴 짓을 했다간 우리뿐만 아니라 관객들도 피를 토할걸?!"

"우후후. 괜찮아. 한 번 해보자. 꺄핫☆"

"할 수 있는 거야?! ……머, 뭐어, 마마코 씨처럼 젊은 나이라면야……."

"마마코 씨는 할 수 있구나. ……알았어. 나도 결심했어. 아이돌을 할 거면, 아이돌답게…… 꺄…… 꺄하…… 꺄하쿨럭?!" 토혈.

"거 봐! 메디 마마?! 정신 차려! 상처가 얕지 않으니 무리겠지만!"

"흠. 그럼 각각의 캐릭터성에 맞춰, 각자의 판단에 맡기도록 하죠. ……시간이 없으니, 시작해볼까요."

시라세P가 선두에 서며, 마마코 일행은 이동을 개시했다.

"저기, 시라세P 씨. 우리에게 유닛명은 있어?"

"그러고 보니 아직 정하지 않았군요. 걸어가면서 생각해볼까요."

"저기! 유닛명보다, 이쪽! 메디 마마가 큰일 났거든?!"

"카즈노 씨…… 나, 이제 틀린 것 같아……. 여기 두고 가……."

"아니, 데려갈 거야! 혼자만 빠질 생각인가 본데, 절대 그렇게는 안 돼!"

"크…… 유닛의 강한 연대감이, 너무 성가셔……."

아무 말 없이 쳐다보기만 하는 모험가들 사이를, 엄마 아이돌들이 조용히 나아갔다. 쓸쓸한 출발이었다. 하지만, 모든 것은 이제부터 시작된다.

언젠가 찬란히 빛나는 무대에서, 수많은 팬의 성원을 받으며…….

이리저리해서 세상을 구하고, 겸사겸사 자식들과 재회하기 위해서…….

"마 군……. 엄마들이 금방 갈 테니까, 기다리고 있어."

마마코는 하늘을 올려다보며, 힘찬 어조로 중얼거렸다.

머릿속에 떠오른 환하게 웃는 마사토의 얼굴이 눈이 까뒤집힌 절망에 찬 표정으로 바뀐 것 같지만, 마마코는 기분 탓일 거라고 믿었다.

엄마
프로필
명부 3

메디 마마

■연령
여성에게 나이를 묻는 건 실례야.
삼가도록 해.

■취미
온라인 강좌로 자격증을 따는 거야.
실용 목적은 아니지만, 고생 끝에 합격할 때마다 자신의 성장을 실감해.

■특기
마사지일까? 미용과 건강에 효과적이라, 딸도 마음에 들어했어.

■매력 포인트
입가의 『섹시 점』은, 나도 꽤 마음에 들어 하는 포인트야.

■어릴 적에 가지고 있던 장래의 꿈
은사를 동경해서, 학교 선생님이 되고 싶었던 시기가 있어. 그립네.

■좌우명
『강의과단(剛毅果断)』. 신념을 굳게 품고, 그것을 믿으며, 과감하게 결단할 것.
자식을 키우는 부모에게 꼭 필요한 자세야

■자식 교육방침
아이를 아끼기에, 공부와 사생활을 부모가 철저하게 관리해야 한다고 생각해.
단, 강도의 조절은 필요하지만 말이야.

■사랑하는 자식에게
전략. 사랑하는 딸에게. 잘 지내고 있니? 너라면 규칙적인 생활을 하며,
모범적인 모험을 하고 있을 거야. 그런 너를, 이 엄마는 자랑스럽게 생각한단다.
일등 딸에게, 최고의 애정을 보내며. 그럼 이만.

제4장
우리가 모르는 곳에서, 뭔가가 움직이고 있다. 무시무시한 무언가가.

책상에 놓인 수정 구슬에, 하하데스 성 안을 뛰어다니는 마사토 일행의 모습이 비쳤다.

『아까부터 오한이 가라앉지를 않는데…… 아, 아무튼! 서둘러 포타의 어머니한테 가자! 길은 이쪽 맞지?!』

『네! 이 길을 따라 쭉 가면, 알현실이…… 어라? 문이 사라졌어요!』

『통로 끝이라 입구 느낌이 물씬 나는데, 문이 없다니…… 아~. 혹시, 만나기 싫어서…….』

『와이즈 양, 아니에요. 침입자인 저희를 경계하는 거예요.』

『그, 그래! 메디의 말이 맞아! 그런 거구나!』

『그럼 일단 주위를 철저하게 살펴보자! 조사 개시!』

『네! 저는, 이 근처를 조사…… 우왓! 몬스터예요~!』

친숙한 동료들과 합류해 위로받고, 도움받으며, 포타가 힘차게 뛰어다니고 있다. 현장은 금방이라도 전투가 벌어질 듯한 긴박한 상황이지만…….

떨어진 장소에서, 의자에 느긋하게 앉아서 지켜보고 있는 어머니에게 있어서는 훈훈한 영상이었다.

"그래. 그러면 돼. 너는 그러면 되는 거야."

명모 하하데스는 온화한 표정으로 지켜보고 있다. 자신의 방에 들어온 후로, 쭉 이랬다. 포타의 움직임을, 표정을, 한시도 놓치지 않겠다는 듯이 바라보고 있다.

그것이 명모 하하데스에게 있어, 행복하기 그지없는 시간이다. 이런 시간이, 영원히…… 이어지면 좋겠다고, 그렇게 생각한 순간이었다. 방문에 누군가가 노크를 했다.

"……아, 그래. 맞아. 항상 그랬어."

괴로운 목소리로 그렇게 중얼거린 명모 하하데스는 수정 구슬의 영상을 없애더니, 차가운 마왕의 표정을 지었다.

"들어와."

그녀는 문을 쳐다보지도 않으며, 입실을 허락했다.

노크한 이는 표정이 좋지 않은 HAHAKO였다.

"미안해. 또 방해한 거야?"

"괜찮아. 이런 일에 익숙하거든. ……그것보다…… 당신, 아직 있었어? 이미 제한을 해제했으니까, 어디든 갈 수 있잖아."

"……그래도 돼?"

"물론이야. 당신은 기대에 걸맞은 행동을 해줬어. 저 애의 동료를 이곳에 데려와 준 걸, 고맙게 생각해. 그 답례로, 자유로운 행동을 허락해줄게. ……함정 보드게임에서 200번 넘게 주사위를 던져대고 있는 애들을 도와주러 가도 되거든? 엄마가 될 수 있을지는 제쳐두고 말이야."

"그것 말인데……."

HAHAKO는 깊은 고민에 사로잡힌 채, 머뭇머뭇 물었다.

"정말로, 부모가 없어도 자식은 자라는 거야?"

"그래."

명모 하하데스는 주저 없이 답했다.

"지금 이 세상에서는 내 생각에 근거한 작전이 빠른 속도로 진행되고 있어. 홀로서기를 한 아이들이 자기들끼리 어엿하게 생활하는 모습을, 얼마든지 볼 수 있을 거야. ……자기 눈으로 확인해봐."

명모 하하데스는 수정 구슬을 향해 손을 뻗었다. ……그러자, 세상이 그 구슬에 비쳤다…….

"어머나!"

"……어……?"

영상을 본 순간, HAHAKO는 환성을 질렀고, 명모 하하데스의 안경이 흘러내려서 떨어졌다.

현재, 세상은 위기에 처했다.

조그마한 이변에서 비롯된 위기는 계속 확대되더니, 지금은 온 세상 사람들에게 알려졌다. 온갖 장소에서, 발생한 것이다.

"자. 다음 배달지는…… 우왓?! 워워?!"

마을 대로를 나아가던 마차가 갑자기 균형을 잃으며 옆으로 쓰러졌다.

갑자기 생겨난 지면의 구덩이에 마차가 통째로 빠지고 말았다. 길을 가던 이들이 허둥지둥 다가갔다.

"으으, 또냐! 오늘 들어 몇 번째냐고!"

"몰라! 아까도, 저쪽 길에서……."

"어이! 누가 좀 도와줘! 항구의 배가 위험하대!"

"그쪽도냐!"

육지만이 아니라, 바다도 난리였다.

선착장의 해수면이 움푹 가라앉자, 정박해있던 배가 차례차례 그 안으로 미끄러져 들어갔다.

어부들이 배에 밧줄을 걸어서 자기 배를 필사적으로 건져 올리려 했지만…… 오히려 어부가 빨려 들어가며 물에 빠지려 했다.

"어이, 손 떼! 무리 말라고!"

"바보 같은 소리 마! 이 녀석은 내 밥줄이라고! 이 녀석이 없으면, 내일부터 굶게…… 우왓?!"

"큰일 났다! 빠졌어! 누가 튜브를 가져와!"

대지가 가라앉았다. 바다도 가라앉았다.

그것은 아무런 전조도 없이 발생하며, 사람들의 생활을 엉망으로 만들었다.

"젠장…… 뭐야……. 이게 다 무슨 일이냐고!"

"아는 사람이 있으면 가르쳐줘! 대체 뭐가 어떻게 된 거야?!"

이변의 원인은 금방 판명됐다. 카산 왕국 여왕의 지시로, 상세한 내용이 전 세계에 전파된 것이다.

하지만 연이어 발생하는 사고에 대처하느라 바쁜 관리들은 정보를 확인할 여유가 없었다. 중요 서류는 책상 위에 놓여 있을 뿐이었다.

대처 방법이 알려지지 않으면서, 피해가 계속 확대되고 있다.

"마치 세상이 끝나려는 것만 같아……. 우리는 이제, 틀린 거야……?"

한 사람의 절망이, 주위 사람에게 감염됐다.

세상의 끝. 그 말에 다들 겁먹고, 한탄하며, 슬픔에 잠긴 채, 무릎을 꿇으면서 두 손으로 얼굴을 감쌌다.

하지만…….

"바쁘신 와중에 실례합니다. 잠시 시간을 내주시겠습니까? 저는 이런 사람이라는 것을 알려드립니다P."

"네? ……시라세P, 씨?"

그때였다. 가방과 배낭을 든 프로듀서 겸 매니저가 바람처럼 나타나더니, 주변 상황을 아랑곳하지 않으며 바로 명함을 나눠주기 시작했다.

"오늘은 저희 회사가 밀고 있는 신인 아이돌 유닛을 소개하러 왔습니다."

"아니, 저기…… 지금은 그럴 때가……."

"너무 그러지 마시죠. 부디 한번 봐주시기만 해도 됩니다. 눈 보신이 될걸요?"

"아니, 그러니까! 그런 소리를 할 때가 아니라고! 지금은 여기저기에서 난리가 나서, 마치 세상이 끝나려는 듯한 상황……!"

"괜찮아요! 세상이 끝나게 두지 않겠어요! 세상은, 저희가 지켜내겠어요!"

"어……?"

강하고, 상냥하며, 따뜻할 뿐만 아니라, 믿음직하다. 듣기만 해도 안심되는 목소리가 들려왔다.

고개를 든 사람들 앞에, 기대의 신인 아이돌이 바람처럼 뛰어왔다. 우선…….

"엄격함은 애정의 반증! 자식의 곁을 지키며 함께 정상을 향해 나아가는, 엄마 아이돌 3호! 메디 마마야! 호호호!"

이미 자포자기한 건지, 표정이 시원시원한 메디 마마.

"솔직하지 못한 건, 마찬가지! 불만이 있다면 얼마든지 덤벼봐! 부모 자식 싸움 웰컴인, 엄마 아이돌 2호! 나이트 퀸! 뚫어지게 쳐다보지 좀 마!"

아직 약간 부끄러워하고 있지만, 이렇게 되면 할 수밖에 없다. 여자는 배짱! 인 카즈노.

그리고 포즈를 취한 두 사람 사이에…….

"커다란 사랑으로, 사랑하는 너를 꼭~ 안아주는, 엄마 아이돌 1호! 오오스키 마마코예요! 우후후!"

벌써부터 너무 즐거워서 견딜 수가 없는지, 몸과 마음을 다해 방긋 웃고 있는 마마코.

세 사람은 호흡을 맞춰서…….

"""우리는 『OKA3[#2]』! 착한 아이인 여러분, 잘 부탁해!"""

유닛명을 한목소리로 외친 마마코 일행은 상냥한, 싸우자

#2 OKA3 일본어로 어머니를 가리키는 「오카아상」과 동음이의어.

는 듯한, 엄격한, 삼인삼색의 엄마 미소를 지었다. 눈부시다! 찬란하다! 그야말로 아이돌!

뭐, 그 모습을 사람들은 이제까지와 마찬가지로 사고회로가 정지되며 얼이 나가버렸지만 말이다.

시라세P는 하염없이 박수를 보내고 있었다. 프로듀서로서는 오케이인 것 같았다.

"좋군요. 아이돌다워졌어요. 역시 유닛명은 중요합니다. 마치 세 사람의 마음이 하나가 되면서, 더욱 의욕이 샘솟은 느낌이군요."

"응. 셋이서 힘내죠, 란 마음이 들어."

"나로서는 이제 도망칠 수 없다는 절망감만 밀려드는데……."

"카즈노 씨. 푸념 그만하자. 우리는 이제 할 수밖에 없어."

"하아. 안다고요, 알아. 정말…… 되게 시끄러운 할망구네……."

"어머~ 카즈노 씨? 방금, 뭐라고 했어~?" ……고오오오…….

"자. 유닛명도 결정됐고 여러분도 각오를 다진 것 같으니, 사태 해결에 임하도록 하죠. ……여러분, 【아이돌 센서】를 준비해주십시오."

""""……뭐?""""

시라세P는 당연한 듯이 그렇게 말했지만, 마마코 일행으로서는 들어본 적이 없는 말이었다.

"【아이돌 센서】…… 그것은 엄마 아이돌이 지닌 특수 스킬입니다. 아이돌로서, 자신이 가장 빛나는 무대를 찾을 수 있죠. ……여러분이 활약할 장소란, 바로 부모 자식 간의 문제가 발생한 장소입니다. 즉, 센서가 찾은 장소에 향하도록 하죠. 자, 부탁드립니다.”

“……그런 스킬이 있어?”

“또 장난치는 거란 생각이 드는데…….”

“일단, 해보죠. ……이렇게 하면 되려나?”

마마코는 정신을 집중하며 한손을 슬며시 내밀었다. 그리고 어딘가에 존재하는 부모 자식 간의 문제를, 감지하려 했다.

카즈노와 메디 마마도 반신반의하면서도, 마마코를 뒤따르듯 다른 방향을 향해 손을 내밀었다.

뭔가 느껴지는 게 있는지…….

“……어? 어머?”

가장 먼저 목소리를 낸 사람은, 카즈노였다.

“카즈노 씨, 뭔가 느껴져?”

“아~, 으음…… 엄마와 딸이 말다툼을 하는, 듯한……? 왠지, 우리 모녀지간과 비슷한 느낌이…… 저 방향에서…….”

“놀랍네. 진짜로 스킬이 발동됐어. ……시라세P 씨. 아까 의심한 걸 사과할게. 당신의 말이 옳았어.”

“아뇨. 저도 놀랐습니다. 역시 말이란 건 하고 볼 일이군요.”

“““뭐?”””

“혼잣말입니다. 개의치 마시길. ……그것보다 카즈노 씨. 위치를 파악할 수 있겠습니까? 시간이 없으니, 즉시 이동하고 싶습니다만…….”

“위치 파악…… 아…… 왠지, 전에 가본 적이 있는 듯한……

아하, 알겠어. 여기서 전송 마법으로 갈 수 있어. 내 마법서를 줘봐."

시라세P에게서 마법서를 넘겨받은 카즈노가 「트란스포르토」 하고 읊조렸다. 주문을 생략하는 캐스트 캔슬 스킬에 의해, 그 짤막한 말만으로 전송 마법이 발동됐다.

마마코 일행은 전송의 빛에 휩싸이더니, 눈부신 의상을 더욱 빛내면서 날아올랐다.

"저 모습…… 마치 천사, 아니 여신…… 우리는 기적이 일어난 순간을 목격한 건가……?"

"무슨 일이 일어날 듯한 느낌이 들어……. 저 사람들이라면, 혹시……!"

고개를 숙이고 있던 이들을 희망의 빛으로 비추며, 엄마 아이돌은 날아올랐다.

빛 덩어리가 된 마마코 일행은 하늘을 가르며 날아가더니, 어느 마을의 입구에 도착했다.

눈앞에는 논밭과 방목하는 말과 소 같은 목가적인 풍경이 펼쳐져 있었다. 지면 곳곳에 구덩이가 존재하지만 않는다면, 한적하고 평화로운 마을이다.

"어머나. 여기는 마망 마을이네."

"그래. 반응이 느껴진 건 이 마을이야. 나로서는 좀 복잡한 추억이 어린 장소야. ……어느 집의 어느 모녀가 다툰 건지는 모르겠지만…….”

“그럼 일일이 방문하면서 찾아볼 수밖에 없겠어.”

“아뇨, 기다려주십시오. 그런 수고를 들일 필요는 없습니다.”

마마코 일행이 걸음을 내디디려 하자, 시라세P가 말렸다.

“또 입에서 나오는 대로 떠들어댈 생각이야? 장난은 좀 작작 쳐줬으면 좋겠네.”

“안심하시길. 이번에는 정당한 방법을 쓸 겁니다. ……찾는 사람이 있다면, 이곳으로 부르면 될 테죠. 여러분의, 아이돌로서의 매력으로 말입니다.”

“아이돌의 매력으로 사람을 부른다……. 그거야말로 아이돌답다는 생각은 들지만…… 구체적으로, 어떻게 할 거야?”

“아이돌답게, 춤추고 노래하는 겁니다.”

시라세P는 짐을 뒤지더니, 다양한 레버와 손잡이가 달린 상자에 해바라기처럼 생긴 나팔 모양 부품이 놓여 있는 소형 기자재를 꺼냈다.

“이것은 디지털 축음기입니다. 음악 파일의 재생 말고도 녹음 및 편집이 가능한 고성능 기계죠. ……제가 적당히 소리를 모아서 내장된 리듬 패턴에 맞춰 음악으로 만들 테니, 여러분은 노래하며 춤춰 주십시오. 자, 시작하시죠.”

OKA3, 스탠바이!

“뭐, 뭐어어어어어?! 너 지금 무슨 소리를 하는 거야?! 말도 안 되는 소리 마!”

“맞아! 우리는 노래와 춤 레슨을 받지 않았어! 대뜸 노래하고 춤추라고 해도……!"

"그건 필링으로 어떻게 해주십시오."

"무리라니깐!"

"무리예요! 불가능해요!"

"호오, 그런가요? ……적어도 한 분은 이미 하고 계신 것 같습니다만……."

시라세P가 옆쪽으로 시선을 돌렸다.

카즈노와 메디 마마도 덩달아 쳐다본, 그곳에서는…….

"흥흐~흥, 흥흐~흥…… 여기서, 빙글 돌고…… 『쓰담쓰담』일까. 아니면 『착하다, 착해』가 좋을까. 고민되네. 우후후."

바람에 흔들리는 나뭇잎. 참새의 지저귐. 들려오는 온화한 소리에 맞춰…….

마마코는 자연스럽게 몸을 움직였고, 멜로디를 흥얼거리며, 가사를 자아냈다.

그 모습은 숲의 엄마 아이돌. 아니, 만물의 어머니 되는 음악 정령 같았다.

시라세P가 몰래 녹음을 시작한 가운데, 그 옆에 있는 카즈노와 메디 마마는 마마코에게 눈길을 빼앗겼다.

"마마코 씨…… 대단해……."

"역시 못 당하겠다니깐……. 하지만, 나도, 지고 싶지 않단 마음이 있으니까……."

"바로 그 마음가짐입니다. 그럼 시작하죠. 노상 게릴라 라이브는 신인 아이돌의 소양이니까요."

"응. 알았…… 아니, 속으면 안 돼! 무리는 무리거든?!"

"여기는 노상이라기보다 시골길이거든?! 메뚜기와 개구리밖에 없잖아!"

퍼뜩 정신을 차린 카즈노와 메디 마마가 일단 시라세P를 제압해서 이 짓을 관두게 만들려고 한 바로 그때였다.

"엄마 따위 몰라! 엄마 따위 없어도 나는 살아갈 수 있거든?! 그럼 잘 있어! 바이바이!"

"앗, 이 바보 딸! 거기 서! 왜 부모 말을 안 듣는 거야?!"

여자애와 어머니로 보이는 사람의 고함이 들려왔다.

마을 안에서 마마코 일행이 있는 입구를 향해, 다섯 살 정도로 보이는 여자애가 뛰어왔다. 토끼 얼굴 모양 장식이 달린 고무줄로 짧은 트윈테일을 만든, 건방져 보이는 인상의 애였다.

젊은 어머니에게 쫓기고 있는 여자애는 앞도 쳐다보지 않으며 정신없이 뛰다…….

"자, 둥~!" 투욱.

"꺄앗?!"

전혀 피하려 하지 않는 카즈노의 배에 부딪친 그 여자애는 엉덩방아를 찧었다.

카즈노는 그대로 트윈테일을 붙잡더니, 그대로 일으켜 세웠다.

"액셀 전개. 부릉부릉~ 이랄까?"

"뭐하는 거야~! 거기는 손잡이가 아니거든?! 우리 엄마 같은 짓, 하지 마!"

"아하하. 그럴 줄 알았어. 나도 자주 했거든."

여자애는 카즈노의 배를 때리며 맹렬히 반발했지만, 그래봤자 어린애다. 좀 귀여워 보였다.

그 사이에 애의 어머니가 다가왔다. 옛날에 좀 놀았던 것처럼, 무시무시한 눈길로 카즈노를 놀려봤다.

"거기, 당신! 우리 애한테 무슨 짓을 하는 거야! 그 손 떼!"

"도와준 사람한테 그런 소리를 하는 거야? 옛날 일이 기억나네……. 그때는 나도 젊었어."

"뭐라는 거야? 알아듣지도 못할 소리 늘어놓지 마! 너, 어디 사는 누구야?! 옷차림 한 번 되게 화려하네! 정체가 뭔데?!"

"나는 지나가던 엄마 아이돌이야. 잘 부탁해~."

"뭐? 엄마 아이돌?! 정신 나간 거 아냐?! ……어, 어라?"

그 어머니는 카즈노의 뒤편에 있는 이를 보더니, 눈을 동그랗게 떴다.

"마, 마마코 씨?! 당신, 마마코 씨 맞죠?!"

"응, 맞아. 기억하는구나."

"물론이죠! 밤의 여제인가 하는 정신 나간 악마가 쳐들어왔을 때, 마을을 구해주셨잖아요! 똑똑히 기억해요!"

"정신 나간…… 뭐, 그땐 좀 도가 지나치긴 했지만."

"그런데, 으음…… 마마코 씨는, 왜 그런 옷차림을……?"

마마코와 카즈노, 메디 마마. 아이돌 코스튬을 맞춰 입은 세 사람을 본 그 어머니는 매우 당혹스러워했다.

그럴 때야말로…….

"우선 자기소개부터 해야겠네. 나는 엄마 아이돌 1호, 오오스키 마마코!"

"나는 엄마 아이돌 2호, 나이트 퀸…… 뭐, 이젠 카즈노면 됐어."

"저는 엄마 아이돌 3호, 메디 마마라고 해요."

"셋이 합쳐!"

위치를 조정한 후, 하나, 둘, 셋~.

"""엄마 아이돌 유닛! 『OKA3』!"""

짜잔~ 하며, 마마코 일행은 단체 포즈를 취했다!

여자애, 그리고 여자애의 어머니는 놀란 나머지 아무 말도 못 했다. 스턴 효과가 끝내줬다!

"엄마의 매력을 전해 부모 자식 사이의 유대를 회복시켜서 세상을 구하는 세 엄마 아이돌의 등장이야. 우후후."

"그, 그런가요……. 무슨 소리를 하는 건지, 잘 모르겠는데……."

"그럼 뭐 좀 물어봐도 될까? 모녀가 다툰 것 같은데, 무슨 일이 있었던 거야? 괜찮다면, 이야기해줬으면 해."

"아, 네. ……이 애가, 좀……."

"만지지 마!"

어머니가 별생각 없이 몸에 손을 대려 하자, 여자애가 그 손을 쳐냈다.

"아얏! 정말, 뭐 하는 거니?!"

"잔소리만 해대는 엄마와는 이제 인연을 끊었어! 엄마 따위, 이제 남이야!"

"엄마가 언제 잔소리를 했다는 거니?! 그 배지는 위험하니까 떼라고 말했을 뿐이잖아!"

"싫어! 이건 귀엽단 말이야! 친구들도 전부 이 배지를 하고 있거든?! 안 뗄 거야! ……정 떼기를 원한다면, 엄마야말로 내 말 들어! 그럼 뗄게!"

"억지 부리지 마! 괜한 소리 말고 내 말 좀 들어……!"

"자, 그쯤 해. 모녀간의 싸움에 어울려줄 시간은 없으니까, 간결하게 설명해줄래?"

카즈노가 어처구니없어하며 끼어들자, 여자애의 어머니는 살짝 짜증이 난 표정으로 마마코를 돌아보았다.

"소란을 피워서 죄송해요, 마마코 씨."

"아냐, 개의치 마."

"왜 나한테는 사과하지 않는 건데? 뭐, 됐어."

"아무튼, 이런 상황이에요. 위험한 배지를 어디선가 주워와서 머리 장식으로 삼지 뭐예요……. 이걸 떼기를 원한다면 자기 말을 들으래요. 그리고 망가진 온천을 고쳐라, 같은 소리를 한다니까요."

"온천을 고쳐? 그게 무슨 말이야? 온천은 마망 마을의 명물이잖아."

"온천에서 갑자기 찬물만 나오게 됐어요. 이 마을의 모든 집은 온천을 끌어다 쓰기 때문에, 우리 집도 목욕을 하기 어려워졌는데…… 그랬더니……."

"목욕 준비도 못 하다니, 엄마는 참 쓸모없네~. 몸을 닦기만 할 거면, 나 혼자서도 할 수 있어. 엄마 따위, 이제 필요 없단 말이야~."

"또 그런 소리를 하는 거니?! 이제 그만 좀 해!"

여자애가 메롱~ 하고 도망쳤다. 도발을 당한 어머니는 진심으로 화내며 쫓아갔다. 「거기 서!」, 「싫어~!」 마마코 일행의 주위를 빙글빙글 돌면서, 모녀간의 술래잡기가 시작됐다.

그런 사태가 벌어진 가운데…….

"자, 어떻게 한다."

"일단 상황을 확인하고 싶어. 그러니…… 메디 마마. 정리 부탁해."

"어험. ……우선, 아이가 건방진 소리를 하게 된 것은 배지의 영향일 거야. 부모 자식 간의 관계를 안정시키기 위해서는 떼어낼 필요가 있어. 하지만 상대는 조건을 제시했지. 그 조건은 온천 수리. 달성한다고 아이가 순순히 약속을 지킬 거란 보장은 없지만, 일단 해보는 수밖에 없지 않을까. 이상이야."

"그럼 우선 온천부터 수리해야겠네. 마을 사람들도 난처해하고 있는 것 같으니까, 확 고쳐버리자."

"별것 아닌 듯이 말하는데, 그게 가능하겠어? 온천에서 찬물만 나온다는 건, 지하에서 무슨 일이 일어났다는 건데……."

"만물의 어머니인 대지의 활력 저하가 영향을 끼친 거라고 생각하는 편이 좋겠군요."

시라세P가 술래잡기 중인 모녀 사이로 슬쩍 들어오며 합류했다.

"이 건은 분명 엄마 아이돌이 해결해야 할 일입니다. 맡겨 주십시오. 민완 프로듀서인 이 시라세P가 최고의 무대를 준비해드리죠. 후후후."

"우와……. 불길한 예감만 마구 들어……."

소름이 돋은 카즈노를, 시라세P가 지그시 응시했다…….

마망 마을은 마을 구석에 있는 원천에서 샘솟는 온천물을 각 가정에 공급하고 있다.

자연적으로 생긴 샘물처럼 된 그곳은 평소 같으면 김이 모락모락 피어나오면서, 만지면 화상을 입을 온천이 풍부하게 샘솟을 테지만…… 현재, 샘솟는 것은 차가운 물이다.

이 식어버린 원천이 있는 장소가 바로, 엄마 아이돌을 위한 무대다.

시라세P가 음향 기자재의 체크를 하자, 마망 마을의 나이 지긋한 촌장이 슬그머니 다가왔다.

"저기, 시라세P란 분. 뭐 좀 물어봐도 되겠습니까? ……소개해주신 아이돌 유닛 분 중에 이전에 이 마을을 습격했던, 밤의 여제란 이름의 악마가 포함되어 있는 것 같습니다만……."

"걱정하지 마시길. 촌장님도 아시다시피, 그 사건은 해결됐습니다. 밤의 여제는 개심해서, 지금은 어엿한 부모가 됐죠. 걱정하실 것 없습니다."

“그, 그렇습니까……. 그래……. 마마코 씨도 계시니까…… 알겠습니다. 그럼 이번에도 저희는 여러분을 믿으며 지켜보도록 하지요.”

촌장은 가볍게 인사를 한 후, 마을 사람들이 있는 곳으로 돌아갔다.

원천 주위에는 이 마을 사람들이 모여 있었다. 마을 입구에서 만난 모녀 이외에도 남녀노소 가리지 않고, 또한 소와 말까지도 말이다.

가족이 함께 온 이도 적지 않았다. 아이들은 하나같이 반항 조직 리벨레가 뿌린 배지를 착용하고 있었다. 다들 자립심이 왕성해서 부모 곁을 떠나려 했지만, 부모에게 목덜미 혹은 옷을 잡힌 탓에 어쩔 수 없이 곁에 있는 상태였다.

무대는 갖춰졌다. 관객도 집결했다. 준비는 끝났다.

“그럼 시작하도록 할까요. 뮤직, 스타트.”

디지털 축음기의 스타트 버튼을 ON. 리듬 패턴에 맞춰 참새가 짹짹, 소가 음메~, 말이 푸히힝~. 현지에서 녹음한 소리로 만든 느긋한 SE가 흘러나오더니…….

엄마 아이돌 OKA3이 등장했다!

“짜~잔. 여러분, 오래간만이에요. 오늘은 엄마 아이돌 1호로서 찾아뵙게 된, 오오스키 마마코예요.”

커다란 나무 뒤편에 숨어있던 마마코가 모습을 보였다.

아이돌 코스튬이 아니라, 구형 학교 수영복을 입은 마마코였다.

"오오! 진짜 마마코 씨야!"

"마마코 씨~! 일전에는 고마웠어요! 또 만나서 기뻐요!"

"역시 몸매 좋네! 부러워!"

"네, 성원에 감사드려요. 우후후."

아이돌 코스튬보다 다소 친숙한 수영복 차림이라 그런지, 관객의 반응이 좋았다. 마마코 또한 즐거워하며 성원에 답하기 위해 손을 흔들고 있었다.

그 뒤편에서…….

"왜 수영복이야……. 이상하잖아……."

"이런 걸 입게 되다니…… 용의주도한 나 자신이 원망스러워……."

엄청 인상을 찡그리면서, 카즈노와 메디 마마도 나무 뒤편에서 나왔다. 두 사람 또한 수영복을 입고 있었다.

카즈노는 딸과 닮은 슬렌더한 몸매였으며, 일반적인 비키니 타입을 착용했다.

메디 마마는 예전에 학교 풀장에서 입었던, 어른스럽고 아찔한 수영복을 입었다.

"2호 씨, 3호 씨. 더 미소 지으세요. 관객 앞이잖아요."

"아니, 무리거든?! 이런 데서 수영복을 입으라니, 의미를 모르겠네!"

"자기 꼴을 보며 웃으라는 말일까. 그런 거라면 식은 죽 먹기야. 호호호. ……하아……."

"의미라면 있으니 안심하시길. 마마코 씨가 이곳의 분위기를 달궈주셨으니, 즉시 아이돌 활동을 시작하죠. ……자, 카즈노 씨."

그렇게 말한 시라세P는 물이 나오는 원천을 가리켰다.

"어, 나? 나보고 뭘……."

"뛰어들어 주십시오."

"뭐어?! 무슨 소리야?! 이건 그냥 물이지?! 엄청 차가운 거 아냐?!"

"아, 이 말을 깜빡했군요. 재미있게, 뛰어들어주십시오."

"사람 말을 듣고 있긴 한 거야?! 그건 아이돌이 할 일이 아니잖아?! 몸 개그하는 코미디언이나 할 짓이거든?! 나는 절대 안 해!"

카즈노는 하기 싫은 것 같았다. 「그럼 내가」 마마코가 대신 손을 들자 「아뇨, 내가」 메디 마마도 들었고, 「그럼 맡길게!」 역시 카즈노는 하기 싫어했다.

카즈노가 말을 듣지 않자, 시라세P가 슬며시 귓속말했다.

"아이돌이라면, 때로는 몸으로 남을 웃길 필요가 있습니다."

"아무리 그래도……!"

"그럼, 이렇게 하죠. ……한때 밤의 여제로서 폐를 끼쳤던 것에 대한 속죄 삼아, 조금만 노력해보지 않겠습니까? 가라앉은 마을 사람들의 분위기가 달아오르고, 겸사겸사 마법으로 온천도 데워서 해피 엔딩. 이런 전개는 어떻습니까?"

"큭…… 그, 그런 말을 들으면…… 할 수밖에, 없잖아! 정말!"

의외로 죄의식을 가지고 있었던 건지, 카즈노는 분하다는 듯이 이를 깨물면서 원천을 향해 걸어갔다.

마을 사람들이 뭘 하려는 건지 궁금해 하며 지켜보는 가운데, 카즈노는 원천의 물웅덩이 가장자리에서 몸을 웅크렸다.

"으음…… 아, 앗~, 차가워라~. 마마코 씨, 메디 마마, 절대로 밀지 말……."

"어머나~, 미안해라." 투욱.

"아직 내 말 안 끝났……?! 우햐아앗?!"

눈치가 빠른 메디 마마 덕분에, 카즈노는 머리부터 물에 빠졌다. 「앗, 차가웟?!」, 「네, 바로 그겁니다」 카즈노가 진짜로 차갑다는 반응을 보이자, 시라세P는 엄지를 치켜들었다. 카즈노의 건강은 전혀 신경 쓰지 않는 것 같았다.

"말도 안 돼! 나를 죽이려는 거야?! ……하, 하지만, 이걸로, 마을 사람들의 분위기가 달궈진다면……!"

카즈노는 콧물을 질질 흘리면서, 기대에 찬 눈길로 쳐다보니…….

마을 사람들은 입을 반쯤 벌린 채, 카즈노는 지그시 쳐다보고 있었다.

"더 다운됐잖아! 히죽거리는 사람도 없네! ……하아, 정말! 걔들이 끓어오르지 않는다면, 이쪽을 억지로라도 끓어오르게 만들겠어! 위력을 낮춰서, 용암류(鎔岩流)(프루소 디 라바)!"

카즈노는 두꺼운 마법서를 불러내더니, 바로 마법을 펼쳤다.

원천 깊은 곳에서 소량의 마그마가 샘솟더니, 물이 순식간에 데워졌다.

"이걸로 됐어. 아~, 따뜻하다. ……자, 마을 사람들. 무슨 말 좀 해봐."

"따뜻하다니…… 설마, 온천이 되살아난 건가!"

"저기 봐! 물에서 김이 나! 우리의 온전이, 원래대로 돌아왔어!"

"엄마 아이돌이 고쳐준 거야! 대단해, OKA3!"

마을 사람들이 환성을 지르며 원천 곁으로 모여들었다. 온천에 손을 넣더니, 그 온도를 확인하며, 기쁨의 환호성을 질렀다.

마마코와 메디 마마도 온천에 들어가더니, 미소를 머금었다.

"어머나, 물 온도가 딱 좋네, 카즈노 씨, 대단해."

"흐흐~응. 이 정도는 나한테 아무것도 아냐."

"하지만 마법을 중단한 순간, 다시 물이 차가워지는 것 아냐?"

"뭐, 그래. 어차피 애들 눈속임에 지나지 않지만…… 일단 말 안 듣는 아이들을 속이기만 하면, 충분하지 않아?"

카즈노는 온천을 만끽하며 슬쩍 쳐다봤다.

근처에는 아까 마을 입구에서 싸웠던 여자애와 그 애의 어머니가 있었다.

"거기 꼬맹이. 온천은 원래대로 돌아왔어. 약속대로, 엄마 말을 들을 거지?"

"뭐? ……으, 으음……."

여자애는 진짜로 깜짝 놀란 표정으로 원천을 쳐다보고, 카즈노를 쳐다본 후, 어머니를 쳐다보더니…….

토끼 배지 머리 장식을 양손으로 감싸며, 고개를 획 돌렸다.

"흐, 흥! 엄마가 온천을, 고친 게 아니잖아! 나는 이걸, 절대 떼지 않을 거야!"

"아직도 그런 소리를……!"

"아하하. 못 속였네. 유감이야. ……그럼 좋을 대로 하지 그래?"

"뭐……?"

여자애는 얼이 나갔다. 「무슨 소리를……」, 「괜찮아요」 메디마마가 끼어들려 했지만, 마마코가 말렸다.

카즈노에게 생각이 있는 것 같았다. 건들거리는 태도를 보이고 있지만, 그녀의 눈은 여자애를 진지하게 응시하고 있었다.

"안 떼도, 돼?"

"그래. 마음대로 해~."

"잠깐만, 당신! 말도 안 되는 소리 하지 마! 괜찮을 리가……."

"괜찮아. 말 안 듣는 딸은 마음대로 하게 둬. ……그렇게 해서 해결되는 일도 있거든. 실제로 우리 모녀가 그랬어."

카즈노는 여자애한테서 눈을 떼더니, 하늘을 올려다봤다.

"당신도 엄마라면 알 거잖아? 곤란하게도 딸이란 애들은 안 닮아도 되는 부분까지 어머니를 닮거든. 제멋대로에 고집쟁이인 부분을 닮아버리면, 엄마와 딸은 다툴 수밖에 없어. 툭하면 부딪친다니깐."

"그건…… 맞아……. 나도 그런 적이 많아."

"그렇다면 서로의 마음이 가라앉을 때까지, 거리를 둘 수밖에 없어. 내팽개치는 게 아냐. 소중한 딸이니까, 잠시 거리를 두면서 차분하게 이야기를 나눌 수 있게 될 때까지 기다리자는 거야. ……그렇게 해도 차분해질 수가 없다면, 그때는 화끈하게 한 판 붙을 수밖에 없겠지만…… 그것도 꽤 재미있을걸?"

"하지만, 거리를 둔 사이에 무슨 일이 생기면……."

"정 걱정된다면, 눈은 떼지 않으면 돼. 충돌하게 되더라도, 계속 걱정해주는 거야. 다투는 상대를 걱정하는 건 쉬운 일이 아니지만…… 당신에게 엄마의 긍지를 지녔다면, 해낼 수 있을 거야."

그렇게 말한 카즈노는 첨벙첨벙 소리를 내며 세수하기 시작했다. 진지한 이야기를 한 게 부끄러운 건지, 벌게진 얼굴에 온천물을 끼얹고 있었다. ……혈액 순환이 더 좋아져서, 얼굴이 더 벌게질 것 같은데 말이다.

여자애의 어머니는 잠시 생각에 잠긴 후, 딸과 마주했다.

"뭐, 뭐야, 엄마! 나는 절대 이 토끼 장식을 풀지 않을 거야!"

"그래, 좋아. 좋을 대로 하렴. 뭐든 네 마음대로 하면 돼."

"뭐? ……정말?"

"그 대신, 무슨 일이 있어도 이 엄마는 도와주지 않을 거야. 이제 나는 모르는 일이거든."

여자애의 어머니는 딱 잘라 그렇게 말한 후, 입을 다물었다.

어머니의 얼굴을 지그시 응시하던 여자애는…….

"이거, 이제 필요 없어."

갑자기 머리카락을 묶은 고무에 달려 있던 토끼 배지를 떼더니, 던져버렸다.

"어? 잠깐만, 어? 왜 갑자기……."

"필요 없으니까 필요 없다는 거야! 으응~!"
"으음…… 뭐야……?"
여자애는 어머니에게 뛰어들더니, 배에 얼굴을 대며 비벼냈다. 그렇게 어리광을 부렸다.
아직 어린아이를 키우는 중인 젊은 어머니는 영문을 모르겠는지, 얼이 나간 것 같지만…….
육아를 통해 아이란 존재를 이해하고 있는 엄마 아이돌은 납득했다는 표정을 지었다.
"배지의 힘으로 급성장을 해서 홀로서기를 하지만, 저 애는 아직 어린아이잖아. 부모가 자기를 신경 써줬으면 하는 마음에 휩싸여서, 그렇게 반발했을 뿐인 거야."
"어린아이한테는 저런 면이 있긴 해. 우후후. ……카즈노 씨는 대단해."
"관둬. 별것 아니잖아."
"그렇지도 않아. ……자, 저기 좀 봐."
주위를 둘러보니, 약간의 변화가 일어나고 있었다.
우선 검은색 비키니 차림의 시라세P도 검은색 비키니 차림으로 물에 들어와 있었다. 「어느새?!」, 「서둘러 갈아입고 왔습니다」 뭐, 그건 일단 제쳐두기로 하고…….
어머니에게 어리광을 부리는 여자애의 모습을 보고 부러워진 것일까. 「엄마~!」, 「어…… 갑자기 왜 그러니?」 다른 애들도 배지를 내던지며 어머니에게 안겨들었다. 팔에 대롱대롱 매달려서 몸을 흔들어댔다.

그와 동시에, 대지도 변화하기 시작했다.

근처에 있던 구덩이가 서서히 솟아오르더니, 원래 형태로 되돌아갔다.

원천 주위에서 마망 마을 전체, 그리고 그 너머로……. 대지가 복구되는 영역이 점점 넓어지고 있는 것 같았다.

"부자연스러운 홀로서기가 해소되면서 어머니들의 마음속 응어리가 풀리자, 만물의 어머니인 대지도 회복된 것 같군요. 저희의 예상대로입니다. 멋진 결과예요."

"해냈어, 카즈노 씨. 전부 카즈노 씨 덕분이야."

"아, 아니, 그런 소리 말라니깐 그러네. 나는, 그런 게…… 어, 어라?"

그리고 멋쩍은 미소를 머금은 카즈노의 눈앞에서도, 갑자기 변화가 발생했다.

온천에서 피어오르던 김이 소용돌이치면서 모여들더니…… 손바닥 크기의 크리스털로 변화했다. 온화하게 빛나는 크리스털은 카즈노의 가슴에 닿더니, 빨려들듯 사라졌다.

카즈노는, 부모 자식의 유대【방임】을 입수했다!

"뭔가 입수한 것 같은데……. 저기, 시라세P. 이게 뭐야?"

"아니, 설마…… 그건 카즈노 씨 모녀의 유대! 그 유대를 따라가면 딸이 있는 곳, 그러니까 소재가 판명되지 않은 적 본거지에 도달할 수 있는 플래그 아이템이 틀림없습니다!"

"잘 아는 것처럼 늘어놓고 있지만 실은 아마도, 인 거지?"

"네. 아마도, 입니다. 문뜩 생각난 거죠."

메디 마마가 강렬한 의혹의 시선을 보내자, 시라세P는 태연하게 받아내면서 순순히 고개를 끄덕였다.

“각지의 문제를 해결하면 플래그 아이템이 출현. 플래그 아이템을 전부 회수하면, 루트가 열린다. RPG의 정석적인 이야기죠. 가능성이라면, 충분히 있습니다.”

“시라세P 씨가 그렇게 말한다면 틀림없을 거야. 우후후.”

“어쩔 수 없으니까, 나도 속아줄게. 아이돌 센서로, 다음 행선지를 찾아보자.”

“그럼 저는 출발 준비를 하겠습니다. ……아, 카즈노 씨는 잠시만 더 거기 계십시오. 멋진 리액션을 기대하겠습니다.”

“오케이야. 한 건 해낸 나는 보수로서 온천을 만끽…… 뭐? 리액션?”

온천에서 나온 마마코와 메디 마마는 손을 내밀면서 정신을 집중했다. 시라세P는 음향 기자재를 서둘러 회수하고 있었다.

그리고 잠시 후, 「아뜨뜨뜨뜨뜻?!」 카즈노가 허둥지둥 물 밖으로 튀어나오더니, 지면을 굴러다녔다.

대지가 힘을 되찾으면서, 온천수의 온도가 원래대로 돌아간 것 같았다. 뜨거울만 했다. 「아줌마, 재미있어~!」, 「아줌마?!」 연예인 빰치는 리액션을 본 마을 사람들이 매우 즐거워했다. 이번에야말로 자기 몸을 희생해 웃음을 얻어냈다. 개그 타입 아이돌이 어떤 건지 보여줬다!

그런 등 뒤에서의 일은, 제쳐두고…….

“……어머, 여기는…….”

"메디 마마? 뭔가 느껴집니까?"
"응. 뚜렷하게 느껴져. 우리가 다음으로 향할 장소는…… 학교의 마을 하하웨야."
메디 마마는 반가운 것처럼, 차분히 곱씹듯이 그 마을의 이름을 입에 담았다.

옷을 갈아입은 마마코 일행은 마을 사람들과 적당히 인사를 나눈 후에 전송 마법을 이용해 하하웨로 이동했다.
아이돌 코스튬을 입고 바람처럼 등장한 세 사람과, 커다란 짐을 든 시라세P를 본 마을 사람들은 입을 쩌억 벌린 채 얼어붙었다. 그녀들에게 눈길을 빼앗긴 통행인이 실수로 지면에 생긴 구덩이에 굴러 떨어지기도 했다.
마을 중앙에 당당히 존재하는 학교는 당연하다면 당연하지만, 차분한 분위기가 감돌며 당당히 존재했다.
"여기가 학교…… 정말 큰 학교네……. 와아……."
"혹시 카즈노 씨는 여기에 처음 와보는 거야?"
"운영 측에서 보내준 바보 딸의 근황 보고 영상을 통해, 언뜻 본 게 다야."
"카즈노 씨가 게임 세계에 계실 때만 해도 여기는 단순한 역참 마을이었을 겁니다. 어느 분인지는 말하지 않겠습니다만, 학습 기관이 없는 것은 이상하다며 운영 측을 맹렬하게 비판한 분이 계셔서, 급히 실장하게 됐죠. 어느 분인지는 밝히지 않겠습니다만…….”

말은 그렇게 하면서도, 시라세P의 눈은 그 인물을 똑바로 쳐다보고 있었다…….

“자, 자, 다들! 이야기는 이쯤하고, 빨리 가자!”

“호오. 얼버무릴 생각입니까.”

“호호호. 시라세P 씨가 무슨 말씀을 하시는 건지, 하나도 모르겠네. 그것보다, 이 마을의 어딘가에 우리가 대처해야 할 부모 자식 간의 문제가 존재할 거야. 어디일까. 아, 그래. 아이들이 수업을 들을 시간이니까, 학교부터 확인해보자.”

누구인지는 밝히지 않겠지만, 어찌 보면 이 학교 설립의 공로자라 할 수 있는 메디 마마가 선두에 서며 걸음을 내디뎠다. 곧장, 학교로 말이다.

하지만 학교에 다가가자, 불가사의한 광경이 보였다.

“……어머? 저게 뭐지?”

학교 정문이 철제 울타리로 봉쇄되어 있었다.

그것이 방범 상의 이유로 설치된 것이라면 문제될 게 없지만…… 철제 울타리 탓에 학교 안으로 들어가지 못하고 있는 이들은 학자 복장을 한 이 학교 교사들이었다.

난처해하는 수많은 교사 사이에, 체격이 좋은 거한도 포함되어 있었다.

“저 덩치가 좋은 분은…… 아, 맞네. 우락부락 선생님이야.”

“그러네. 안녕하세요, 우락부락 선생님.”

“응? 그 목소리는 오오스키 마마코 씨와, 메디 마마…… 엇?!”

돌아본 우락부락 선생님은 마마코의 복장을 응시하더니, 이어서 메디 마마의 복장도 응시했다.

그리고 겸사겸사 「흐음, 멋진 근육이네」, 「가, 감사합니다……?」 갑자기 자기 몸을 만져대는 카즈노의 모습도 응시한 후, 깜짝 놀란 목소리를 낼 뻔 했지만…….

“이, 이야, 여러분! 오늘은 평소보다 더 멋진 옷차림을 하고 계시군요! 전 이사장 대리께서도 함께 오시니, 참 보기 좋습니다! 하하하!”

졸업생의 어머니가 아이돌 코스튬을 입고 등장했다는 충격에, 어찌어찌 견뎌냈다. 우락부락 선생님의 내구력은 정말 어마어마했다.

“잘 오셨습니다. 이 재회를 진심으로 환영합니다.”

“오래간만에 만나서, 반가워요. 우락부락 선생님도 건강해 보이네요. ……왠지, 선생님이 매우 많아진 것 같은데…….”

“늘었고 말고요. 마마코 씨 일행이 시험 운용에 협력해주신 후, 학교의 본격적인 운용이 시작되면서 학생과 교사가 증원됐습니다. ……뭐, 아직 충분하지 않은 부분이 많습니다만…….”

우락부락 선생님의 동료 교사들을 다시 둘러보니…….

교사들 대부분은 얼굴이 글자 아트로 표현되어 있었다. 하나같이 급조된 교사다. 「인원 부족이 여전한 탓에, 송구할 따름입니다」, 「아뇨, 개의치 마시길」 운영 측을 대표해, 시라세P가 사과했다.

그러자…….

"잠깐만. 마마코 씨가 하고 싶은 말은 그런 게 아니라고 생각하거든요?"

메디 마마가 날카로운 어조로 그렇게 말하더니, 우락부락 선생님 앞에 섰다.

"저기, 선생님. 지금 시간은 수업 시간 아닌가요?"

"아, 네. 그렇습니다만……."

"그렇다면, 왜 선생님들이 학교 밖에 계신 거죠? 이상하지 않나요? 응, 이상해. 교사라면 교실에서 학생들을 가르치고 있어야 하잖아요?"

"그, 그렇죠. 그래야 마땅합니다만……."

메디 마마의 날카로운 눈빛에 압도당한 우락부락 선생님은 커다란 몸을 웅크리더니…….

"실은 학생들이 쿠데타를 일으킨 탓에, 저희들 교사는 학교 밖으로 쫓겨나고 말았습니다."

송구하다는 듯이, 고개를 꾸벅 숙였다.

"……뭐라고요? 쿠데타?"

"네. 무력을 통한 쿠데타는 아닙니다만…… 학생들이 갑자기 학교 수업 과목으로 도전을 해와서……."

"설마 선생님들이 진 거예요?"

"말씀대로입니다. 저희가 방심하기도 했습니다만…… 학생들이 현저하게 성장해서…… 교사로서, 그것은 기뻐야 마지않을 부분이고…… 승부는 승부니까……."

"학생들의 말에 따라, 학교를 넘겨준 건가요. 맙소사. 어처구니가 없네."

"면목 없습니다."

"메디 마마. 그쯤 해, 응?"

몸을 웅크리다 못해 무릎을 꿇은 우락부락 선생님을 보다 못한 마마코가 말리려고 나섰다.

"저기, 우락부락 선생님. 학생들에게 이상한 점은 없었어요? 예를 들어, 좀 특이한 배지를 착 있다거나……."

"네, 차고 있었습니다. 어린이용 배지가 아니라, 학교 배지 같은 느낌의 핀 배지였습니다만…… 그건 항간에 소문이 자자한, 어린이를 부자연스럽게 급성장시키는 아이템이 틀림없을 겁니다."

"그걸 알고 있으면, 압수하면 되잖아. 사유물을 몰수한다거나, 방법은 얼마든지 않을 텐데 말이야."

카즈노가 적절한 지적을 하자, 우락부락 선생님은 고개를 저었다.

"이 학교는 모험가를 육성하는 학교입니다. 모험가이니 스테이터스를 상승시켜주는 액세서리를 꼭 장비하라고 가르치고 있죠. 그러니 떼라고는 말할 수 없습니다."

"아~, 그것도 그러네……. 모험가라면, 당연할 거야……."

"출처 불명의 수상한 아이템을 착용하고 겪는 실패로부터 배우는 것도 중요할 것이라는 생각에, 장비를 허락한 결과가 이 상황입니다. 저희는 이것도 모험가 교육의 일환이라 여기며, 이 상황을 받아들일 수밖에 없죠."

우락부락 선생님이 그렇게 말하자, 다른 교사들도 고개를 끄덕였다.

학교의 교육방침에 따랐을 뿐이라고 말한다면 마마코 일행, 그리고 메디 마마도 더는 아무 말도 할 수 없다. 납득할 수밖에 없지만…….

"하지만, 마음에 걸리는 점이 하나 있습니다. 학생들이 학교를 점거했다는 사실이 마을에 알려져서……. 괜한 소동이 일어나지 않기를 바라고 있습니다만…… 아."

굳은 표정을 지은 채 고개를 숙이고 있던 우락부락 선생님이 고개를 든 바로 그때였다.

정문에서 곧장 이어진 길 너머에서, 여성 집단이 다가왔다. 단정한 옷차림에 표정이 엄격해 보이는 중년 여성들이었다.

그 집단을 본 순간, 우락부락 선생님들을 비롯한 교사들이 당황하고 말았다.

"마, 맙소사! 역시 오고 만 건가!"

"어머나, 박력이 엄청나네. 저분들은 대체 누구죠?"

"저분들은 학생들의 보호자 분들이며, 그중에서도 특히 교육열이 엄청난 학교 학부모회 임원 여러분입니다! ……아아, 큰일 났네……." 소곤소곤.

"극성 엄마 군단……. 그래. 하나같이 메디 마마와 분위기가 비슷해."

"너무하네. 똑같이 여기지 말아주겠어? ……그럼 선생님. 저분들을 응대하세요."

"아, 네……."

마마코의 등 뒤에 숨으려던 우락부락 선생님이 끌려 나와서 앞에 세워졌다.

완전히 움츠러든 우락부락 선생님 앞에, 학부모회 임원 일행 여러분이 줄지어 섰다. 스무 명이 넘는 대 군단이었다.

집단의 선두에 선 어머니가 마마코 일행을 힐끔 쳐다보며 미심쩍은 표정을 지었지만, 곧 우락부락 선생님을 돌아봤다.

"안녕하세요, 우락부락 선생님. 항상 아이들이 신세 많이 지고 있어요. 그건 그렇고……."

"아, 네! 오늘은 무슨 용건으로 찾아오신 건지요?!"

"호호호. 선생님도 참. 무슨 용건인지 말 안 해도 뻔하지 않나요? 듣자 하니, 학생들이 학교를 점거하고 농성 중이라면서요? 틀림없나요?"

"말씀대로입니다……. 정말 뭐라 말씀드리면 좋을지…… 우선, 사과를……."

우락부락 선생님이 한껏 움츠러들며 고개를 숙였다.

그 순간, 저자세로 나온 상대를 집단이 일제히 공격했다!

"사과한다고 해결될 문제인가요?! 선생님은 어떻게 생각하죠?!"

"교사가 제대로 대비했으면 막을 수 있을 사태일 텐데요! 안 그런가요?!"

"아, 네…… 말씀대로입니다……."

"선생님 여러분을 믿고 소중한 자식을 맡겼는데, 이게 무슨 일인가요!"

"자식들을 이런 사건을 일으키는 난폭한 아이들로 기르는 게, 이 학교의 방침인 거야?!"

"아, 아뇨…… 그렇지는……."

"우리 아이의 경력에 상처가 나서 앞으로의 인생에 문제가 생긴다면, 어떻게 책임을 져줄 건데?! 당신이 책임질 거야?!"

"이건 교사들의 태만에서 비롯된 거야! 선생님들 탓이거든?! 알고 있겠지?!"

"네, 알고 있습니다……. 저희가 불민한 탓에……."

극성 엄마 군단의 총공격을 받은 우락부락 선생님은 이미 빈사 상태였다. 마음의 HP게이지가 단숨에 줄어들어서, 이제는 풍전등화 상태였다.

조금 떨어진 곳에서 지켜보고 있는 마마코 일행은 복잡한 표정을 지었다.

"보호자의 마음은 이해됩니다만…… 기분이 좋지는 않군요."

"그래. 하다못해 우락부락 선생님의 말을 들어줬으면 좋겠어. 어엿한 생각이 있으니까 말이야."

"좀 진정시키는 편이 좋겠네. 물이라도 끼얹어주면 머리가 식으려나."

카즈노가 그렇게 말하며 마법서를 불러냈을 때였다.

"꼴사납네! 조용히 해!"

당당한 목소리가, 소란을 단숨에 날려버렸다.

언성을 높인 메디 마마는 입을 벌린 채 굳어 있는 극성 엄마 군단을 향해 걸어갔다.

"하나같이 정말 시끄럽네. 품위가 없는 데도 정도가 있거든? 부끄러운 줄 알아."

"뭐……. 다, 당신처럼 괴상한 옷차림을 한 사람에게 품위가 없다는 소리를 듣고 싶진 않거든?!"

"어머나. 괴상하다, 같은 소리를 해도 될까? 이 의상은 카산의 여왕 폐하께서 하사하신 거야. 불경죄로 투옥되지 않으려나 모르겠네."

"뭐? 그 옷을, 여왕 폐하로부터? ……거, 거짓말이지?"

"정말이야. ……자."

가장 먼저 반발한 리더 격인 어머니를 정조준한 메디 마마는 그녀와 정면에서 대치했다.

"우선 질문이 있어. 대답해. ……아이가 부자연스러운 성장을 하는 배지를 알고 있어?"

"다, 당연히, 알고 있어. 연락을 받았거든."

"그럼 당연히, 자식이 그것을 떼도록 대처했겠네?"

"그건……."

리더 격인 어머니는 말끝을 흐리더니, 메디 마마의 시선을 피하듯 고개를 돌렸다.

"학교에서 액세서리 장비를 허가해줘서…… 무슨 일이 생기더라도, 그건 학교 책임……."

"학교에 관해선 묻지 않았어. 책임 전가를 한다고 넘어갈 수 있는 일도 아니거든? ……어머니인 당신이 어떻게 했는지를 묻는 거야. 자, 빨리 대답해주겠어?"

"크! 그, 그게, 아이들이 쑥쑥 성장해서 성적이 좋아졌거든?! 대단한 일이잖아?! ……위험한 물건이라는 걸 알면서도, 떼라고 말하지 못했어! 그게 엄마잖아?! 여러분도 마찬가지지?!"

"그, 래……."

"역시 자식의 성적이 우선이니까……."

동의를 구하는 다른 어머니들도, 메디 마마의 시선을 피하며 고개를 끄덕였다.

메디 마마는 크게 한숨을 내쉬었다.

"문제가 있다는 것을 알면서도, 자식의 성장을 우선하며 묵인했다는 거구나……. 그러면서 어머니를 자처하다니…… 과거의 나만큼 어리석네."

자조 섞인 목소리로 작게 중얼거린 후…….

메디 마마는 극성 엄마 군단에게서 돌아서더니, 닫힌 정문을 쳐다봤다.

"저기, 우락부락 선생님. 졸업생의 보호자가 학교에 들어가는 게 문제가 될까요?"

"네? ……아, 네. 글쎄요. 학교 부지 안에 출입이 가능한 건 기본적으로 재학생, 교사, 재학생의 부모님이니까요……. 졸업생의 보호자 분은 출입을 삼가셨으면 합니다만……."

"어머, 그래요? 그럼…… 아이돌로서 들어가는 건 문제없죠?"

“네? 아이돌? 아이돌은…… 출입이 제한되지 않습니다만…… 어?”

“저기, 카즈노 씨. 이 울타리, 성가셔.”

“옛설~. 폭구(爆球)(봄바 스페라).”

카즈사가 날린 마법의 에너지 탄이 정문의 철제 울타리에 명중하더니, 대폭발이 일어났다. 철책이 산산조각이 나며 날아갔다.

학교 부지 안으로 들어갈 수 있게 됐다!

“어머나…… 이래도 괜찮은 걸까?”

“일반적으로는 안 되겠습니다만, 아이돌로서는 오케이입니다. 사소한 부분을 신경 쓰면서도, 억지스럽고 말도 안 되는 짓을 하는 엄마 아이돌 3호…… 캐릭터성이 있어서 좋군요. 괜찮은 걸로 하겠습니다.”

“칭찬받으니 영광이네. 그럼 다들, 가자.”

메디 마마가 선두에 서면서, 학교 건물을 향해 걸어갔다.

“못난 부모들 덕분에, 자식들이 고생하고 있겠지. 잘못을 정정하고, 부모 자식을 올바른 모습으로 되돌리기 위해…… 우선, 자발적 수업 참관을 하겠어! 호호호!”

교사들과 극성 엄마 군단이 얼이 나간 채 멍하니 서 있는 사이, 엄마 아이돌의 돌격 방문이 시작됐다.

지면의 구덩이가 경관을 훼손한 안뜰을 지난 후, 건물로 향했다.

교사 내부는 조용했다. 복도에는 사람이 없고, 아무 소리도 들리지 않았다.

"학교를 점거했으니까, 파티라도 벌인 것처럼 시끄럽게 떠들 줄 알았는데……."

"참 조용한 분위기잖아. 좀 마음이 놓여."

"함부로 파괴한 곳도 보이지 않는군요. 선생님 여러분이 순순히 넘겨준 덕분에 폭력 사태를 피할 수 있었던 거겠죠. 옳은 판단이었습니다."

"송구합니다. 전 이사장 대리께서 칭찬해주시니, 더 자랑스럽군요. 하하하!"

"지금은 수업 중이니 조용히 해요."

"아, 네. 죄송합니다."

돌격 방문 멤버는 마마코 일행 네 명, 그리고 걱정이 되어 따라온 우락부락 선생님.

그리고…….

"……어머. 당신도, 온 거야?"

"나, 나는 재학생 보호자니까, 아이들이 어떤 상태인지 알 권리가 있어!"

"그럼 좋을 대로 해. 하지만 수업 중이니 목소리 낮춰."

"알거든?! 정말 아니꼬운 사람이네! 흥!"

동족 혐오라고 해야 할까, 극성 어마 군단의 리더 격인 어머니가 메디 마마를 향해 눈을 부라리면서 뒤따라오고 있었다.

일행은 학생들의 상황을 파악하기 위해, 교실이 줄지어 있는 구역을 찾았다.

바로 그때, 재학생의 어머니는 앞서 뛰어가더니 어느 교실의 문 앞에서 우쭐대듯 가슴을 폈다.

"메디 마마, 라고 했지? 당신은 모를 테니 가르쳐줄게. 여기는 특기생 반의 교실이야. 그리고 내 딸이 이 반이거든? 흐흥."

"어머나~, 그렇구나. 그럼 교실 안을 살펴봐도 될까?"

"마음대로 해. 내 딸이 얼마나 우수한지, 두 눈으로 똑똑히 봐."

메디 마마는 문을 살며시 열더니, 그 틈새로 안을 쳐다봤다. 「좀 비켜」, 「밀지 마」 시끄러운 어머니 또한 메디 마마와 나란히 서서 교실 안을 쳐다봤다.

교복 차림의 학생들이 책상 앞에 앉아서 공부에 열을 올리고 있었다. 교실 안은 필기구를 놀리는 소리 가득 차 있었다.

"자, 저기 있는 애가 내 딸이야. 학급 반장이라니깐? 호호호. 이 학교를 점거했단 말을 들었을 때는 놀랐지만, 제대로 공부하고 있나 보네. 내 말에 따르다니, 참 대견해."

"그래. 확실히, 그렇게 보이지만…… 당신은, 눈치 못 챈 거야?"

"뭐……?"

메디 마마의 눈에는 보였다……. 학생들의 몸에서 뿜어져 나오는 검은 아지랑이 같은, 우울한 다크 파워가 말이다.

귀를 기울이면 들려왔다.

"성적 우수자가 되면 월반을 해서 졸업할 수 있어. ……결과를 내서, 학교를 졸업해…… 그리고, 집을 떠나려는 거야. ……부모에게서 벗어나, 자유롭게 살기 위해서……."

저 학급 반장만이 아니다. 다른 학생 또한 부모에게서의 탈출을 바라는 마음을 중얼거리며, 귀신이라도 들린 것처럼 공부하고 있었다.

상황을 깨달은 어머니는 숨을 삼켰다.

"뭐…… 나한테서 벗어나기 위해, 공부하고 있는 거야? ……그런 이유로……?"

"원래는 부모와 사이가 좋은 아가씨였을지도 몰라. 하지만, 배지의 영향으로 홀로서기를 하고 싶다는 의욕이 강해진 것 같네. 교사를 학교에서 쫓아낸 건, 부모 자식 간의 화목한 관계를 추천하는 체제에 대한 반발일까. ……아무튼……."

메디 마마는 아연실색한 어머니의 목덜미를 움켜잡더니, 문틈에서 떨어졌다.

불안한 눈길로 쳐다보는 마마코 일행을 향해 살며시 미소 지은 후, 메디 마마는 극성인 어머니에게 따지듯 말했다.

"이게 당신이 한 짓의 결과야. 자, 어때?"

"어떠냐니…… 나는 그저, 딸의 성장을 바랐을 뿐인데…… 나한테서 벗어나는 건 바란 건 아냐……."

"그럼 저 수상한 배지를 어떻게든 버리게 해서, 아가씨의 마음을 원래대로 되돌릴 필요가 있겠네."

"하지만, 어떻게…… 이제 와서, 어떻게 하면……."

"그야, 이러면 돼."

메디 마마는 힘차게 문을 열어젖히더니, 교실에 발을 들였다.

"다들, 안녕. 공부 중인데, 잠시 실례할게. ……자, 마마코 씨. 카즈노 씨. 당신들도 빨리 들어와."

"아, 응! 지금, 갈게!"

"어, 잠깐만…… 설마, 하려는 거야?"

"아이돌이 등장했으니, 당연히 해야 하지 않겠어? 자, 줄 맞춰 서."

얼이 나간 학생들의 시선을 한 몸에 받으면서, 세 사람은 교실 앞에 줄지어 섰다. 이번에는 특별히 메디 마마가 센터에 서고, 마마코와 카즈노가 양옆에 섰다.

하나, 둘, 셋.

"""모두의 엄마 아이돌! 『OKA3』이야!"""

유닛 포즈가 완벽했다! 세 사람 다 익숙해진 것이다!

학생들은 여전히 얼이 나간 상태였으며, 성원이나 박수는 없었지만 말이다. 그런 것은 개의치 않으며…….

남성용 교복의 옷깃에 달린 학교 배지와 여성용 세일러 교복의 스카프에 달린 같은 배지를 슬며시 확인한 메디 마마는 입을 열었다.

"우리는 일일 교사로 초대된 아이돌이라고 이해하면 돼. 그럼 이 자리에서 바로 학생 여러분에게 묻겠어. ……당신들은 이걸로 정말 괜찮은 거야? 모처럼 학교를 점거했는데, 평소처럼 공부만 하는 건 재미없지 않아?"

"……하지만, 이게 지금 가장 중요한 일이니까요. 내버려 두세요. 괴상한 꼴로 나타나서 엄마 아이돌 같은 영문 모를 소리를 늘어놓는 사람에게, 제 인생 설계를 방해받고 싶지 않아요."

그렇게 말한 이는 여자 반장이었다. 시라세P, 우락부락 선생님과 함께 복도에서 지그시 쳐다보고 있는 어머니의 딸이다.

깊게 가라앉은 눈길로 노려보는 그 여학생을 향해, 메디 마마는 여유 넘치는 미소를 지었다.

"공부가 가장 중요하다는 거야? 그게 왜 중요한데?"

"저희가 독립해서, 사회에 나가기 위해 중요한 것이니까요."

"어머나. 멋진 대답이네. ……하지만…… 학교 공부만 하면 사회에 나가서 어엿하게 살 수 있을 거라고 생각한다면…… 후훗. 결국은 어린애구나."

"그, 그게 무슨 소리인가요. 제 말은 하나도 틀리지……."

"아니, 틀렸어."

메디 마마는 단호한 어조로 딱 잘라 그렇게 말하면서, 엄격한 시선으로 여자 반장을 입 다물게 만들더니…….

칠판에 큼지막하게 글자를 적었다.

【놀다】

글자가 약간 비뚤었다. 「메디 마마는 글씨가 서툰가 보네?」, 「입 다물어 줄래?!」 약간 서툴 뿐이다. 그것보다…….

손가락에 묻은 분필 가루를 털어낸 메디 마마는 다시 학생들을 쳐다봤다.

"학창 시절은 공부하는 시간이자, 놀기 위한 시간이기도 해. 공부만 해선 안 돼. 그러니 이제부터 놀도록 해. 학교를 점거했으니까, 얼마든지 자유롭게 놀 수 있잖니?"

"아니, 갑자기 그런 말을 하면 곤란한데……."

"놀고 싶으면 어른이 되어서 놀라고 우리 부모님이 말했는데요~."

"그건 틀렸어. 어릴 적에 놀아 주지 않으면, 노는 법을 몰라. 어떻게 놀아야 하는지, 어느 정도까지가 놀이인지를 모르는 어른이 된다면 돌이킬 수 없는 실수를 범할 거야. 그건 매우 위험해."

"그건…… 확실히 그런 어른도, 있긴 하지만……."

"그러니 이 시기에, 보호자라는 책임자가 있는 동안에, 놀아두도록 하렴. ……책임을 지는 이들로선 못 해먹을 짓이겠지만…… 그것은 부모만이 맛볼 수 있는 특별한 일인 걸. 한 사람의 부모로서, 그렇게 생각해."

"아하……. 그건 그럴지도 몰라."

논다는 말에는 역신 관심이 가는 건지, 학생들이 차례차례 입을 열었다.

다들 공부를 하는 손을 멈추더니, 메디 마마의 이야기에 관심을 보였다. 교실 안에 시끌벅적해지자…….

"적당히 하세요!"

여자 반장의 고함에, 교실은 다시 정적에 휩싸였다.

하지만 메디 마마는 당황하지 않았다. 여유로운 태도로…… 메디 마마의 특기인 한 호흡 언변 맹공격이 시작됐다!

“어머나. 왜 갑자기 언성을 높이니? 아, 미안해. 너는 놀 줄을 모르는 애구나? 어머, 그런가 보네. 눈치 못 채서 미안해. 공부는 할 줄 알지만, 노는 쪽으로는 꼴찌인 거구나. 저런, 불쌍해라.”

“뭐?! ……바, 바보 취급하지 마세요! 저는 학급 반장이에요! 공부도, 물론 노는 것도, 이 방에서 1등이거든요?!”

“어머, 무리할 필요 없단다. 너한테 학교는 공부하는 곳이니까, 논다는 생각을 못 했을 거야. 그래. 발상력이 참 부족해. 놀 줄을 모르면 이렇게 되는 거야. 정말, 불쌍해라. 참 안됐어.”

“그러니까! 저도, 학교에서…… 문화제 같은 게 열린다면, 제대로 놀아요! ……하지만 문화제는 1년에 한 번뿐이고…… 어머님도, 공부를 우선하라고 할 테니까…….”

“흐음? 부모한테서 홀로서기를 한다면서, 어머님의 말은 신경 쓰이나 보네.”

“그, 그렇지는……!”

“안심해. 바보 취급하는 건 아냐. 오히려 감탄했을 정도야. ……이거 기대할만하겠는걸.”

메디 마마가 말꼬리를 물며 계속 비꼬자, 여자 반장은 무심코 본심을 털어놨다. 배지의 영향을 받았는데도, 부모 자식의 유대는 끊어지지 않은 것이다.

메디 마마는 행동을 이어갔다.

“우락부락 선생님. 부탁할 게 있어. 이쪽으로 와줘.”

“아, 네! 지금 갑니다!”

우락부락 선생님이 허둥지둥 교실에 들어갔다. 그러자 학생들은 경계하는 모습을 보였지만, 선생님을 커다란 손을 들어 보이며 그들을 진정시켰다.

"선생님. 갑작스럽지만, 문화제 허가를 부탁해도 될까? 아, 그래. 우리들 OKA3의 라이브 무대 허가도 말이야. 가능하지?"

"문화제입니까……. 그거라면 이전처럼 불시에 개최하는 형식으로 한다면 가능……."

"우락부락 선생님?"

메디 마마가 말을 끊으며 눈짓을 보냈다. 그러자…….

우락부락 선생님은 의도를 짐작했다.

"아하…… 으음, 유감이지만 어려울 것 같습니다. 보호자 여러분의 양해를 구해야만 하니까요. 만약 이 학교 학부모회 임원 여러분께서 거들어주신다면 또 모르겠습니다만……."

"어머, 그래? ……그렇구나."

그리하여 메디 마마와 우락부락 선생님, 그리고 상황을 파악한 마마코와 카즈노도 서로를 쳐다보며 기다리고 있을 때…….

"그렇다면, 나도 할 말이 있어!"

시라세P에게 등을 살며시 떠밀린 반장의 어머니가 성큼성큼 교실 안으로 들어왔다.

뒷일을 맡기겠다는 뜻으로 메디 마마가 장소를 양보하자, 반장의 어머니와 우락부락 선생님이 대치하게 됐다.

"문화제를 여는 게 어떨까요? 저는 그 생각을 지지해요. 네, 지지하고 말고요. 모든 학생이 항상 최선을 다하고 있는걸요. 오늘은 특별히, 즐겁게 놀 수 있게 해주는 게 어떨까요?"

"그렇습니까……. 그렇다면…… 음, 알겠습니다! 오늘은 불시 문화제를 개최하도록 하죠!"

"네엣?! 서, 선생님?! ……어머님?! 정말 괜찮은가요?!"

"물론이란다. 이 엄마가 한 입으로 두말할 리가 없잖니? 오늘은 마음껏 놀렴. 자, 서둘러 문화제 준비를 하자. ……하지만 그 전에, 교복이 더러워지면 안 되니까 움직이기 편한 옷으로 갈아입도록 해."

"""만세~! 문화제다~!"""

남학생들은 교복 상의를 벗어 던졌고, 여학생들은 스카프를 풀어서 던지며 진심으로 기뻐했다. ……그 바람에 배지가 떨어지더니, 바닥에 떨어지며 박살 났다.

문제 해결을 지켜본 엄마 아이돌 유닛은, 의기양양한 메디마마를 중심으로 셋이서 하이터치를 했다.

모험가 학교 죠코 아카데미아 명물, 불시 문화제 개최!

게임 세계의 기술적인 힘에 의해 장식과 전시물 및 노점 등의 데이터가 일제히 전개되면서, 약 한 시간 만에 모든 준비가 끝났다.

축포 소리에 맞춰 시작된 문화제에는 많은 사람이 찾아왔다. 교문에서 건물로 이어지는 길목의 구덩이가 수복되었으며, 지금은 인산인해를 이루고 있었다.

극성 엄마 군단에 이어, 연락을 받은 다른 보호자들도 학교로 찾아왔다.

【부모 자식이 2인1조를 이뤄 참가한 분들에게는 특별 서비스!】

그런 선전 문구에 낚여서 함께 행동하고 있는 학생과 보호자도 많은 것 같았다. 「자, 아~」, 「하지 마!」 남자애들은 꽤 질색하는 것 같지만 말이다. 아무튼…….

엄마 아이돌들은 특설 무대 위에 설치된 테이블석에서, 문화제를 즐기는 부모 자식들을 살펴보고 있었다.

정확히는 살펴볼 여유가 있는 사람만, 살펴보고 있었다.

"그건 그렇고, 멋진 촌극이었어."

카즈노는 테이블 위에 손을 얹고 턱을 괴더니, 멍하니 살펴보고 있었다.

"나는, 참 멋진 연출이었다고 생각해. ……자, 다 됐어. 엄마 아이돌 『OKA3』을 잘 부탁해. 우후후."

마마코는 바쁘게 손을 움직이느라, 살펴볼 여유가 없는 것 같지만 말이다.

"고등학교 문화제에서 우리 반이 연극을 한 이후로 처음일까……. 지금 생각하니, 꽤 부끄럽네."

메디 마마도 카즈노와 마찬가지로 멍하니 살펴보고 있었다.

특설 무대에서는 엄마 아이돌의 사인회가 개최 중이다.

마마코의 앞에만 길게 늘어서 있는 팬을 본 카즈노와 메디 마마는 동시에 한숨을 내쉬었다.

"……아니, 유닛 안에서 격차가 너무 심한 거 아냐? 이런 건 좋지 않거든?"

"마마코 씨는 이미 월드 클래스의 지명도를 지녔잖아. 포기해."

"미, 미안해. 격차를 만들 의도 같은 건 전혀 없는데……. 자, 다 됐어. 응원해줘서 고마워. 우후후."

"신경 쓰지 마. 농담한 거야. 이런 걸로 이길 수 있는 상대가 아니라는 건 잘~ 알고 있거든. ……하지만……."

"사인을 받으러 한 명도 안 오는 건 좀 쓸쓸하네……. 하다못해 카즈노 씨한테는 이기고 싶어."

"그렇게는 안 돼. 내가 먼저……."

"잠시 실례할게."

바로 그때, 메디 마마의 앞에 여자 반장의 어머니가 나타났다. 고만한 어조로 말을 건네더니, 비스듬히 서서 사인 색지를 내밀었다.

"어머나, 의외네. 내 사인을 바라는 거야? 내 조치에 감격한 나머지, 팬이 된 거려나?"

"착각하지 마. 그런 게 아니라…… 스스로에 대한 교훈 삼아서, 정말 마음에 안 드는 당신에게서 글귀를 받아두자고 생각한 거야. 조롱이라도 괜찮아. 빨리 써줘."

"어머, 그래? ……그렇다면……."

메디 마마는 펜을 쥐더니, 이렇게 썼다.

【어머니로서, 자식에게 엄격하고, 자신에게도 엄격할 것.】

글자 크기가 제각각인데다, 세로로 쓴 문장 또한 비스듬했다.

「당신, 역시……」, 「입 다물어!」 벌게진 얼굴로 반론하면서도…….

메디 마마는 서툰 자신의 문장을 지그시 응시했다.

"보다시피, 나는 완벽한 어머니는 아냐. 언제나 그걸 목표로 삼고 있지만, 되지 못했어. ……그래서, 아이를 기르면서도 많은 실패를 해왔어. 딸에게도 마음고생을 시켰다니깐."

"……그래서, 당신은 어떻게 했어?"

"사과했어. 그랬더니 혼쭐이 났지 뭐야. 부모로서 잘난 척을 해대며 그렇게 강요해놓고, 이제 와서 무슨 소리를 하냐면서 말이지. 그 말이 맞아. ……하지만 사과하는 게 옳았다고 생각해. 어머니로서 자기 자신에게 엄격하기 위해, 괜한 자존심을 버린 거야. 자식을 가장 우선한다면, 그래야만 한다고 생각했어."

"그러니, 딸은 어떤 반응을 보였어?"

"덕분에, 예전보다 더 가까워졌어. 적어도, 나는 그렇게 생각해. 부모의 착각에 지나지 않을 가능성도 있지만 말이야."

메디 마마는 가볍게 웃더니, 색지를 내밀었다.

여자 반장의 어머니는 받은 색지를 지그시 응시한 후, 돌아섰다.

"솔직히 말해, 당신은 마음에 들지 않지만…… 참고로 삼겠어. 이 색지는 어디까지나 교훈 삼아서, 눈에 보이는 곳에 항상 걸어둘게. 그럼 가보겠어."

떨어진 곳에서 기다리고 있는 딸이 공손히 고개를 숙이며 인사한 후, 어머니와 딸은 팔짱을 끼며 사라졌다.

그러자…….

“어머? ……이건…….”

바로 그때, 메디 마마의 앞에 홀연히 나타난 눈부신 크리스털이 그대로 가슴에 빨려 들어갔다.

메디 마마는 부모 자식의 유대【엄격】을 입수했다!

“곤란하네……. 이런 걸 얻으니, 더 딸이 보고 싶어졌어.”

“우후후. 맞아. 빨리 만나러 가고 싶어지네.”

“문제가 해결되어서 메디 마마가 플래그 아이템을 회수했으니, 다음 장소로 이동해도 되겠네. ……그것보다, 나만 사인을 한 장도 못 쓴 게 너무 슬퍼.”

마침 줄서 있던 모든 팬에게 사인을 마친 마마코, 그리고 의기양양한 메디 마마를 본 카즈노가 살짝 삐친 투로 그렇게 중얼거리자…….

“그럼 카즈노 씨는 이걸 써주셔야겠습니다.”

불쑥 옆에서 모습을 보인 시라세P가 카즈노 앞에 캠퍼스 노트를 뒀다.

“갑자기 나타나서…… 뭘 쓰라는 거야?”

“여러분이 부를 노래의 가사를 부탁드립니다. 학교 경음부에 협력을 요청해서 곡은 완성됐습니다. 앞으로 5분 후에 라이브를 시작되니, 그 전에 부탁드립니다.”

“갑자기 가사를 쓰라고 해도…… 아니, 뭐? 라이브? 그것도 5분 후?!”

“그러고 보니 나는 우락부락 선생님에게 라이브를 허가해달라고 요청했었어."

"잠깐만, 메디 마마! 어쩔 거야?! 5분 만에 가사 쓰는 걸로 모자라 라이브에서 부르라니……!"

"한다고 했으니, 할 수밖에 없어. 자신에게 엄격할 것. 그것이 나라는 어머니의, 그리고 엄마 아이돌로서의 모토야. 자, 카즈노 씨. 빨리 준비해줘."

"카즈노 씨, 메디 마마. 저희의 첫 라이브, 꼭 성공시키죠. 오~!"

"마마코 씨까지, 의욕적인 거야?!"

당황한 카즈노의 옆에서, 마마코가 일어섰다. 대량의 사인을 해주면서 굳은 몸을 풀기 위해 깍지를 끼더니, 「으응~」 하며 팔을 앞으로 뻗으면서 스트레칭…….

……을 한 순간, 【아이돌 센서】가 발동했다. 이제부터 향해야 할 행선지의 상황이 마마코의 머릿속에 전해졌다.

"이건…… 어머나. 큰일이네! 챠카 마을에서 전쟁이라도 일어난 것처럼 소동이 벌어졌어!"

일행 전체가 긴장감에 휩싸였다.

일행은 마마코의 기억에 의지해서 전송 마법을 통해 챠카 마을로 이동했다.

마을 입구는 커다란 짐을 들고 있는 사람들로 북적이고 있었다.

엄마 아이돌의 등장을 눈치채고 쳐다보는 이도 있었지만…… 대다수는 바닷가에 있는 이 마을의 상징 격인 타워 던전을 쳐다보며, 불안한 표정을 짓고 있었다.

하늘을 꿰뚫을 듯한 높은 탑 『솔로 킬링의 탑』의 뿌리 쪽에서 연기가 몇 개나 피어오르고 있었다. 고함 소리와 금속이 부딪치는 소리 또한 희미하게 들려왔다.

"어머나! 큰 소동이 벌어진 것 같네! 가보자!"

인파를 헤치며 해안가의 대로로 가자, 상황을 한눈에 파악할 수 있었다.

수많은 젊은 모험가가 무기를 손에 들고, 솔로 킬링의 탑이 있는 섬으로 이어지는 다리를 뛰어가고 있었다.

한편, 솔로 킬링의 탑 앞에는 바리케이드가 존재했으며, 쇄도하는 모험가들을 막고 있는 것 같았다. 싸움이 벌어진 것은 바로 그곳이었다.

카즈노와 메디 마마는 눈을 가늘게 뜨더니, 멀찍이서 발생한 전투 상황을 살폈다.

"오~, 화끈하게 싸우고 있네. ……저 탑은, 분명……."

"꼭대기에 도착하면 그 어떤 소원이든 하나를 들어준다고 했을 거야. 마마코 씨 일행이 공략했었지? 딸들의 근황 보고 영상에서 본 적이 있어."

"응, 맞아. 인원을 모으지 않으면 올라갈 수 없는 탑이라, 길드를 만들어서 동료를 모았는데……. 그러고 보니 아만테 양과 처음 만난 것도, 저 탑이었어……."

"마마코 씨. 추억에 잠길 시간은 없습니다. 분위기가 매우 좋지 않군요."

시라세P는 챙겨온 쌍안경으로 관찰하며 말했다.

바리케이드로 쇄도하며 공격하고 있는 이들은 『母』를 뒤집은 마크가 새겨진 배지인 반항조직제 급성장&홀로서기 촉진 배지를 장비했으며, 집요하게 공격을 펼치고 있었다.

그들을 막고 있는 건 거친 풍채의 모험가 몇 명과, 어머니의 평소 행실이 전신갑옷화한 특수 장비 『풀 엄마』를 걸친 어머니들이었다.

마마코 일행도 쌍안경으로 상황을 확인하더니, 숨을 삼켰다.

"어머나! 엄마 길드의 멤버들이네! 아이들도 함께 있어!"

"공격하는 쪽에는 애들이 많잖아. ……그렇다면……."

"어쭙잖은 사상에 감화되어서, 과격한 소원이라도 빌려는 걸까? 그걸 막으려고 마마코 씨의 지인들이 나섰다, 같은 것 같네. 그렇다면……."

"빨리 도우러 가자! 오~!"

"오~, 는 그렇다 치고…… 문제는 어떻게 저기까지 가느냐, 야."

탑으로 이어지는 유일한 길인 다리는 젊은 모험가들로 가득 차 있었다.

그렇다면 배로 가야겠지만…… 해안과 항구에 있던 배는 바다에 대량 발생한 구덩이에 떨어진 것 같았다. 한 척도 남아 있지 않았다.

카즈노는 잠시 생각에 잠기더니, 곧 마법서를 불러냈다.

"일단 시도라도 해볼까……. 절대영도(그라도 제로 아소루토)."

다리에서 조금 떨어진 곳에 있는 물가에 선 카즈노는 바다에 마법을 사용했다. 활력 저하에 의해 파도가 치지 않는 잔잔한 해수면이, 극한의 냉기에 닿으면서 점점 얼어붙었다.

얼어붙은 부분이 일직선으로 뻗어나가더니…… 솔로 킬링의 탑이 있는 섬으로 이어지는 얼음 통로가 완성됐다!

"이 정도면 될까. 뭐, 미끄러질 게 뻔하지만 말이야."

"그럼 미끄러지지 않도록 조심하면서 가자!"

"기다리십시오, 마마코 씨. 넘어지지 않으려고 게걸음으로 등장하는 건 아이돌답지 않은 행동입니다. 그러니 썰매를 타고 멋지게 등장하죠."

"썰매? ……썰매가 대체 어디에……."

"이 시라세P에게 생각이 있습니다. 맡겨만 주시죠. ……메디 마마. 이걸 받으시죠."

"당신이 생각이 있다고 말하니, 어마어마하게 불안한데 말이야."

시라세P는 메디 마마에게 디지털 축음기를 맡긴 후, 얼음 통로로 발을 내디뎠다.

그 순간, 미끄덩하고 넘어지면서 「끄윽!」 그대로 머리를 세게 찧었다. 시라세P는 죽고 말았다. 쓰러진 시라세P의 몸이, 관에 담겼다.

관짝 모양의 썰매를 손에 넣었다!

"정말 싫지만…… 시라세P 씨의 희생을 헛되이 했다간, 나중에 무슨 말을 들을지 모르잖아. 어쩔 수 없이 이걸 타고, 스피디하게 등장하도록 하자."

"그럼 디지털 축음기를 켜줘."

"그럼 단숨에 가자. 폭풍(봄바 벤토)!"

엄마 아이돌을 태운 관짝 모양 썰매가 맹렬한 바람에 밀려나며 출발했다.

다리에 몰려 있던 모험가들은 그 광경을 봤다.

"어? 어이, 저게 뭐야? ……뭔가가, 바다 위를……."

"거기 있는 소년들! 잘 들어! ……어, 너무 빠른 거 아냐?!"

"이, 일단 자기소개를……! 우리는 어마 아이돌…… 으으, 무리야아아아……!"

"저희들 『OKA3』가, 지금 어떻게든 해결을…… 아아아……."

"……방금 그거, 뭐였지?"

"……글쎄?"

유닛 포즈를 취한 마마코 일행은 도플러 효과만 남긴 채, 맹렬한 속도로 다리 옆을 지나쳤다.

순식간에 탑 아래편이 눈에 보이는 곳까지 왔다.

탑을 공략할 때, 마마코의 대접을 받고 개심했던 모히칸 건달인 포치와 그의 어머니가 있었다. 두 사람은 건달과 엄마 길드의 혼성팀의 선두에 나란히 서서, 몰려드는 모험가들을 필사적으로 막고 있었다.

"포치! 너무 거칠게 대하지는 마! 힘 조절 좀 해!"

"괜찮아! 이 녀석들도 모험가라고! 좀 거칠게 대한다고, 바로 픽 죽진 않아! 우랴앗!"

"잠깐?! 우왓?!"

포치는 바리케이드를 넘으려고 하는 소년 모험가를 잡더니, 가슴의 배지를 떼어낸 후에 모험가와 배지를 그대로 바다에 던져버렸다.

바로 그때, 그들은 맹렬한 속도로 다가오는 세 사람을 발견했다.

"어? 저건…… 오오! 마마코 씨잖아! 예상대로야! ……뭐, 옷차림은 예상 밖이지만 말이지."

"포치 군! 여러분! 지금, 갈게! ……하나, 둘, 셋!"

"여러분, 처음 뵙겠습니다. 저희는 엄마 아이돌."

"『OKA3』이라고 해요. 잘 부탁드려요."

섬에 도착한 순간, 마마코 일행은 점프해서 지면에 착지했다. 그리고 셋이서 유닛 포즈를 취했다. 엄마 아이돌, 멋지게 등장!

그 뒤편에서는 관짝 모양 설매가 그대로 미끄러지더니, 외벽에 충돌했다. 「시라세P는 우리가 돌볼게」, 「내가 소생시키겠어」 그쪽은 카즈노와 메디 마마에게 맡기기로 한 마마코는 포치 일행이 있는 곳으로 뛰어갔다.

"오래간만이야! 잘 지냈어?!"

"당연하지! 덕분에 말이야! ……마사토가 안 보이는데……."

"어머, 진짜로 마마코 씨네! 오늘은 평소보다 더 멋진 옷차림이잖아!"

"언제 봐도 참 젊어 보인다니깐. 부러울 정도야. 그 젊음의 비결을 알려줬으면 좋겠어."

"그러고 보니 차와 과자를 가져왔어. 잠시 휴식을 취하며 이야기라도……."

"어이, 엄마들! 수다 떨 때가 아니잖아! 상황을 생각하라고!"

바로 수다 타임이 시작되려 했지만, 이곳은 방어선의 최전선이다. 바리케이드 너머로 마법 공격의 응수가 시작되자, 불꽃과 눈보라가 곳곳에서 휘몰아쳤다.

"마마코 씨, 잘 들어! 짤막하게 설명하겠어! ……보다시피, 다른 조직과 관련 있는 녀석들이 이 세상에서 부모를 없애려고 모여들었어! 보수가 리셋된다는 것을 들었나 봐! 이 녀석들을 어찌어찌 막아내고 있는 상황이야!"

"알았어! 그럼 우리도 돕겠……!"

"아냐! 마마코 씨는 탑을 올라가! 상황이 이러니까 말이야! 마마코 씨 일행이 올 거라고 믿으며, 최상층까지 다 클리어해서 소원을 빌기만 하면 되게 해뒀다고!"

"어? ……우리가 소원을 이뤄도, 돼?"

"소원을 빌어서 이 상황을 어찌해볼까도 생각했지만 말이야! 하지만 우리는 자세한 상황을 알진 못해! 이 소동만 해결하면 되는 것 같은 문제도 아닌 것 같거든! 어떻게 생각해?!"

"응. 여기서만 문제가 벌어진 게 아닌 건 확실해. 우리는 전부 다 해결하기 위해, 아이돌이 되어서 활동하고 있어."

"그럼, 역시 마마코 씨들에게 맡기겠어! 잘 부탁한다고!

……엄마! 워프 바닥이 있는 곳까지 안내해줘!"

"그래! 이 엄마에게 맡겨주렴! ……자, 마마코 씨! 시라아세 씨와 동료 분들도 서둘러! 이쪽이야!"

"지금의 저는 시라세P란 이름입니다만, 같은 말을 할 때가 아니군요. 가죠."

포치의 어머니에게 안내를 받으면서 마마코, 카즈노, 메디 마마, 소생한 시라세P는 탑으로 향했다. 입구에 있는 커다란 문 앞에 서자, 인원수를 체크하는 카운트가 시작됐다.

"앗, 잠깐만! 젠장! ……어이, 모히칸! 너, 너무 방해되거든?! 엄마와 함께 싸우다니, 정신 나간 거 아냐?! 안 부끄럽냐고!"

"엄마와 함께 모험하는 게 뭐 어때서! 부모의 고마움도 모르는 꼬맹이가 잘난 듯이 떠들어대지 말라고! 우랴아아아앗!!"

건방진 모험가를 잡더니, 그대로 집어던지고, 다른 모험자도 잡아서 던졌다.

포치가 용맹하게 활약하는 사이, 체크를 마친 마마코 일행은 탑에 들어갔다.

"정말. 여러분 덕분에, 재도 저런 말을 하게…… 훌쩍."

"어디 내놔도 부끄럽지 않은, 자랑스러운 아들이네. 우후후."

눈물이 치밀어 오른 포치 어머니의 뒤를 따르며, 마마코 일행은 통로를 달렸다.

보수 리셋에 따라 파괴된 내부는 복구됐고, 건물 파편으로 된 계단 또한 사라졌다.

「이쪽이야!」 다른 계단이 있지만, 기본 루트를 무시하며 안

쪽에 있는 조그마한 문 쪽으로 향했다.

문 너머는 워프 바닥이 있는 방이다. 이곳 또한, 예전에 아만테가 파괴한 곳이 복구되어 있었다. 2부터 9까지의 숫자가 배치된 마법원이 바닥에 존재했고…….

떨어진 곳에는 불가사의한 빛을 뿜는 마법원이 있었다.

"이곳을 통해 99층에 갈 수 있어. 뒷일을 부탁할게, 마마코 씨와 여러분!"

"맡겨줘! 그럼, 가자!"

포치 어머니에게 응원을 받으면서, 마법원 위로 올라간 마마코 일행은 그대로 전송됐다.

99층 통로에 도착한 마마코 일행은 「일단 세이브를」, 「그럼 시스템은 없잖아?」 세이브 포인트 같은 장소를 본 시라세P의 농담을 무시하면서 계단을 올라갔다.

100층. 그곳은 천국의 궁전처럼 백자로 된 벽으로 둘러싸인 아름다운 공간이다. 파수꾼인 보스의 모습은 보이지 않았고, 마지막 문이 열려 있어서, 탑의 꼭대기로 이어지는 계단이 모습을 보이고 있었다.

엄숙한 분위기에 감화된 일행은 차분한 발걸음으로 실내를 나아갔다.

그리고 방의 중앙에 도착했을 때, 마마코가 문뜩 멈춰 섰다.

"마마코 씨? 왜 그러시죠?"

"문뜩 생각났어. …… 마 군과 아이들이 말이지? 여기서 말해줬어. 자기들은 엄마와 함께 모험하고 싶다고 말이야. 그 말이 너무 기뻐서, 무심코 눈물을 흘렸지 뭐야."

"그랬군요. 그 심정이 다른 부모들에게도 전해진 것 같군요. 아까 전의…… 파치 군이었던가요?"

"페치 군이야. 얼굴은 취향이 아니지만, 괜찮은 근육을 지녔더라니깐."

"그게 아니라 포치 군이야. 그것보다 카즈노 씨. 당신은 사람의 겉모습이 아니라 내면을 좀 보지 그래?"

"우후후. 카즈노 씨는 정말 근육을 좋아한다니깐. ……그럼…… 어머?"

마마코가 다시 걸음을 내디디려 한 순간이었다. 눈앞에 따듯한 빛으로 가득 찬 크리스털이 홀연히 모습을 보이더니, 마마코의 멋진 가슴에 빨려 들어갔다.

마마코는 부모 자식의 유대【융화】를 입수했다!

"응. 그래. 이게 나와 마 군의 유대야. 참 따뜻하고, 참 행복한 보물……. 우후후."

"마마코 씨도 무사히 플래그 아이템을 손에 넣었네. ……그렇다면……."

"저기, 시라세P 씨. 우리 셋 다, 부모 자식의 유대 아이템을 손에 넣었어. 이걸 어떻게 하면 되는데?"

"모릅니다." 단호.

카즈노와 메디 마마가 몹시 불쾌하다는 듯이 노려봤지만,

시라세P는 태연하기 그지없었다. 그녀는 원래부터 그런 사람이다.

"이 사람은 정말…… 하아…… 뭐, 좋아. 이미 익숙해졌거든."

"지금은 우선할 일이 있잖아. 그것부터 해결하자. 자, 마마코 씨."

"응. 가자."

마마코 일행은 꼭대기로 이어지는 계단을 올라갔다.

그 도중에 카즈노가 문뜩 입을 열었다.

"갑자기 든 생각인데…… 전 세계에서 일어나고 있는 소동을 해결해달라고 여기서 소원을 빌어서 이뤄진다면, 우리의 아이돌 활동도 종료되는 거지?"

"그건…… 그럴 거야. 우리가 사명을 완수한 거잖아."

"그럼 아이돌은 졸업인 거네……."

"흠…… 그렇게 되겠군요……."

각자가 생각에 잠긴 채 계단을 올라가다 보니, 어느새 꼭대기에 도착했다.

황량한 그곳에는 【소원을 고하라】라는 문자가 새겨진 비석만이 존재했다.

"이 역할은 마마코 씨가 맡아야겠지?"

"응. 마마코 씨에게 맡기자. 자, 부탁해."

"그럼……."

카즈노와 메디 마마가 권하자, 마마코가 비석 앞에 섰다.

자 소원을! 지금이야말로!

"뭐라고 말하면 좋을까……. 으음……."

"리피트~, 애프터~, 미~. 『저희가 춤추고 노래하는 모습을, 전 세계에 송신해주세요』. 자, 말씀하시죠."

"저희가 춤추고 노래하는 모습을, 전 세계에 송신해주세요."

""……어?""

"……어머?"

카즈노와 메디 마마가 귀를 의심했고, 마마코가 어리둥절했으며, 시라세P가 주먹을 말아쥔 바로 그 순간이었다.

비석이 바닥으로 꺼지더니, 그 대신 다양한 설비가 솟아올랐다. 조명도구, 마이크 스탠드, 텔레비전 카메라 같은 물체가 설치되더니…….

음향 부스에 디지털 축음기를 세팅하고, 「빨리 쓰기라면 자신 있습니다. 사사사삭~」 시라세P가 가사용 큐 카드를 순식간에 완성하자, 준비 완료.

아이돌 라이브용 무대 세트가 완성됐다!

"후후후. 이런 일이 있을 줄 알고, 관 안에서 가사를 멋대로 완성해두길 잘했군요. ……자, 여러분! 꿈의 무대에 서시죠!"

"시라세P! 당신, 노린 거지?! 무슨 수를 써서라도, 우리한테 시킬 작정이었지?!"

"진짜 작작 좀 해! 당신이란 사람은 정마아아아알!"

카즈노와 메디 마마는 시라세P의 멱살을 잡고 목이 부러져라 흔들어댔지만…….

바로 그때였다.

"우후후. 이렇게 되면 할 수밖에 없네. 카즈노 씨와, 메디 마마와, 나. 소중한 아이들이 만나게 해준, 세 엄마가 말이야."

무대에 선 마마코가 카즈노와 메디 마마를 향해 손을 내밀었다.

시라세P한테 공중 들어 목조르기를 걸고 있던 두 사람은 서로의 얼굴을 쳐다보더니, 쓴웃음을 머금었다.

"……하아, 알았어. 어쩔 수 없네."

"여기까지 와서 노래 한 소절도 못 부르고 아이돌을 졸업하는 것도, 재미없긴 해. ……그럼, 시라세P 씨?"

"알았습니다. 그럼 부모 자식의 유대를 다시 이어줘서, 세상의 평온을 되찾기 위해…… 뮤직, 스타트!"

해방된 시라세P가 음향 부스로 뛰어 들어가더니, 버튼을 꾹 눌렀다. 그리고 마마코 일행 앞으로 다시 뛰어오더니, 가사용 큐 카드를 들었다.

이것은, 엄마의 노래.

"웃고 싶으면 웃지 그래? 단, 사랑의 채찍은 각오했지?"

무지갯빛 라이트에 비친 카즈노가 특공대장처럼 기세 좋게 걸음을 내디뎠고…….

"너를 생각해서, 때로는 엄격한 거야. ……왜냐하면……."

늠름하면서도 우아하고, 지성을 가득 담아, 메디 마마가 마이크를 거머쥐었다.

그리고, 마마코가 두 손을 활짝 펼치며…….

"당신을, 좋아해보다 더 좋아하는, 엄마니까!"

경쾌한 음악이 흘러나오자, 엄마 아이돌 유닛 OKA3의 메시지 송이 울려 퍼졌다!

마마코들의 라이브 무대가, 전 세계에 송신됐다.

"어머나. 참 성대하게 일을 벌였네. 호호호."

성의 테라스에 나온 여왕은 카산 왕도의 하늘에 비친 라이브 영상을 상냥한 눈길로 쳐다봤다.

떨어진 곳에 있는 마망 마을에서도…….

"아! 엄마, 저기 봐! 요전의 아줌마들이야!"

"어, 뭐가 어떻게 된 거야? 어? 어? 어?"

부모 자식의 유대를 되찾은 여자애와 어머니가 하늘을 올려다보았다.

학교의 마을 하하웨에서도…….

"어머님도, 같이 해요! 하나, 둘, 셋! OKA3! OKA3!"

"이, 이번만이야! 저 사람의 팬이 된 건 아냐!"

문화제 무대 앞에 모여 있던 관객들 사이에 섞여서, 여자 반장과 그녀의 어머니 또한 야광봉을 힘껏 흔들고 있었다.

라이브 무대의 아래편, 솔로 킬링의 탑 입구 부근에서는…….

"어, 저게 뭐야?! 춤추고 노래하는 어머니라니, 대단하지 않아?! 정말 귀엽네!"

"참고로 센터에서 노래하는 사람이 바로 이 탑을 처음으로 제패한 사람이야. 그 활약을 칭송하기 위해 몰래 만든 굿즈도 있는데, 가지고 싶지 않아? 지금이라면 싸게 넘겨줄 수도 있거든?"

"부르는 값에 사겠어요!"

몰려든 모험가들이 배지가 달린 장비품을 스스로 벗어던지더니, 마마코의 초상화가 그려진 외투를 장비했다. ……바느질이 특기인 어머니들이 카즈노와 메디 마마의 외투도 현재 열심히 만들고 있었다.

엄마 아이돌의 노래와 춤은 온 세상 구석구석까지 전해졌다.

부모로부터 부자연스럽게 떨어지려 하는 아이의 마음을 되돌리고, 어머니가 다시 미소를 짓게 하면서, 만물의 어머니인 대지와 바다고 복구되어갔다.

"내 어머니, 샤리레. 이것이 이번 생에서의 작별……이라고 생각했습니다만, 하룻밤 더 묵어도 될까요?"

"얼마든지 여기 있어도 된단다. ……그런데 사리테. 발치를 조심하렴."

"그래야겠군요."

아는 사람만 아는 깊은 숲속의 엘프 마을에서도, 어느 모녀가 손을 맞잡고 복구되고 있는 지면을 응시하고 있었다.

"배지, 필요 없어!", "필요 없어!", "엄마가 좋아!", "엄마~!", "안아줘!"

"정말. 겨우 정신을 차렸네. 걱정 끼치기는……. 그건 그렇고 너무하잖아. 이렇게 재미있는 짓을 할 거면 나도 불러줬어야지. 후후후."

한참 떨어진 다른 서버의 세계에서도…… 어느 수인 어머니가 자식들과 포옹을 하면서, 원래 모습으로 돌아가는 바다를 응시했다.

그 노래는 부모 자식을 위한 것이다.

그렇기에…….

"……틀렸어. 아무리 찾아봐도, 아무것도 찾을 수가 없어."

"뭔가 장치가 있을 거라고 생각했는데, 진짜로 아무것도 없네……."

"물리 공격도 무의미. 마법 공격도 무의미. 그저 지치기만 할 뿐이에요……."

"여기에 커다란 문이 있었던 건 틀림없는데 말이죠……. 으으으……."

하하데스 성의 알현실 앞.

원래 그곳에 있었던 입구를, 마사토 일행은 철저하게 찾아봤지만…… 몇 시간에 걸친 조사 결과, 아무것도 발견하지 못했다. 마사토도, 와이즈도, 메디도, 노력가인 포타조차도 기력이 바닥나서 벽에 기대앉아서 축 늘어져 있었다.

그럴 때였다. 어디선가 노래가 들려왔다.

"어라? 이건…… 우리 엄마 목소리잖아."

"제 어머님의 목소리도 들리는군요……."

"게다가, 마마 씨의 목소리도 들려요!"

"우리 엄마와, 와이즈의 엄마와, 메디의 엄마, 셋이서 노래를 부르고 있는 것 같네……. 왠지 아이돌 송 같아서, 나쁜 의미에서 소름이 돋는데…… 어떻게 된 거지?"

모르겠다. 모르겠지만…… 지칠 대로 지쳐서 꼼짝도 못 하던 마사토 일행은 자연스럽게 몸을 일으키더니, 주위를 둘러보았다. 노래는 대체 어디서 들려오는 걸까…….

바로 그때였다.

"응? ……우왓, 뭐야?"

마사토 일행이 기대고 있던 벽에 갑자기 금이 가더니, 일부가 무너졌다.

포타라면 들어갈 수 있을 정도의 구멍이 생겼다.

"어, 이게 뭐야. 어떻게 된 거지? 알현실에 갈 수 있게 된 거야?"

"제가 보고 올게요! ……으으음…… 이건, 알현실로 이어지지 않는 것 같아요! 제가 본 적 없는 공간으로 이어져 있어요!"

"어머님들의 노랫소리가 들려온 순간, 생겨났으니까…… 혹시 뭔가 의미가 있는 것 아닐까요?"

"그래……. 또 엄마, 아니, 엄마들에게 한 방 먹은 느낌이 어마어마하게 들지만…… 나아가, 란 말을 들은 걸지도. 이 앞에 포타의 어머니가 있을 것 같다는 생각이 들어."

"그럼, 마사토 씨!"

포타가 진지한 눈동자로 호소하듯 쳐다보자, 마사토는 힘차게 고개를 끄덕였다.

엄마 프로필 명부 4

시라세 마스미

■연령
저는 스무 살 이후로 나이를 먹지 않기로 결심했으니, 스무 살이라는 걸 알려드립니다.

■취미
남자 고등학생을 놀리는 것, 이 아니라 남의 자제분과 즐겁게 교류하는 것을 취미로 삼고 있습니다.

■특기
일부러 분위기 파악을 하지 않기, 일까요. 악의는 없습니다만, 혼날 때가 많습니다.

■매력 포인트
「무표정한 얼굴이 매력적이네요, 하고 억지로라도 말해주면 기쁠 것 같군요.」

■어릴 적에 가지고 있던 장래의 꿈
누구에게도 호감을 받고, 어디에서도 친구가 생기는 인기인이 되고 싶었습니다. 결국은 헛된 꿈이었지만요. 후후후.

■좌우명
『결과만 좋으면 된다』입니다. 끝이 좋으면 모든 게 OK. 그렇게 될 수 있도록 인도하는 게, 제 일입니다.

■자식 교육방침
딸은 아직 유치원에 다니는지라, 우선 여러 가지 일을 혼자 할 수 있도록 방 정리 같은 것부터 맡겨보고 있습니다.

■사랑하는 자식에게
다음 주, 재롱잔치는, 꼭 보러 가겠습니다. 맨 앞에서, 비디오카메라를 들고, 열심히 응원하겠습니다. 그 후에는, 오래간만에, 패밀리 레스토랑에서 밥을 먹죠.
엄마가.

제5장
상냥하고, 자유분방하며, 때로는 엄격하고, 때로는 난해하다. 그 존재는, 때때로 병기가 된다.

첫 노래와 댄스, 첫 라이브를 온 힘을 다해서 해낸 후…….

엄마 아이돌 세 사람은 그대로 무대에 주저앉았다.

"휴우…… 꽤, 그럴듯했던 것 같지 않아?"

"맞아. 미숙하긴 했지만, 납득이 되는 완성도였어. 이 정도면 목적도 달성하지 않았을까?"

"응……. 그럴 것 같아."

마마코가 살며시 눈을 감아보니, 다시 기운을 되찾아가는 대지와 바다의 힘이 느껴졌다.

귀를 기울이면, 온 세상에서 기쁨을 나누는 부모 자식의 목소리가 들려오는 듯한…….

"마마코 씨, 카즈노 씨, 메디 마마. 수고 많으셨습니다. 멋진 무대였어요." 짝짝짝짝짝짝짝짝짝짝짝짝짝짝짝짝짝짝짝!

"아, 땡큐~. 그래도 박수 소리가 정말 거슬리네."

"당신, 일부러 그러는 거지?"

"감동한 나머지, 시라세P는 무심코 여러분을 놀리고 싶어졌다는 것을 알려드립니다P."

"우후후. 시라세P 씨답네."

한참 동안 박수치던 시라세P가 갑자기 손을 멈추더니, 마마코 일행을 향해 걸어왔다.

"그럼 여러분, 수고 많으셨습니다. 첫 라이브는 무사히 종료됐습니다. ……그러니……."

"드디어, 겸사겸사, 비장의 이벤트네!"

마마코는 벌떡 일어서더니, 즐거운 듯이 콧노래를 부르기 시작했다. 갑자기 기운이 부활했다.

옆에서 쳐다보던 카즈노와 메디 마마 또한 가볍게 웃더니, 영차 하며 몸을 일으켰다.

"그래. 여기까지 오며 할 일을 다 했잖아."

"겸사겸사 우리 아이의 얼굴을 안 볼 수는 없어. ……그럼 시라세P 씨. 『아마도』라도 괜찮으니까, 뭔가 방법이 없을까?"

"알겠습니다. 그럼 이 시라세P가 비장의 번뜩이는 아이디어로, 여러분이 아이들을 만나러 갈 방법을…… 어머?"

시라세P가 가슴을 펴면서 모순되는 말을 한, 바로 그때였다.

마마코 일행 세 사람의 가슴에서 크리스털이 빠져나왔다.

각자가 입수한 세 가지 유대가 빛을 뿜더니, 문 하나를 그려냈다.

"제가 무슨 말을 할 필요도 없이, 여러분의 마음이 기적을 일으킨 것 같군요. ……그럼 갈까요."

마마코, 카즈노, 메디 마마는 서로를 쳐다보며 고개를 끄덕인 후, 문을 살며시 밀었다.

문이 천천히 열린 순간, 맹렬한 눈보라가 휘몰아쳤다.

"추워…… 으윽……."

"잠깐만! 이게 뭐야! 뭐가 어떻게 된 건데?! 시라세P가 즉사했어!"

"마치 우리를 거부하는 것만 같아. ……하지만……."

"아이들은 이 앞에 있어……. 느껴져……. 가자!"

볼을 때리는 눈을 개의치 않으며, 마마코가, 카즈노가, 메디 마마가, 시라세P의 관을 질질 끌며 힘차게 발을 내디뎠다.

문을 지나치자, 맹렬한 눈보라 탓에 시야가 완전히 새하얗게 변했다. 건물 밖인지 안인지도 알 수 없을 정도로, 백색으로 물든 장소였다.

얼마 후, 성으로 보이는 건조물이 어렴풋이 보이기 시작했다.

"어머? 문 근처에, 누군가가 서있는 것 같아. 저 사람은……."

"어, 마마코 씨? ……가 아니라……."

"HAHAKO 씨, 였지? 딸의 근황 보고에서 본 대로네. 정말, 하나부터 열까지 마마코 씨를 쏙 빼닮았어."

점점 상대방이 또렷하게 보였다. 눈에 뒤덮인 성의 성문 앞에는, 가라앉은 표정의 HAHAKO가 서 있었다.

마마코 일행이 다가가자, HAHAKO는 천천히 입을 열었다.

"아까, 멋진 라이브를 보여줘서 고마워. 답례 삼아 가르쳐줄게. ……여기서부터 어머니는 출입 금지야. 유감이지만, 돌아가 주지 않겠어?"

"어머나, 곤란하게 됐네. 정 들여보내 줄 수 없는 거야?"

"성안에서는 당신들의 자식들이 자신들의 힘으로, 필사적으로 뭔가를 해내려 해. 그러니, 그냥 맡겨놔도 괜찮다고 생각해. 부모가 개입해서 방해하는 건 좋지 않잖아. 안 그래?"

자신 없는 목소리로 그럴듯한 말을 한 HAHAKO는 상대방의 표정을 살폈다.

마마코는 카즈노, 메디 마마와 시선을 교환한 후에 빙긋 웃었다.

"그래, 맞아. 그러니까…… 몰래 훔쳐보기만 할 거야. 근처까지 왔으니, 겸사겸사 말이지. 그 정도는 괜찮지 않아?"

"……뭐?"

마마코는 미소를 지으면서 HAHAKO의 옆을 지나치며 성문으로 다가갔다. 하지만 「어머?」 보이지 않는 벽이 있는 것 같았다. 손으로 밀어봤지만, 꿈쩍도 하지 않았다.

"저기, HAHAKO 씨. 여기에 뭔가 있어?"

"으, 응. 결계가 쳐져 있는데…… 그, 그것보다, 몰래 훔쳐보기만 한다면 세이프라는 건 좀 아니지 않아? 나는 『부모가 없어도 자식은 자란다』라는 말을 하고 싶은 건데……."

"그 말에는 나도 찬성이야. 하지만……."

"그렇다고 해도, 전혀 접촉해선 안 된다는 건 아니라고 생각해."

카즈노와 메디 마마도 보이지 않는 벽 앞에 서더니, 곳곳을 만져봤다. 「마법으로 부술 수 있다면, 해보겠는데……」, 「가능할까……」 이 상황에서는 신중을 기하는 편이 좋지 않을까 싶다.

아무튼…….

"저기……."

"아, 그러고 보니 초면이었네. 나는 엄마 아이돌 2호. 바보 딸 와이즈의 어머니, 카즈노야. 옆에 있는 사람은 메디 양의 어머니인 메마마. 잘 부탁해."

"그 약칭을 남한테 가르쳐주지 말아주겠어? 정식 명칭은 메디 마마야."

"아, 응. 두 사람에 대해선 알고 있는데……."

"그럼 인사 삼아 하나만 가르쳐줄게. 엄마란 존재는 말이지? 제멋대로야. 자식의 성장을 바라는 한편으로, 자식이 계속 자식이기를 바란다니깐. 그리고 양쪽 다 이루려고 발버둥 쳐."

"그 정도로 뻔뻔하지 않으면, 엄마 같은 건 못 해 먹는다니깐."

"그러니, 자기 마음에 솔직해지려는 거야. 왜냐하면, 만나고 싶거든. 그 마음은 어찌할 수 없어. 왜냐하면, 귀여운 내 아이잖아. ……아, 맞다."

마마코는 가슴 언저리로 손을 모으더니, 부모 자식의 유대 아이템을 출현시켰다. 「아하」, 「가능성은 있겠네」 마마코를 따라하듯, 카즈노와 메디 마마도 각자의 유대를 꺼냈다.

세 개의 크리스털에서 빛이 뿜어졌다. 마마코 일행의 진입을 막는 보이지 않는 벽이 얼음처럼 녹아내리더니, 커다란 구멍이 생겼다.

하하데스 성에 들어갈 수 있게 됐다!

"당신들은, 그렇구나……. 당치도 않은 엄마들이네."

HAHAKO는 어처구니없다는 투로 중얼거리더니, 곧 안심한 듯한 미소를 머금었다.

“나는 당신들의 말을 믿고 싶어. 그러니, 당신들에게 협력할래. ……당신들의 자식들이 무엇을 알고, 무엇을 하려 하며, 어디에 있는지, 전부 가르쳐 줄게.”

“어머, 정말 고마워. 그럼, 부탁해도 될까?”

“우리 바보 딸이라면, 한 번쯤은 마법이 봉인됐을 것 같네…….”

“걷어차여서 망가진 벽이 하나뿐이면 좋겠는데…….”

“역시 어머니네. 자식들에 대해 잘 알고 있어. 우후후.”

앞장을 선 HAHAKO의 뒤를 따르며, 마마코 일행은 하하데스 성에 발을 들였다.

바로 그때, 갑자기…….

““““……헉……. 왔어?!””””

말로 형용할 수 없는 오한에 온몸이 휩싸였다. 마사토, 와이즈, 메디, 세 사람은 일제히 자리에서 일어나더니 고개만 뒤편으로 돌렸다.

그쪽에는 마사토 일행이 방금 들어온 입구, 알현실의 벽에 생긴 구멍이 있었다.

그뿐이다. 그 외에는 아무것도 없다.

“왠지, 위험천만한 무언가가 다가오고 있는 기척을 느꼈는데…….”

"마, 맞아. 나도 그런 느낌이 들었는데…… 기분 탓인 것 같네."

"그래요. 그런 것 같아요. 그렇다고 믿죠."

"그럼, 앞으로 나아가도 괜찮을까요!"

"응. 괜찮아. 출발하자."

전원이 앞을 바라보며, 다시 걸음을 내디뎠다.

마사토 일행이 발을 들인 장소는 별이 반짝이는 우주 같은 공간이다. 아름답지만, 쓸쓸함이 감도는 어둠으로 가득 채워져 있었다.

별처럼 보이는 게 진짜 별인가 싶어…… 마사토는 주시했지만…….

"거기, 한눈팔지 마. 위험하단 말이야."

"으, 응. 그래……. 저런 걸 볼 때가 아냐."

동그란 별이 아니라 네모난 무언가가 빛나고 있는 것 같지만, 너무 빨라서 세세하게는 보이지 않았다.

또렷하게 보이는 건, 도로 위의 흰 선처럼 가늘면서 휘어진 통로 하나뿐이다. 포타가 선두에 선 가운데, 일행은 한 줄로 서서 줄타기하듯 신중하게 나아갔다.

"여기는 대체 뭐지?"

"모르겠지만…… 왠지 따뜻한 느낌이 감도는 불가사의한 곳이네."

"어둡기는 하지만 완전한 어둠이 아니고, 빛도 보이는군요……."

"앗! 뭔가 있어요! 제가 먼저 가서 보고 올게요!"

갑자기 포타가 달려갔다. 통로를 일직선으로 나아가더니, 그 끝에 있는 넓은 발판을 향해 껑충 점프했다. 마사토 일행도 조심조심 쫓아가서 그 발판으로 건너갔다.

마사토 일행이 도달한 곳은 축구장의 절반 넓이쯤 되는 네모난 무대가 있는 장소였다.

"여기는…… 왠지, 투기장 같은 곳이네."

"듣고 보니, 그런 느낌이야……. 하지만, 좀 이상하지 않아?"

무대의 네 귀퉁이에는 여자애의 석상과 여성의 석상이 한 쌍을 이루듯 놓여 있었다.

하나같이 여자애의 석상이 여성의 석상을 향해 뭔가를 갈구하듯 손을 뻗고 있고, 여성의 석상은 뒤돌아 서있다고 하는 기묘한 배치지만…….

"마사토 씨! 이걸 보세요!"

"왜 그래? ……어…… 어이, 이건……!"

석상을 살펴보던 메디가 놀란 목소리를 냈다. 그녀를 향해 뛰어간 마사토는 한눈에 눈치챘다.

여자애의 석상은 바로 포타였다.

그리고 여성의 석상은 수배지에서 본 포타 어머니였다.

다른 세 개의 석상도 확인해보니, 전부 똑같았다.

"이게 어떻게 된 거지? 왜 포타와 포타 어머니의 석상이……."

"어쩌면…… 여기는 우리 엄마의, 마음속일지도 몰라요."

포타는 자기를 본뜻 석상을 지그시 응시하면서 힘없는 목소리로 말했다.

"별 같아 보인 것은 전부, 제 사진이었어요. 멀긴 했지만, 제 눈에는 보였어요. ……그리고, 이 조각상은 저와 엄마의 평소 모습이에요."

"……그렇구나."

"엄마는 제가 말을 걸면, 이렇게 돌아서며 어딘가에 가버려요. 쫓아가려고 하면, 뛰어가면서 점점…… 훌쩍…… 멀어졌……."

"괜찮아. 말 안 해도 돼."

마사토는 눈가가 젖어 들어가는 포타의 머리를 자기 배에 대며 꼭 끌어안았다. 한참 동안 훌쩍이는 포타의 머리를 쓰다듬어줬다.

"하지만 그런 거라면, 나한테 생각이 있어. 잠시만 기다려."

다가온 와이즈와 메디에게 포타를 맡긴 후…….

마사토는 어머니의 석상을 향해 뛰어가더니, 단상 부분을 힘차게 잡고 돌렸다! 「이이이익!」 180도 수평 회전을 시켜서, 포타의 석상과 마주 보게 했다.

"포타, 어때?! 이러면 좋지?!"

"아, 네! 저는 이게 좋아요! 정말 기뻐요!"

"그럴 거야! 좋아! 그럼 다른 세 개도…… 어?"

다음 표적을 향해 뛰어가려던 바로 그때였다.

마주 본 두 석상 사이에, 기묘한 물체가 출현했다.

털실로 이상하게 짠, 동그란 무언가였다.

"이게 뭐지? ……포타, 감정 부탁해도 돼?"

"네! ……으으음, 이건…… 이건…… 으음…… 뭔가의 일부 같아요!"

"뭔가의 일부…… 흐음……."

마사토는 일단 다른 세 개의 석상과 마주 보게 돌려놨다. 어머니의 석상을 회전시키자, 두 석상 사이에 아이템이 출현했다.

입수한 것은 전부 털실로 짠 무언가였다. 동그란 무언가. 동그랗고 귀 같은 게 달린 무언가. 가느다란 팔 같은 것이 두 개. 가느다란 발 같은 것이 두 개.

"전부 같은 털실이야……. 왠지 털실 인형의 일부 같지 않아?"

"아하. 가능성은 있군요. ……왠지 피타와 비슷한 뭔가를 만들 수 있을 것 같은, 느낌이 들어요."

"아, 그럴지도 몰라요! 피타보다 크기는 하지만, 색깔이 똑같아요!"

"흐음……."

포타의 숄더백에 달린 마스코트와, 털실 인형의 일부.

부모 자식의 석상을 마주 보게 돌린 순간, 미리 준비해뒀던 것처럼 출현한 이것.

'혹시, 이건…… 포타에게 줄 선물인가?'

별생각 없이 하늘을 올려다보니, 먼 곳에서 별이 반짝이고 있었다. 그 별은 전부, 포타의 사진이다.

여기가 진짜로, 포타 어머니의 마음속이라면?

'전부, 포타에 관한 거잖아……. 이러면서 싫어한다는 건 말이 안 되지 않아?'

약간 희망 같은 것이 보이기 시작한…….

바로 그때였다.

"우왓! 마, 마사토 씨! 엄마의 석상이……!"

"어? ……어이! 뭐야!"

어머니의 석상 네 개가 저절로 회전하더니, 원래 방향으로 되돌아갔다.

그와 동시에 마사토 일행의 머리 위에서 시꺼먼 구름이 소용돌이치더니…… 거대한 인간의 형태를 한 물체가 뒤집힌 채, 머리부터 모습을 보였다.

머리끝부터 손바닥까지, 온몸에 가시가 자라난 귀녀(鬼女)가 무시무시한 표정으로 울부짖었다.

"우와아아앗?! 화, 화난 것 같아요! ……저희가 아이템을 입수해서 화난 걸까요!"

"그럴지도 몰라! 하지만 돌려줄 필요는 없어! 포타는 모은 부품을 잘 챙겨 들고 물러나 있어! 저건 우리가 어떻게든 할게!"

"네! 알았어요!"

포타가 석상 뒤편으로 숨듯이 달려가자, 가시 귀녀가 눈으로 좇았다.

"그쪽이 아니라, 이쪽이다! 이쪽을 보라고!"

마사토는 검을 뽑아 들며, 그대로 공격을…….

'잠깐만! 상대는, 어쩌면…… 큭!'

한순간의 망설인 마사토는 공격 목표를 바꿔서 가시 귀녀의 팔을 향해 충격파를 날려서 명중시켰다.

상대의 주의를 약간 끈 후, 무대 중앙으로 이동했다.

"젠장! 그다지 효과가 없는 것 같잖아!"

"하늘의 적은 네 사냥감이라며! 제대로 좀 해봐!"

"이래 가지고 천공의 선택을 받은 용사라니, 웃기지도 않는군요."

"아니, 그게 아니라! ……어쩌면 저게 포타의 어머니일지도 모른단 생각이 들었거든! 그래서 위력을 조절한 거야!"

합류한 와이즈와 메디가 진짜로 동료가 맞는지 의심이 들었지만…….

그런 생각을 할 겨를을 안 주려는 것처럼, 가시가 비처럼 쏟아졌다. 「큭, 빨라!」 마사토는 왼손을 내밀어서 방어 장벽을 펼쳤다. 가시 몇 발에 파괴되기는 했지만, 일단은 막아내는데 성공했다.

와이즈는 그 틈을 이용해, 마법서를 꺼내 들었다.

"이렇게 되면, 내가……!"

"해치우겠다는 거야?! 좋아, 마음대로 해! 나는 전혀 책임 안 져!"

"포타 양이 보는 앞에서 그런 짓을 할 건가요? 그래도 괜찮겠어요?"

"윽, 그런 소리를 들으니…… 역시 메디한테 맡길게! 이런 건 특기잖아!"

"아, 갑자기 현기증이…… 죄송하지만 대피하겠어요."

"도망치지 말란 말이야!"

"좋아, 와이즈! 메디를 잡아…… 앗, 다들, 도망쳐어어어엇!"

구시렁거리고 있는 마사토 일행의 머리 위편에서, 가시가 잔뜩 달린 손바닥이 날아왔다. 마사토가 피하라고 말하기는 했지만, 이미 늦었다.

이렇게 되면, 할 수밖에 없다. 「두 사람 다, 엎드려!」, 「「꺄앗?!」」 마사토는 와이즈와 메디를 잡아, 지면에 쓰러뜨리며 감쌌다. 하다못해 두 사람이라도 무사하기를 바라면서…….

발에 힘을 준 마사토는 가시에 꿰뚫릴 각오를 하며, 등으로 그 공격을 받아내려 했다……!

"하아. 작작 좀 노닥거리는 게 어때?"

바로 그때, 눈에 보이지 않는 속도로 다가온 누군가가 연속으로 찌르기 공격을 날려서 가시 귀녀의 손을 옆으로 비켜나게 했다.

무대를 벌집으로 만든 거대한 손바닥 앞에서, 멋지게 착지한 이는 바로 아만테였다.

"너, 어째서……."

"중요한 타이밍에 등장해주겠다고 선언했었지? 일일이 설명해주지 않으면, 생각이 안 나는 거야?"

"그렇게~, 잘난 척 설명 늘어놓다간~, 위험할 거야~. ……스파라 라 마지아 펠 미라레…… 대호풍(大豪風)(알토 포르티 벤토)~!"

"방심은 금물이데이. 으냐앗."

휘몰아친 돌풍과 조그마한 주먹이 아만테를 향해 날린 가시 일격을 쳐서 날려버렸다.

가벼운 몸놀림으로, 프라테로가 마사토의 옆에 착지했다. 소레라는 거대한 마법서에 탄 채, 우아하게 떠 있었다.

"형씨. 고맙다는 말은 필요없데이. 도와준 건, 과자값 대신인 기다."

"과자값……?"

"이거야~. 마사토가 두고 간 거~. 자, 받아~."

소레라가 과자 상자 하나를 던졌다. 포타의 어머니에게 인사드리며 드릴 선물로 마마코가 준비했고, 마사토 일행이 쭉 들고 있던 것이다.

"아, 이거! 까맣게 잊고 있었어!"

"한 상자뿐이야? 분명 두 상자…… 아~, 그래. 하나는 멋대로 먹었구나."

"남이 잃어버린 물건을 먹다니, 성격 한번 끝내주는군요. 걸신들리기라도 한 건가요?"

"시, 시끄러워! 주사위를 던지느라 지쳐서, 배가 고팠단 말이야! 덕분에 완전히 회복했거든? 정말 고마워, 같은 소리를 일일이 할 생각은 없어!"

마마코가 고른 것인 만큼, 품질이 꽤 좋은 과자였던 것 같다. 「포타. 서둘러 이쪽으로 와」, 「네!」 손의 가시가 무대에 꽂힌 탓에 움직이지 못하는 가시 귀녀를 쳐다보며, 포타는 마사토 일행을 향해 뛰어갔다. 그리고 소중한 과자 상자를 숄더백에 소중히 챙겨 넣었다.

그 후…….

"그럼 잃어버린 물건을 찾아다 줬으니까, 지금 바로 답례를 해! 너희들, 이 자리는 우리에게 양보해!"

"뭐? 양보하라니……."

"보아하니, 이 몬스터는 마스터 본인이 아니라 마스터와 관련이 있는 무언가 같아. 이게 마음의 표현일까……. 뒤집힌, 심술쟁이……. 원하는 것을 줄 수 없는, 가시투성이인 손……. 뭐, 좋아. 아무튼 마스터와 관련이 있는 거라면……."

"음. 이건, 이 몸들의 사냥감이데이."

"그런고로~. 너희는 방해 돼~. 어디 가버려~. ……스파라라 마지아 펠 미라레…… 대호풍(알토 포르티 벤토)~!"

"잠깐, 기다……?!"

소레라가 마법으로 일으킨 맹렬한 바람이 마사토 일행을 한꺼번에 휘감았다. 「잠깐만?!」, 「꺄앗?!」, 「어어엇~?!」 바람에 휘말린 마사토 일행은 그대로 무대 밖으로 밀려나고 말았다…….

마사토 일행이 이 공간 밖으로 휘날려가면서, 모습이 완전히 보이지 않게 됐다.

"문뜩 생각해보니……. 아무래도~, 재수 좋게~, 목적지 방향으로 날려간 것 같으니까~, 결과적으로 도와준 게 되어버리는 건…… 아니겠지~?"

맞다? 아니다?

아만테 일행은 서로의 얼굴을 쳐다보며 잠시 생각에 잠긴 후, 코웃음을 쳤다.

"말도 안 돼. 적인 상대를 실수로 거점에 불러들인 걸로 모자라, 이동까지 도와줘? 그런 바보 같은 이야기가 어디 있냐 말이야."

"음. 너무 바보 같데이. 말도 안 된다 아이가."

"응응~. 말도 안 돼~. 게다가 중간 보스까지 대신 맡아준 거잖아~. 아무리 생각해봐도~, 진짜 아니네~. 아하하~."

"바보 같은 이야기는 이쯤 하고…… 전투 준비를 해!"

가시 귀녀는 무대에 꽂힌 가시를 억지로 잡아 뽑더니, 다시 움직이려 했다.

"우리는 고유 스킬을 빼앗겨서 전투력이 꽤 저하됐지만…… 그럴지라도, 반드시 이기고 말겠어! 가자!"

아만테는 자신의 뛰어난 신체 능력을 살려서 소레라를 어깨에 둘러메고, 프라테로를 옆구리에 끼더니, 쉴 새 없이 쏟아지는 가시를 계속 피했다.

그리고 가시의 비가 그친 한순간의 틈을 놓치지 않겠다는 듯이…….

"프라테로! 지금이야!"

"음."

아만테는 옆구리에 끼고 있던 프라테로를, 언더스로로 던졌다.

프라테로의 공격. 공중의 먹구름에서 거꾸로 자라나 있는 가시 귀녀의 얼굴을 멍한 눈길로 쳐다보더니, 맹렬한 속도로 내지른 주먹을 꽂아줬다.

찰싹, 1 대미지를 가했다!

"으음. 스킬이 없으니, 대미지가 안 나온데이, 최악 아이가."

"즉시 이쪽으로 몸을 날려! 회수할게! ……다음은, 소레라! 빨리 언데드 병사를 소환해!"

"그게 말이지~. 이 공간은 언데드와 적성이 안 맞나 봐~."

"그럼 마법을 날려!"

"그래~. ……스파라 라 마지아 펠 미라레…… 용무(溶霧)(푸지오네 네비아)~!"

소레라의 머리 위에서 거대 마법서가 펼쳐지더니, 마법이 발동했다. 가시 귀녀의 몸이 강렬한 산성 안개에 휘감기더니, 온몸의 가시가 점점 녹아내렸다. 그리고 코를 찌르는 악취가 피어오르더니…….

가시 귀녀의 온몸이 매끈해졌다. 하지만 곧 가시가 재생되기 시작했다.

"가시 탓에 공격하기 어려운데, 무슨 재생력이……. 성가신데도 정도가 있잖아……. 하지만!"

"힘내, 아만테~."

"힘내그라, 아만테."

"힘내고 있거든?!"

가시의 발사 속도는 빠르다. 엄청난 속도를 자랑하는 아만테의 각력으로도, 겨우겨우 피할 정도다. 마법사 계열이라 이동속도가 느린 소레라는 물론이고 격투가인 프라테로도 피하기 어렵기에, 아만테가 두 사람을 안아 든 채 가시를 피하고 있었다.

게다가 공격의 기점도 담당하고 있었다. 「가자, 프라테로!」, 「음」 프라테로를 가시 귀녀를 향해 던져서 공격을 시키고, 떨어지는 타이밍에 회수했다. 그리고 또 달렸다.

이어서 소레라에게 마법 공격을…….

"다음은 나네~. 이번에는 어떤 마법을…… 으윽?!"

"소레라?! 큭, 아차!"

사각지대에서 날아온 가시가 머리 위에 떠 있던 거대 마법서를 꿰뚫었다.

가시의 끝은 아만테의 어깨에 앉아 있는 소레라의 등까지 도달했다.

"아, 아야야……. 뭐 하는 거야~. 바보 아만테……."

"정신 차려! 빨리 회복마법을…… 아, 소레라는 공격 마법밖에 못 쓰니까 내가 하겠어! 나는 마법 검사거든! 간단한 회복마법이라면 쓸 수 있으니까……!"

"일일이 설명할 때가, 이 멍충아!"

"어? ……앗……?!"

소레라의 부상에 정신이 팔린 아만테를, 가시가 잔뜩 달린 손이 정면에서 후려치려 한 바로 그때였다.

프라테로가 아만테를 옆으로 걷어찼다. 「프라테로!」, 「흠」 겨우겨우 공격을 피한 아만테의 눈앞에서, 프라테로가 가시 귀녀의 손에 정통으로 맞았다.

그대로 튕겨져 날아간 프라테로는 무대 가장자리까지 굴러가서 꿈쩍도 하지 않았다.

"저 자식이 감히……. 우리는 동료 의식 같은 건 없지만…… 없긴 하지만…… 그래도 되게 열받네!"

"맞아……. 아만테…… 저 녀석, 날려버려……."

아만테의 어깨에서 내린 소레라는 동료 의식 따위 전혀 없는 상대의 등을, 뭔가를 맡기듯 두들겨준 후에 쓰러졌다.

아만테는 가는 검을 쥐더니, 등에서 느껴지는 온기를 원동력 삼으며 단숨에 돌진했다.

"이런 건, 나답지 않지만…… 너만은, 절대 용서 못 해!"

무슨 수를 써서라도 공격을 명중시키고 말겠다. 그런 의지를 최우선으로 삼은 아만테는 필요 최소한의 회피만 하는 탓에 비처럼 쏟아지는 가시에 온몸이 찢어나가면서도, 가시 귀녀의 안면을 향해 몸을 날렸다.

그리고 적의 미간에, 혼신의 일격을 꽂아준 것이다.

"이거나 먹어…… 으극?!"

간발의 차이로, 늦었다. 검보다 빠르게 가시 귀녀에서 튀어나온 가시가, 아만테의 어깨를 꿰뚫었다. 느껴지는 건 극심한 통증뿐이었다.

밸런스가 무너진 아만테를 향해, 좌우에서 가시로 뒤덮인 손바닥이 날아왔다.

모기라도 잡듯이 휘두르는 저 두 손바닥에 짓이겨지면, 그것으로 끝이다.

'……하아, 정말. 최악이야…….'

공중에 떠 있는 아만테의 눈에, 쓰러진 소레라와 프라테로의 모습이 비쳤다.

눈물을 흘릴 생각은 없었지만, 왠지 약간 뿌옇게 보였다.

'……누가…….'

누구에게 도움을 청하는 것인가?

마사토 일행일까. 아니면…….

"기왕 나타날 거면, 이럴 때야말로 튀어나와서 구해달란 말이야……. HAHAKO……."

"도와줘도 되는 거구나! 그럼 힘낼게! 에잇!"

"……어?"

지면으로 떨어지던 아만테가 크고 부드러운 마시멜로에 감싸인 듯한 느낌을 받은, 바로 그 순간이었다.

가시 귀녀를 몇 겹으로 감싸듯이 힘찬 물줄기가 발생하더니, 물방울 탄환이 일제히 발사됐다. 전방위에서의 맹렬한 공격에 가시와 본체가 순식간에 벌집이 되자, 가시 귀녀는 그대로 소멸됐다.

"이 공간은 어머니의 힘으로 가득 차 있는 것 같네. 힘껏 공격해버렸어. 우후후."

왼손에 진청색을 띤 성검을 쥐고, 오른손으로 아만테를 감싸 안은 채, 공중에 태연하게 서 있는 HAHAKO가 빙긋 웃었다.

"……HAHAKO?"

"응, 나란다. 처음에는 말이지? 방해하지 않는 편이 좋을 것 같아서 숨어서 지켜보고 있었는데, 더는 가만히 있을 수가 없지 뭐니. 도와주는 걸 허락해줘서, 정말 기뻤단다. ……아, 이런 이야기를 할 때가 아니지! 빨리 부상을 치료해야 해!"

"어, 어어……."

"메디 마마! 회복마법을…… 아, 이미 해줬구나!"

"……어, 누구야?"

무대를 쳐다보니, 지팡이를 든 사람이 프라테로의 옆에 있었다.

저 사람과, 옆에서 우쭐대듯 팔짱을 낀 사람은 본 적이 없지만…… 소레라의 손을 잡아주며 걱정스러운 듯이 응시하는 인물은 똑똑히 기억했다. 그리고 그 옆에 놓여 있는 관짝도 말이다.

저 사람은 적. 우리들을 멋대로 이용하고 버린 증오스러운 상대와, 똑같은 존재.

그런 사람이, 위급한 타이밍에 뛰어와서 도움의 손길을 내밀어주다니…….

"정말…… 엄마란 존재는 대체 뭐야……. 아니, 그것보다 그 꼬락서니는 대체 뭔데……."

마지막 힘을 쥐어 짜내서 그 말을 토하며, 쓴웃음을 머금은 후…….

아만테는 온기와 부드러움에 저항하는 것을 관두며, 살며시 눈을 감았다.

한편, 마법의 폭풍에 날려간 마사토 일행은 어느 지점까지 도달했다.

"이렇게 되는 것을 노린 건 아니겠지만…… 일일이 설명해주더니, 결과적으로 목적지까지 보내준 거잖아……. 그 녀석들은 정말 고마운 적이야. ……어이쿠."

와이즈의 부유 마법으로 발판 위에 서보니, 그곳에는…….

반항조직의 심벌마크가 새겨진 커다란 문이 있었다.

"이건 알현실의 문과 똑같다고 생각해요! 형태와 크기도, 완전히 똑같아요!"

"그럼 뭐야? 우리는 지금까지 어디를 어떻게 이동한 건데?"

"정체불명의 이차원 공간을, 일반적인 방향 감각이나 거리감으로 재려고 해봤자 의미가 없겠죠."

"맞아. 아무튼, 이 문이 포타의 어머니가 있는 장소의 입구일지도 모른다, 는 거네."

문 앞에 선 마사토 일행은 일단 호흡을 가다듬으며, 마음을 진정시켰다.

마사토는 허리에 찬 검으로 손을 가져갔지만, 곧 손을 치웠다.

"포타. 아까 챙긴 과자 상자를 꺼내줄래?"

"네! 금방 꺼낼게요!"

"저기, 마사토. 진심이야? 과자 상자를 들고 쳐들어가서, 인사라도 할 거야?"

"물론 저희는 싸움을 바라는 건 아니지만…… 상대방은 그렇지 않을지도 모르잖아요? 성안에 배치되어 있던 몬스터, 그리고 아까 전의 기묘한 괴물을 보면 원만하게 해결될 것 같지는…….”

“알아. 그러니 이러는 거야. ……이 과자 상자는 엄마가 니에게, 일부러 맡긴 거잖아……. 어쩌면 뭔가 의미가 있을지도 모른다는 생각이 들었거든.”

“흐음…….”

“호오…….”

“뭐, 뭐야. 할 말이 있으면 하라고.”

마사토를 보고, 과자 상자를 본 후, 다시 마사토를 뚫어지게 쳐다본 와이즈와 메디는 감탄한 듯한 반응을 보였다.

“마마코 씨의 말에, 순순히 따르려는 거구나.”

“마사토 씨도 어른이 됐군요. 성장했다는 게 느껴져요. 후후후.”

“시, 시끄러워! 그런 건 됐거든?! ……자, 가자!”

“네! 가요! 하나, 둘, 셋!”

포타가 문을 열었다.

바로 그 순간이었다.

“보상판매(트레이디느).”

실내에서 목소리가 들려오더니, 마사토가 손에 쥔 과자 상자가 순식간에 사라졌다.

텅 빈 손아귀에, 1맘 동전 한 닢이 떨어졌다.

과자 상자는 격조 높은 실내를 순식간에 날아가더니…… 옥좌에 앉아 있는 여성의 손아귀에 들어갔다.

“어머. 장비한 무기를 회수할 생각이었는데, 이게 어떻게 된 거야?"

"이쪽이야말로 무슨 속셈인지 듣고 싶은데요……. 아무튼, 부모의 말을 듣기 잘했단 생각이 진심으로 드네요."

즉시 무기를 꺼내 들려 하는 와이즈와 메디를 손을 내밀어 제지한 후…….

마사토는 확인의 의미를 담아 포타에게 시선을 보냈다. 그러자 포타는 힘차게 고개를 끄덕였다.

'저 사람이 포타의 어머니…… 아니, 아직은 명모 하하데스란 느낌이네.'

갑옷과 코트 차림으로 옥좌에 당당히 앉아 있는 그 모습에서는 마왕다운 분위기가 느껴졌다. 턱을 괸 채 주위를 대충 쳐다보고 있으며, 마사토 일행에게는 눈길조차 주지 않았다. 그 오만한 태도 또한 잘 어울렸다.

명모 하하데스의 머리 위에 떠있는 괴물의 머리 같은 숄더백을 경계하며, 마사토는 알현실에 들어섰다.

"안녕하세요. 저희는 포타의 동료인……."

"마사토 군, 와이즈 양, 메디 양이지? 딸이 신세를 많이 지고 있다고 들었어."

"흐음~? 우리를 알 뿐만 아니라, 일단 인사도 하는구나."

"적어도 부모라는 자각을 지니고 있는 걸로 알면 될까요?"

"윽……!"

와이즈와 메디의 말을 들은 명모 하하데스는 당황한 듯한 반응을 보였지만…… 곧 마음을 진정시키며 옥좌에서 일어났다.

"그럼, 시작할까."
"어? ……시작한다니, 뭘 말이에요?"
"그야 물론 싸움이지. 너희는 나를 쓰러뜨리러 온 거잖아?"
"잠깐만요. 그렇지 않아요. 저희는……."
"제가 엄마한테 할 말이 있어서, 온 거예요!"
포타가 한 발 앞으로 나서더니, 명모 하하데스를 똑바로 쳐다봤다.
더는 참을 수가 없는지, 넘쳐흐르는 마음을 눈에 가득 담으며, 호소했다.
"저는, 엄마를 사랑해요!"
"가, 갑자기, 무슨…… 잠깐만 있어 봐. 그럴 리가 없거든? 나는……."
"엄마는, 저를 싫어할지도 모르지만…… 그래도, 저는…… 아무리 미움을 받더라도, 엄마를……!"
"잠깐만, 포타. 그건 좀 아니란 생각이 들어."
마사토가 포타의 어깨에 손을 얹더니, 명모 하하데스를 지그시 응시했다.
"뭐, 뭐야……."
"아까, 당신의 마음속을 형상화한 걸지도 모르는 공간을 보면서, 생각했어요. ……역시 당신은 포타를 눈곱만큼도 미워하지 않는 거죠?"
"그런 건, 아무래도……."
"아무래도 상관없지 않아요. 거기는 딸에 대한 것으로 가득 차 있었으니까요."

"맞아, 그랬어. 별처럼 빛난 건 전부 포타의 사진이었잖아?"

"게다가 하나같이 찬란한 빛을 뿜고 있었어요. ……마치 가장 소중한 추억을, 마음속의 우주에 가득 장식해둔 것처럼……."

"너희가 어디를 지나온 건지는 모르겠지만, 멋대로 떠들지 마! 너희는, 나라는 적과 싸우면 돼! 그걸로 충분하단 말이야!"

명모 하하데스는 분노를 터뜨리면서 손을 치켜들었다.

머리 위의 숄더백이 커다란 입을 벌렸다. 그 안에서 검붉은 칼날을 지닌 검, 사슬로 봉인된 마법서, 피에 젖은 지팡이, 흉흉한 형태의 병 같은 위험한 무기와 아이템이 쏟아져 나오더니 마사토 일행의 주위에 줄지어 섰다.

"너희의 무기로는 비전투 직업인 나를 공격할 수 없어! 하지만 거기 있는 금단의 물건을 쓰면, 그런 제한을 무시하며 공격하는 게 가능해! 너희의 장비는 비싼 값에 사줄 테니까, 무기를 바꿔 든 후에 덤벼!"

"아니, 잠깐만 있어 봐요! 저희는 당신과 싸우러 온 게 아니라고요! 싸울 이유도 없고요!"

"아니, 이유라면 있어! 나는 반항조직 리벨레의 창시자이자 지배자! 너희가 쓰러뜨려야 마땅한 최대의 적이야! ……그렇잖아, 와이즈 양?!"

"미리 말해두겠는데, 우리 엄마한테 이상한 힘을 준 건 딱히 신경 안 써. 우리 엄마가 너무 바보라서 당한 거잖아. 그리고 결과적으로 모녀가 화해할 수도 있었는걸."

“뭐…… 그, 그럼 메디 양은 어때?! 당신이라면 나에게 어두운 감정을 품고 있을 거야! 앙심을 지녔을 테 틀림없어!”

“당신이 한 짓에는 오히려 감사해요. 힘든 일을 겪기는 했지만, 그 덕분에 제 마음을 전부 털어놓을 수 있었으니까요. 그 덕분에 어머님과 예전보다 더 좋은 관계를 맺을 수 있었죠.”

“그런 우등생 같은 대답은 됐어! 솔직하게 말하란 말이야!”

“솔직하게 말한 건데 말이죠. ……딱 하나 불만을 털어놓자면, 당신이 저를 어두운 감정이나 앙심 같은 걸 품는 타입이라고 생각한 점일 것 같군요.”

“아니, 그건 사실이잖아. ……어이쿠.”

메디가 웃는 얼굴로 휘두른 지팡이를 피했「커억?!」그건 페이크였고, 진짜 공격은 정강이를 노리는 발차기였다. 마사토는 대미지를 입었다. 아무튼…….

“그럼 마사토 군! 용사인 당신에게 묻겠어! 저 두 사람뿐만이 아니라, 수많은 부모 자식이 피해를 입었어! 나는 세상에 혼란을 일으켰단 말이야! 그러니까……!”

싸울 것을 종용하듯, 날붙이 무기가 마사토를 포위하며 칼날로 그를 겨눴다.

하지만 마사토는 눈길도 주지 않았다.

“저는 마왕을 쓰러뜨려서 세상을 구하는 용사 같은 게 아니니까, 딱히 상관없어요.”

그렇게 딱 잘라 말한 마사토는 걸음을 내디뎠다.

“딱히 상관없다니, 그게 무슨…….”

"뭐, 이러면 안 될지도 모르지만요. 그래도 됐어요. 벌을 받아야 한다면, 그런 건 운영 측에 맡기면 되지 않나 싶거든요. …… 그딴 것보다 저는 평범한 용사로서…… 아니네요. 저는 어디까지나 저로서, 매우 신경 쓰이는 점을 확실하게 하고 싶어요."

"그게 대체……."

"당신이란 어머니가 딸인 포타를 사실 어떻게 생각하는지…… 말해주세요. 솔직한 마음을 말이죠."

마사토의 옆에, 포타가 진지한 표정을 지으며 섰다. 와이즈와 메디도 그 뒤를 따르더니, 네 사람은 절대 물러서지 않겠다는 듯이 전진했다.

명모 하하데스는 아이들의 올곧은 시선에서 눈을 돌리더니…….

"……알았어. 가르쳐줄게. 이게, 내 마음이야."

품속에서 꺼낸 칠흑빛 보석을 치켜들며, 읊조렸다.

"몬스터 크리에이션…… 무구(武具)의 아수라!"

마사토 일행의 주위에 있던 위험한 무기들, 그리고 숄더백에서 차례차례 쏟아져 나온 방패와 갑옷들이 명모 하하데스의 곁에 집결했다.

갑옷이 파츠별로 분해되더니, 가녀린 몸통과 공중에 떠 있는 여섯 개의 팔을 형성했다.

손등은 여러 개의 방패에 뒤덮였고, 손가락은 칼날과 지팡이로 되어 있었다. 그리고 손바닥에는 마법서가 박혀 있었다.

온몸이 무기와 방어구로 구성된 거신 무구의 아수라가, 마사토 일행 앞에 현현됐다.

"젠장! 무슨 수를 써서라도 싸우게 만들 심산이냐! ……포타는 빨리 안전한 장소로 대피해!"

"아, 네! 저는 숨어있을게요!"

"솔직한 마음을 밝히지 않고, 틀어박혀서, 입이나 다물고 있는 거야?! 마치 어디 사는 누구 씨 같네!"

"누구 이야기를 하는 건지는 모르겠지만……! 아무튼, 적이 다가와요!"

여섯 개의 팔이 불규칙적으로 움직이고, 예리한 손가락 끝으로 마사토 일행을 겨누며, 상대는 돌격해왔다.

"마음대로는 안 돼요! ……스파라 라 마지아 펠 미라레…… 대장벽(알토 바리에라)!"

메디의 방어 마법이 발동. 견고한 돔 형태의 방어벽이 마사토 일행을 감쌌지만…….

검으로 된 손가락으로 날린 찌르기에, 간단히 꿰뚫리며 허무하게 박살 났다.

"아니…… 겨우 일격에……?!"

"일단 피해!"

위에서, 좌우에서, 여섯 개의 팔에 달린 검으로 된 손가락이 일제히 날아왔다. 마사토는 얼이 나간 채 멍하니 서 있는 메디를 안으면서 옆으로 몸을 날려 공격을 피했다.

"고, 고마워요! 덕분에 살았어요! 약간 성희롱이지만요!"

"이상한 데는 안 만졌으니 용서해주세요! 그리고 고마우면

순순히 감사하라고!"

"어이, 거기! 노닥거릴 때가 아니잖아!" 빠엉.

와이즈는 메디를 안은 채 굴러온 마사토를 걷어찬 후, 마법서를 펼쳤다.

"결국은 무기와 방어구를 합쳐서 만든 거잖아! 그럼 큰 거 한 방 날려서 분해해주겠어! ……스파라 라 마지아 펠 미라레…… 대폭구(알토 봄바 스페라)! 그리고, 대폭구(알토 봄바 스페라)!"

연속 마법이 발동. 폭발의 힘이 담긴 커다란 에너지 탄 두 발이 굉음을 뿜으며 발사됐다. 나선을 그리는 두 개의 구체가 표적에 명중했다……!

하지만 그 순간, 타깃인 개체가 손바닥을 뒤집었다.

손등을 뒤덮은 방패에 명중한 마법은 터지지 않고 빨려들듯이 사라지고 말았다.

"……어? 진짜야?"

"마법을 흡수하는 건가! 그럼 나한테 맡겨! 하늘의 적은, 내 사냥감이라고오오오!"

즉시 이어진 마사토의 공격. 와이즈가 노린 개체를 향해, 천공의 성검 필마멘트를 힘껏 휘둘렀다. 그러자, 거대한 충격파가 뿜어져 나가더니……!

다음 순간, 노리던 팔을 다른 팔이 감싸더니, 손등의 방패로 그 충격파를 받아냈다. 마사토가 혼신의 힘을 다해 날린 일격 또한, 빨려들 듯이 사라지고 말았다.

"진짜냐……. 설마 물리 공격도 흡수하는 거야?"

“모든 공격을 흡수하다니, 그런 절망적인 짓은 하지 말아줬으면 좋겠는데 말이죠…… 에잇!”

메디가 공격을 하려고 다가온 팔을 요격했다. 지팡이를 풀스윙해서, 손등에 강렬한 타격을 가했지만…… 소리조차 나지 않았다. 충격이 완전히 흡수된 것 같았다.

“유감이지만, 최악의 상황이군요! 공격해봤자 의미가 없어요!”

“하지만 공격을 안 할 수도 없잖아! 밀어내지 않았으면, 계속 밀려들 거라고!”

“하아, 정말! 이 녀석은 대체 뭐야!”

여섯 개의 팔이 각자 일정한 궤도 없이 날아다니면서, 차례차례 공격을 펼쳤다.

마사토 일행은 충격파, 불 마법과 바람 마법, 타격과 즉사 마법까지 펼치며 응전했지만 전부 흡수당하기만 했고…….

바로 그때, 여섯 개의 팔이 마사토 일행을 포위했다. 60도 간격으로 균등하게 배치된 팔이 손바닥을 펼쳤다.

“……어이. 왠지 불길한 예감이 들지 않아?”

“나도 그래. ……우리의 공격을 흡수했으면, 에너지가 축적될 테고…….”

“일정 수준까지 에너지가 쌓으면 펑, 이란 건가요? 그딴 짓 안 해줬으면 좋겠는데요…….”

여섯 개의 손바닥에 박힌 마법서가 빛줄기를 분출하기 시작했다. 마사토 일행을 중심으로, 육망성을 베이스로 한 마법원이 그려졌다.

불길한 예감이 적중했다.

"하아, 정말! 장난이 아니잖아! ……스파라 라 마지아 펠 미라레…… 대장벽(알토 바리에라)! 거기에 대장벽(알토 바리에라)!!"

"……스파라 라 마지아 펠 미라레……대장벽(알토 바리에라)!"

"버텨줘! 부탁한다, 내 왼팔!"

세 겹의 마법 장벽에 마사토의 방어장벽도 더해진, 전력을 다한 방어태세가 갖춰지는 것과 동시에…….

마법원의 내부가 새하얀 빛으로 물들었다. 여섯 개의 팔에서 일제히 방출된 에너지가 부딪치면서, 범상치 않은 압력과 진동이 마사토 일행을 덮쳤다.

네 겹의 장벽이 박살 나는 것과 동시에, 포타의 비명이 들린 듯한 느낌이 든 직후…….

온몸의 감각을 망가뜨리는 듯한 어마어마한 충격을 받고 만…… 마사토 일행은, 실 끊어진 꼭두각시 인형처럼, 그 자리에서 풀썩 쓰러졌다.

"젠……장…… 어이, 와이즈, 메디……. 살아있, 어……?"

"……좀, 무리야……. 죽은 것, 같네……."

"그, 금방, 회복시켜, 드릴게요……. 스파라 라 마지아…… 펠 미라레…… 대(알토)…… 회복(쿠라)……."

삐걱거리는 몸에 억지로 힘을 주며 일어선 마사토 일행은 무기를 치켜들었다.

여섯 개의 팔은 마법원을 해제하더니, 다시 일정한 궤도 없이 날아다녔다. 마사토 일행의 공격을 기다리고 있는 것 같았다.

“땡스, 메디. 진짜 땡큐야.”

“웬일로 힐러다운 일을 하긴 했지만, 솔직히 말해 그다지 기쁘지 않군요.”

“폭력 힐러의 회복마법에 기대다니, 완전 위기 그 자체네. 하아. ……그런데, 마사토? 이제 어쩔 거야?”

“글쎄……. 아마, 손등에 달린 방패가 문제인 것 같긴 한데…….”

“그래요. 하지만 팔 하나하나가 그 어떤 공격이든 다 흡수하는 것 같지는 않아요.”

“아~, 그래. 내 마법을 흡수한 녀석을 마사토가 공격하니까, 다른 팔이 날아와서 막아냈잖아. ……그렇다면 말이야.”

“각각의 공격을 흡수하지 못하는 녀석을 판별해서 공격하면 되겠는걸. ……뭐, 전혀 분간이 안 되지만 말이야.”

여섯 개의 팔은 겉모습만 보면 전부 똑같아 보인다. 구성 소재가 된 무기 및 방어구의 색상이나 형태, 배치 위치 등도 딱히 다르지 않아 보였다.

‘이렇게 되면, 일단 공격해보는 수밖에 없나!’

공격 에너지가 축적되는 것을 각오하며, 우선 가까운 곳에 있는 팔 하나를…….

바로 그때였다.

“잠깐만요! 그건 물리 공격을 흡수하고, 마법 공격에 약한 방패예요!”

포타의 목소리가 들려왔다.

마사토는 반사적으로 공격을 멈췄다. 그리고 검 끝을 타깃을 향해 고정했다.

"와이즈! 이 녀석을 공격해! 빗맞히지 말라고!"

"그거 말이구나! 오케이, 맡겨줘! 이번에야말로…… 스파라라 마지아 펠 미라레…… 대폭구(알토 봄바 스페라)!"

마사토가 가리킨 개체에, 마법의 에너지 탄이 굉음을 내며 돌격했다.

즉시 다른 팔이 감싸려 했지만, 「그렇겐 안 돼요!」 메디가 재빨리 파고들더니, 지팡이로 때려서 튕겨냈다.

와이즈의 마법은 무사히 타깃에게 명중. 대폭발이 일어났다. 구성 소재인 무기와 방어구는 각각의 형상을 유지한 채로 조각나며 흩뿌려졌다.

폭발 근처에 있던 메디의 머리에 「아얏!」 튕겨져 날아간 방패가 명중한 것 같지만, 대미지는 경미했다. 혹이 생겼을 뿐이다.

"와이즈 씨, 일부러 노린 거죠?" ……고오오오……!

"아냐, 아냐, 아냐! 나, 그 정도로 재주가 좋진 않거든?!"

"아무튼, 나이스 콤비네이션. ……또한 MVP는……."

마사토가 뒤돌아보니, 커다란 문 뒤편으로 대피해있던 포타가 급히 뛰어왔다.

"마사토 씨! 괜찮다면, 저도……!"

"물론이야. 포타가 없으면, 아무것도 안 되거든. ……이딴 녀석은 빨리 해치워버리고…… 포타네 어머니의 솔직한 마음을, 들려 달라고 하자!"

“네! 저, 힘낼게요! 엄마의 마음을 듣기 위해, 온 힘을 다해 힘낼게요!”

“응! 그 마음이야! 너만 믿는다고!”

상대는 무기와 방어구의 집합체. 포타의 감정 스킬이라면, 성능을 간파할 수 있다.

남은 팔은 다섯 개. 감정 스킬을 경계하는 건지, 주위를 고속으로 날아다니고 있었다.

“칫, 빠르네……. 어떻게든 못 움직이게 해야 하는데…….”

“저한테 맡겨주세요! 제가 못 움직이게 하겠어요!”

“으, 응……?”

포타는 숄더백에서 조그마한 병을 꺼내더니, 손에 쥔 마스코트 피타에게 반짝이는 액체를 먹였다.

점점 거대해진 빅사이즈 피타가 날아다니는 팔을 향해 그대로 쓰러졌다.

도망치지 못한 팔 두 개가 운 좋게도 손바닥의 방패가 보이는 상태로 깔려버렸다.

“나이스! 그럼 내가 공격을……!”

“기다리세요! 양쪽 다 검 공격을 흡수해요!”

“뭐? ……아, 그렇구나……. 그럼…….”

“피타의 얼굴 밑에 깔린 건 물과 얼음이 약점이에요! 배에 깔린 쪽은 타격이 약점이고요!”

알토 기아치오 그루모
“오케이! 스파라 라 마지아 펠 미라레…… 대빙괴(大氷塊)!”

“그럼 이쪽은 제가 맡죠. 에잇!”

허공에 생성된 거대한 얼음덩어리가 낙하해서 물과 얼음이 약점인 방패를 짓뭉갰고, 메디가 타격이 약점인 방패를 두들겨 패서 부쉈다. 피타에게 깔린 팔이 곧 분해됐다.

“조, 좋아! 이걸로 세 개 격파! 이제 절반만 남았어! ……남은 건 내가……!”

“와이즈 씨의 근처에 있는 건 둘 다 불꽃이 약점이에요! 메디 씨 쪽에 있는 건 즉사 내성이 없어요!”

“불꽃이구나! 한꺼번에 정리해버리겠어! ……스파라 라 마지아 펠 미라레…… 호염(豪炎)(포르티 피암마)! 그리고! 호염(포르티 피암마)!”

“이 세상을 떠나게 해주겠어요. ……스파라 라 마지아 펠 미라레…… 사망(모르테)!”

“어, 저기…….”

비행하던 팔 두 개가 활활 타오르는 불꽃에 휩싸이더니, 추락하면서 파괴됐다.

그리고 다른 팔 하나도 사신의 공격을 받고 공중분해 되면서 흩뿌려졌다.

여섯 개의 팔을, 전부 격파했다!

“포타, 너무 대단해. 지시가 적절해서, 완전 여유롭네.”

“피타를 거대화시켜서 짓누르는 것도 멋졌어요. 포타 양은 지휘관에 소질이 있는 걸지도 몰라요.”

“화, 황송해요! ……에헤헤…….”

작아진 피타를 다시 숄더백에 단 포타는 멋쩍은 듯이 웃었다. 귀엽다. 참 귀여운 미소였지만, 「……아, 응. 이걸로 됐어」

마사토는 눈물 탓에 잘 보이지 않았다.

존재감이 너무 옅어져서 사라질 듯한 마사토는 제쳐두고, 아무튼 이걸로 전투 종료…….

"……어라? 어엇, 조심하세요! 아직 안 끝난 것 같아요!"

바로 그때, 주위에 흩뿌려져 있던 무기와 방어구가 움직이기 시작했다.

하나, 또 하나, 공중으로 떠오르면서 다시 합쳐지려 했다.

"잠깐만! 마사토, 가 아니라 포타 리더!"

"마사토 씨, 가 아니라 포타 리더! 이게 대체 어떻게 된 거죠?!"

"저기, 두 사람 다 나 좀 상냥하게 대해줄 수 없어? 응? ……이런 소리를 할 때가 아닌 것 같네."

"으음, 으음…… 아! 저게 원인인 것 같아요!"

포타는 무구의 아수라를 주시하더니, 상대의 몸통 쪽을 손가락으로 가리켰다.

갑옷 파츠로 뒤덮인 가슴의 중앙에, 검은빛이 가늘게 새어 나오는 부분이 있었다.

"칠흑빛 보석을 코어로 삼아서, 전체를 움직이고 있는 건가……. 그렇다면……."

"포타, 가 아니라 마사토!"

"포타 양, 인 척하다 마사토 씨!"

"마사토 씨! 드디어 차례가 왔어요!"

"그래, 포타……가 아니라 나?! 이 상황에서 나?!"

칠흑빛 보석 자체는 보이지 않는다. 갑옷 파츠의 틈새, 아마

검도 들어가지 않을 정도로 얇은 틈새에 공격을 명중시킬 필요가 있을 것 같았다.

"자, 마사토. 멋진 모습을 보여줘! ……스파라 라 마지아 펠 미라레…… 명중률(코르피레) 상승! 그리고! 명중률(코르피레) 상승!"

"마사토 씨만 믿을게요. 스파라 라 마지아 펠 미라레…… 명중률(코르피레) 상승!"

"기쁜 듯이 떠넘기기는…… 정말이지."

부담감과 명중률 상승 마법을 함께 받은 마사토가 성검을 고쳐 쥐었다.

옆에서는 포타가 마사토를 믿으며 진지한 표정으로 응시하고 있었다.

'알아. 어떻게든 해보겠어.'

굳게 먹은 마음은 바위라도 뚫는다. 틈새가 존재한다면, 더할 나위 없다.

부모가 전해야만 하는 마음을 감추고, 자식이 그것을 듣고 싶어 한다면…….

"죄송하지만, 폭언을 좀 하겠어요. ……딸인 포타가, 이렇게 솔직하게, 이렇게 진심으로, 애정을 갈구하는데, 왜 답해주지 않는 거냐고! 빨리 튀어나와서, 무슨 말이든 좀 해봐! 당신은, 부모잖아!"

전력을 다해 휘두른 검에서, 가늘고 날카로운 충격파가 뿜어져 나오더니…….

무구의 아수라의 가슴을, 그대로 꿰뚫었다.

다시 팔 형태로 결합하려던 무기와 방어구들이 힘을 잃은 것처럼 추락했고, 몸통을 형성하고 있던 갑옷 파츠도 무너져 내리기 시작했다.

파괴된 칠흑빛 보석 아래에서 멍하니 서 있는, 명모 하하데스의 모습이 드러났다.

지칠 대로 지친 눈길로, 발치를 지그시 응시하고 있었다.

명모 하하데스는 아무 말 없이 선 채, 마사토 일행을 쳐다보려 하지 않았다.

그렇다면, 보일 수밖에 없는 위치까지 다가갈 뿐이다.

"포타, 가자."

"네!"

포타의 손을 잡고, 와이즈와 메디와 함께 나아갔다.

"자, 들려주세요. 당신의 솔직한 마음을요. 당신이, 실은, 포타를 어떻게 생각하는지를요."

공중에 떠오른 무기와 방어구가, 마사토 일행을 향해 맹렬한 속도로 쇄도했다.

하지만 정통으로 명중하려던 순간, 무기와 방어구가 저절로 방향 전환을 하며 빗나갔다.

'실은 남을 해치지 못하는 사람일까…….'

명모 하하데스는 상냥한 사람일 것이다. 그런 생각이 들었다.

이제까지 쭉 돌리고 있던 눈동자가 갑자기 움직이더니, 다가오는 딸을 지그시 응시했다.
그 눈동자에서는 한 줌의 혐오도 찾을 수 없었다.
'역시, 싫어하는 게 아냐. 차가운 태도를 보이는 데는 뭔가 이유가 있어.'
그것만 어떻게 하면 포타 모녀의 관계가 좋아질 거라고, 마사토는 확신했다.
하지만 그렇기에, 그 이유를 모르는 채 궁지에 몰아선 안 됐다.
"이제 그만 해! 더는 내 마음을 괴롭게 만들지 마!"
갑작스러웠다.
명모 하하데스가, 양손으로 얼굴을 감싸면서 그 자리에서 무릎을 꿇더니…….
"내 솔직한 마음? 딸을 어떻게 하냐고? ……그야……."
문뜩, 하늘을 우러러보며…….

"사랑하는 게 당연하잖아! 그 누구보다도 사랑해!"

마음에서 우러난 외침이었다.
기대했던 대답이었지만, 그녀에게서 풍겨 나온 기묘한 기운에 압도당한 마사토 일행은 걸음을 멈췄다.
"엄마가, 나를……?"
"사랑한다니…… 그, 그럼!"
"하지만, 나는 그걸 전할 수 없어! 드러낼 수가 없단 말이야! 사랑하는 딸에게 해주고 싶은 것, 소중한 딸과 함께하고 싶은 것, 그런 게 잔뜩 있는데도 뭐 하나 할 수가 없어!"

"자, 잠깐만, 진정해요……."

"짬이 없단 말이야! 시간이 없어! 일, 일, 일, 일! 살기 위해서니까, 딸이 궁핍한 삶을 살게 하고 싶지 않으니까! 아르바이트, 비정규직, 정사원! 필사적으로 일해서, 높은 자리로 올라갔어! 하지만 그 바람에 시간이 없어서, 아무것도 해줄 수가 없다니, 그게 말이 돼?!"

"좀 진정하세요! 마음을 가라앉히세요!"

"게다가, 뭐?! 모녀 동반으로 게임 세계를 모험하라고?! 문제가 있는 부모 자식 관계를 복구해줘?! 서로에게 다가가기만 하면 되는데, 대체 뭐 하는 거야! 그런 부모 자식을 관리하느라 어제도 오늘도 내일도 딸과 함께 할 수 없는 나는, 대체 뭔데?! ……부모와 자식은 함께 있는 것만으로도, 행복한 일이잖아! 대체 왜 그것도 모르는 거냔 말이야!!"

명모 하하데스는 고개를 푹 숙이더니, 몸을 일으켰다.

"이게 나…… 처음에는, 그저 화풀이였어……. 다른 부모 자식들이 샘나서, 분해서, 슬퍼서…… 전부 엉망으로 만들어 주고 싶었던 거야……. 하지만 계획은 실패했고…… 하다못해 마지막으로, 이런 한심한 나와 다른 어머니들을 한꺼번에 없애서…… 어머니가 없는 게 당연한 세상을 만들어서, 아이들만이 행복하게 살 수 있게 해주고 싶었는데…… 그것도, 마마코 씨 일행에게 저지당하고 말았어……. 역시 나는, 아무것도 못 하는 못난 엄마야……. 그러니까…… 자, 용사들. 나를 해치워.”

“그러니까! 해치우는 게, 아니라……!”

“아니, 해치워……. 나란, 못난 엄마를 없애버리는 거야.”

“그런 게, 가능할 리가 없잖아! 당신은 포타의 엄마인걸!”

“포타 양을 향한 마음도 가지고 있잖아요! 쓰러뜨려야만 하는 상대가 아니에요……. 포타 양을 위해서라도, 생각을 바꾸세요!”

“딸은 괜찮아. 이렇게 자기 일처럼 마음을 써주는 당신들이 있잖아. 아무것도 해주지 못하는 나보다 훨씬, 훨씬 도움이 돼. ……나 같은 못난 엄마의 곁을 떠나는 편이, 딸은 더 행복해질 거야. 그래. 나한테서 벗어나서 살아야 마땅해.”

“그래서, 포타를 이렇게 사랑하면서도 매정하게 대하면서 멀어지려 한 건가……. 정말……. 이렇게 삐뚤어진 짓거리보단, 더 나은 다른 방법이 있었을 거라고 생각해요!”

“그럴지도 몰라. ……하지만, 다른 방법은 생각나지 않았어. 생각할 시간도 없었지. 나에게 있는 것이라곤, 엄마로서 최악이라는 자각뿐……. 이런 나에게 길러지다간, 딸이 인생을 망칠지도 모른다는 공포심뿐……. 그러니까…….”

쓸쓸히 웃은 명모 하하데스의 곁으로, 위험한 색깔을 띤 병이 날아왔다.

“당신들 같은 멋진 동료들에게, 사랑하는 딸을 맡겼으니…… 못난 엄마는 이 세상에서 사라지겠어. 딸을, 잘 부탁해.”

"잠깐만요! 엄마!"

상냥한 눈길로 포타를 응시한 명모 하하데스는 병 안에 든 것을 들이켰다.

입가에서 선혈 한 줄기가 흘러내리더니, 몸에서 힘이 빠져나가며 무너지듯 쓰러졌다.

"어이, 잠깐만……. 뭘 마신 거야?!"

"저건 독이에요! 빠, 빨리 해독제를 먹여야 해요! 엄마! 엄마!!"

포타가 허둥지둥 병의 뚜껑을 따더니, 서둘러 어머니를 향해 달려가려 했지만…….

공중에 떠있던 무기와 방어구가 그녀의 앞을 막았다. 「보내주…… 아얏!」 억지로 나아가려 한 포타는 손을 베이고 말았다. 포타를 막고 있는 건, 원래라면 공격이 불가능한 비전투 직업에게도 대미지를 입힐 수 있는 금단의 장비들이었다.

그런데도 포타가 나아가려 하자, 그녀의 몸이 상처투성이가 됐다.

"포타, 무리하지 마! 우리가 길을 만들겠어! 와이즈! 메디! 가자!"

"당연하지! ……어, 우왓?! 잠깐만 있어 봐?!"

와이즈가 마법서를 손에 쥔 순간이었다. 쇠사슬로 봉인된 마법서가 날아오더니, 펼쳐지는 것과 동시에 마법의 에너지 탄을 발사했다. 「이건, 폭구(봄바 스페라)……?!」 그 에너지 탄에 정통으로 맞은 와이즈가 뒤편으로 튕겨 날아갔다.

"책만 펼쳐도 마법이 발동되다니, 완전 반칙이잖아! ……메디! 와이즈를 회복시켜줘!"

"죄, 죄송해요……. 저도, 좀 힘든 상황이라…… 크……."

피에 젖은 지팡이가 메디의 머리 위편에 떠서 저주를 쏟아내고 있었다. 몸을 휘감는 속박 이펙트에 저항하던 메디는 결국 무릎을 꿇고 말았다.

"그쪽도 위험한 무기인 거냐! 내가 쳐낼 테니까, 잠시만 기다려!"

"아니, 잠깐…… 마사토 씨도…… 조심…… 머리 위에……!"

"뭐?"

고개를 든 순간, 마사토의 정수리를 향해 칼날이 검붉은 검이 휘둘러졌다. 「크?!」 반사적으로 성검을 뽑아서 막아냈지만, 공격이 묵직했다. 마사토도 꼼짝을 못하게 됐다.

"좀 봐달라고! 발이 묶여 있을 때가 아니란 말이야! 서두르지 않으면……!"

괴로운지 몸을 비틀고 있던 명모 하하데스가, 서서히 움직이지 않게 됐다.

해독제를 들고 있는 포타는 무기와 방어구들에게 막혀서, 다가갈 수 없다.

와이즈는 또 마법 공격을 받더니, 연기에 휩싸인 채 쓰러졌다. 메디는 완전히 구속되어 움직일 수가 없었다.

"어떻게든 해야 하는데…… 젠장……. 이럴 때, 엄마가 여기 있었다면……!"

마사토는 가장 믿음직한 사람을 떠올리며 그렇게 외치는 것 말고는 할 수 있는 게 없었다.

바로 그때였다.

"출연 OK가 떨어졌습니다! 뮤직, 스타트! GO, OKA3!"

"……어?"

마사토 일행의 뒤편, 커다란 문 뒤편에서 불쑥 고개를 내민 시라세P가 디지털 축음기의 스위치를 ON. 그러자 이 상황에 전혀 어울리지 않는 발랄한 BGM이 흘러나왔고…….

그들이 알현실에 뛰어 들어왔다.

"엄격함은 애정의 반증! 함께 정상을 향해 나아가는, 엄마 아이돌 3호! 메디의 엄마, 메디 마마!"

"솔직하지 못한 건, 마찬가지! 불만이 있다면 얼마든지 덤벼 봐! 부모 자식 싸움 웰컴인, 엄마 아이돌 2호! 겐야의 엄마, 카즈노!"

"커다란 사랑으로, 사랑하는 마 군을 꼭~ 안아주는, 엄마 아이돌 1호! 마 군의 엄마, 오오스키 마마코야! 우후후!"

셋이 합쳐, 하나, 둘, 셋.

"""엄마 아이돌『OKA3』! 등장이야!"""

마마코 일행은 절도있게, 유닛 포즈! 완벽했다!

아이돌 코스튬을 입고 아이돌 포즈를 취하는, 친엄마들이었다!

""""……쿨럭…….""""

느닷없이 어머니가 나타나는 계열 특수 스킬【어머니, 오다】의 효과에 의해, 마사토, 와이즈, 메디 세 사람은 눈을 까뒤집으며 피를 토했다. 게다가…….

엄마 아이돌의 한정 스킬 발동!

"그럼【쓰담쓰듬회】를 시작하자!"

"아~, 지금부터 엄마 아이돌에게 쓰담쓰담을 받는 쓰담쓰담권을 배포하겠습니다. 희망하시는 분을 줄을 서 주십시오. 수량이 한정되어 있으니, 서둘러 주시길."

아이돌과 악수하는 악수회의, 쓰담쓰담을 받는 버전이다.

마사토 일행을 잡고 있던 위험한 무기, 그리고 포타의 앞을 막고 있던 무기와 방어구들도 그 말을 듣자마자 앞다투어 시라세P 앞에 모여 줄을 섰다.

길이 열렸다.

"포타 양, 지금이야! 서둘러!"

"아, 네! ……엄마!"

해독제를 쥔 포타가, 명모 하하데스의 곁으로 뛰어갔다.

문뜩 눈을 떠보니, 마마코의 온화한 얼굴이 보였다.

"……역시, 당신들 모자구나……. 행복한 모자의 모습을 보여줘서, 내 계획을 전부 저지하다니…… 뭐 이런 부모 자식이 다 있어……."

"평범한 용사와, 평범한 용사의 어머니예요. 우후후."

"뭐가 평범…… 하아…… 뭐, 좋아. 이렇게 완벽하게 패배하니, 차라리 개운해. 당신들을 향한 실투도, 분함도, 전부 아무래도 좋아졌어."

"부모 자식 관계에 이기고 지는 건 없다고 생각하지만, 마음이 진정됐다니 다행이에요. ……일어설 수 있겠어요?"

마마코가 등을 부축해주자, 명모 하하데스는 상체를 일으켰다.

옆에서 들려온 소리에 눈을 돌려보니…… 카즈노와 메디 마마가 명모 하하데스의 숄더백에 무기와 방어구를 집어넣은 후에 끈으로 묶고 있었다.

정면에는 포타가 있었다. 엉망이 된 모습으로 무릎을 모으고 앉아, 안겨들고 싶은 마음을 꾹 참고 또 참았지만, 참을 수가 없는 건지 몸을 쑥 앞으로 내밀고 있었다.

명모 하하데스는 포타에게 눈길을 주지 않으며 깊이 고개를 숙였다.

"왜 구한 거야……. 나 같은 엄마는 싫잖니?"

"싫지 않아요! 저는, 엄마를 정말 좋아해요!"

"말도 안 되는 소리 하지 마. 좋아할 이유가 없는걸. ……나는, 아무것도 해주지 않았고…… 그뿐만 아니라, 매정하게 밀쳐내기까지……."

"그런 건, 괜찮아요! 엄마는 저를 사랑한다고, 말해줬어요! 그걸로 충분해요!"

"충분하다니……."

"되게 답답하네. 서로가 좋아하니까, 그걸로 됐잖아."

"좋아하는 마음에, 명확한 이유를 찾는 것만큼, 쓸데없는 짓은 없어."

작업을 마친 카즈노와 메디 마마가 다가오더니, 어처구니없다는 투로 그렇게 말했다.

마마코도 쓴웃음을 머금으면서, 명모 하하데스의 등을 계속 쓰다듬어줬다.

"하하데스 씨…… 아니, 홋타 씨. 당신은 참 성실한 사람이에요……. 부모이기보다 한 명의 어른으로서, 쭉 일해온 한 명의 사회인으로서, 자식과 마주해왔다고, 생각해요."

"사회인으로서……?"

"의무나 대가, 그런 걸까?"

"공짜라니, 말도 안 된다……. 부모 자식 사이에 있는 것과는 대척점에 위치하는 것에 깊이 관여해온 영향으로, 부모로서의 부분이 미숙한 걸 거야."

"부모로서 미숙…… 그렇다면, 나는 어떻게 해야…… 어떻게 하면, 부모로서 자식의 마음에 부응할 수 있는 걸까……."

"그런 생각 자체가 이미 틀렸다는 느낌이 드네."

"아무래도 한 걸음 한 걸음 나아갈 수밖에 없겠어. 그러니까……."

"지금부터 바로 단련해요!"

마마코는 알통을 만들더니, 방긋 웃었다.

"부모가 없어도 자식은 자라지만, 부모는 자식이 없으면 자라지 않아요. 그러니, 포타 양에게 도와달라고 하죠. ……그럼, 포타 양."

"알았어요! 제가 엄마를 기르겠어요!"

"어……?"

사랑하는 엄마는 당황한 것 같지만, 포타는 성큼성큼 다가가더니…….

숄더백에서 네 종류의 아이템, 그리고 볼품없는 털실 인형 조각을 꺼냈다.

"이건, 엄마의 마음속에서 발견한 거예요! 본 적 있나요?!"

"으, 응. 이건 내가 만든 털실 인형의 부품이야. 게임 세계에 같이 가줄 수 없으니까, 방범 부저 말고 다른 것도 챙겨주려고 만들기 시작한 건데…… 결국 시간이 없어서 오피스의 서랍에…… 이런 물건이, 왜 여기에……?"

"모르겠어요! 하지만, 그런 거라면 할 게 정해졌네요! ……저, 엄마한테 조를래요! 이걸 만들어서, 저한테 선물해주세요!"

"자, 잠깐만 기다려. 선물을 받고 싶다면, 제대로 된 걸 사줄게. ……이런 건, 내가 생각해도 너무 볼품없다고 생각하니까……."

"다른 건 싫어요! 이게 좋아요! 이걸 만들어서 선물해준다면, 저는 더욱, 더욱, 엄마를 좋아하게 될 거예요!"

"……그런 거야?"

"그런 거예요! 부탁이에요!"

"아, 알았어. ……그럼……."

마왕의 품격은 어디로 가버린 걸까. 명모 하하데스에서, 사랑하는 아이의 조름에 표정이 풀어진 홋타 사오리는 털실 인형 조각을 건네받더니…….

똑바로, 포타를 쳐다보았다.

"만들기 전에…… 하나만 부탁해도 될까."

"네! 뭔가요?!"

"싫으면, 거절해도 되니까…… 한 번만, 꼭, 안아봐도 돼?"

"네!"

포타는 어머니의 품에 힘껏 뛰어들었다. 어머니에게 완전히 몰입되어 있었다.

사오리 또한 완전히 몰입된 채, 자기 품속에 뛰어든 딸을 느끼고 있었다.

그 모습을 본 마마코가 훌쩍이자, 카즈노와 메디 마마가 다가가서 미소 지었다.

조금 떨어진 곳에서도…….

"꽤 피해가 발생하긴 했지만, 아무튼 문제가 해결됐군요."

시라세P는 여전히 눈을 까뒤집은 채 기절해 있는 마사토 일행을 손가락으로 콕콕 누르면서, 옅은 미소를 머금었다.

엄마
프로필
명부 5

HAHAKO

■연령
이터상으로는 마마코 씨와 동갑이지만,
작된 후로 현재까지는 1년 미만이야.

■취미
마들의 데이터를 모으는 거야. 다양한
마들이 있어서, 정말 참고가 돼.

■특기
식이 있는 장소를 바로 찾는 거야.
확하게는 자식 후보가 있는 장소, 지만
이지.

■매력 포인트
마다움에서 매력을 느껴준다면, 참 기쁠
같아.

■어릴 적에 가지고 있던 장래의 꿈
나한테는 어린 시절이 없어서 좀
어렵지만…… 설령 아이 상태부터
존재했더라도, 역시 엄마가 되는 것을
꿈꿨을 거라고 생각해.

■좌우명
역시 『부모자식』이야. 절대로 이루고 싶은,
내 목표야.

■자식 교육방침
부모로서 아이를 어떻게 접해야 할지……
참 어렵지만…… 원만한 부모자식 관계가
될 수 있도록, 함께 뭔가를 할 수 있다면
좋겠네.

사랑하는 자식에게
쩌면 싫어할지도 모르지만, 내가 마음속으로 결정한 세 아이에게.
모자식 사이가 어떤 건지, 애정이란 어떤 건지, 완벽하게 이해하고 있는 건 아냐.
래도 나는 너희를 안아주고 싶어. 그런 마음으로 가슴 속이 가득해.

에필로그

엄마 해결사 가게의 창문을 깰 듯한 기세로, 고함이 터져 나왔다.

"엄마, 정신 나갔어?! 아니, 정신 나갔다는 건 예전부터 알고 있었거든?! 하지만 그건 아니지 않아?! 아이돌 코스튬을 입고 등장하다니, 딸을 죽일 셈이야?!"

"뭐, 괜찮잖아. 어울리지 않아? 나도 처음에는 거부감이 들었지만, 의외로 익숙해지지 뭐야. 겐야도 입어보지 그래? 빌려줄 테니까…… 아~, 잠깐만 기다려. 엄마가 가슴이 크니까, 겐야가 입으면 가슴 쪽이 헐렁헐렁할지도 모르겠네. 푸풉."

"호오~. 시비 거는 거구나? 좋아, 받아주겠어!"

"괜찮네! 오래간만에 모녀간의 대화를 나눠볼까!"

와이즈와 카즈노가 멱살을 잡더니, 그대로 모녀 싸움을 시작했다. 하다못해 밖에서 해준다면 좋겠지만, 가게 안을 굴러다니며 드잡이질을 해대니 참 시끄럽다.

그 옆에서는…….

"저, 저기, 메디? 차 더 마시지 않을래? 참 맛있단다."

"……네. 더 주세요." ……고오오오…….

"저, 저기 말이지? 몇 번이나 설명했잖니? 그건, 일이었어. 아이돌 활동을 통해 세상을 구하고, 겸사겸사 소중한 네가 어떻게 지내는지 살펴볼 수 있도록 여왕 폐하께서 손써주셨단다. 그걸 거절할 수 없잖니? 응, 그래. 그러니까…….”

“……어머님. 슬슬 돌아가실 시간 아닌가요?” ……고오오오…….

“아직 체류 기간이 남았거든?! 저기, 메디?! 부탁이니까 기분 좀 풀면 안 되겠니?! 그런 어두운 눈길로 엄마를 쳐다보지 말렴!”

테이블석 한편에서는 강렬한 다크 파워가 피어오르고 있었다. 어둠과 일체화한 것이 아닐까 싶은 메디를, 메디 마마가 필사적으로 달래고 있었다. 딱 봐도 위기상황이지만…….

다른 테이블석에서는 주위의 소동 따위 전혀 개의치 않는 것처럼, 평온한 시간이 흐르고 있었다.

“이 털실을 뜨개질바늘에 건 후, 휙 돌리면…… 되는 거니?”

“네! 거기를, 휙 돌린 후, 다음 칸에서도, 휙 돌려줘요.”

“여기서, 휙…… 아, 빠졌어……. 역시 어렵네. 모코한테 만들어달라고 하는 편이 효율적일 것 같아. 아이템 크리에이션으로, 간단히…….”

“안 돼요! 저는, 엄마가 직접 만들어준 게 아니면 납득 못해요!”

“아, 알았단다. 그래. 이건 부모로서의 훈련이잖아. 엄마, 힘낼게.”

“네! 저, 응원할게요!”

사오리가 털실 인형을 만들며 고전 중인 가운데, 포타는 그런 어머니의 옆에 딱 붙어 앉아서 모녀간의 시간을 보내고 있었다.

포타는 사오리의 팔에 볼을 비비며, 몸을 완전히 밀착시키고 있었고…….

"저기, 팔을 움직이기 힘들어 보이는데……."

"우후후. 맞아. 하지만 저편이 더 낫다고 생각해."

"그런 눈치 없는 소리를 하면 안 된다고 생각합니다."

"하긴, 맞아요. 자중할게요."

카운터석에서 지켜보고 있던 마사토, 마마코, 시라세 세 사람은 각양각색의 모녀 극장에서 눈을 떼더니 「오래 기다리셨습다~」 모네가 내민 찻잔을 건네받았다. 뒷일은 알아서 하란 듯이 말이다.

"그나저나, 포타의 본명은 『모코』였구나."

"이색적인 이름이야. 그래도 귀여워~."

"요즘 애들 이름은 이해가 잘 안 돼……. 시대차가 느껴져……."

"요즘 애가 이상한 소리를 한 것 같지만, 그냥 넘어가죠. ……그럼, 이번 사건을 정리하도록 할까요."

자세를 고친 시라아세는 마사토를 지그시 쳐다보더니…… 고개를 돌려서, 마마코를 향해 머리를 숙였다.

"마마코 씨, 이번에도 멋진 활약이셨습니다. 아이들의 부자연스러운 홀로서기를 막고, 대지와 바다를 복구했으며, 반항 조직의 보스인 홋타 씨를 설득하셨죠. 게다가 마사토 군 일행의 간담도 서늘하게 만든다고 하는, 다방면에서의 눈부신 활약을 보이셨습니다."

"여왕 폐하도 답례 편지를 보내왔다니깐. 정말 놀랐어."

"네, 네. 알았어요. 이번에도 엄마, 아니 엄마 아이돌 유닛 3인의 힘에 완전히 당했네."

"그렇지 않아. 마 군도, 다들 대활약을 했잖니? 너희들이 성장했다는 걸 실감할 수 있었단다."

"그건 그렇습니다. ……손쓸 방법이 전혀 없는 위기 상황에서, 마사토 군이 『사랑하는 엄마가 여기 있었다면!』 하고 진심으로 외친 그 순간……. 바로 그때, 저는 마사토 군의 성장을 실감했습니다. 정말 대단했어요."

"멋대로 하지도 않은 말을 덧붙이지 말아줄래요? 그런 말 외친 적 없다고요. ……그건……."

슬쩍 고개를 돌려서 사오리에게 붙어 있는 포타의 미소를 본 마사토는 가볍게 쓴웃음을 지었다.

"포타의 솔직함에 영향을 받아서, 무심코 엄마한테 의지하는 것도 괜찮을지도 모른단 생각을 했을 뿐이에요."

"우후후. 언제라도 이 엄마에게 의지해도 된단다. ……그렇게 말하고 싶지만……."

"그건 또 무슨 소리야?"

"엄마도 말이지? 마 군을 위해서라도, 슬슬 마 군한테서 졸업할 필요가 있지 않을까 생각이 들었거든……."

어려운 표정을 지으며 생각에 잠긴 마마코는 마사토의 얼굴을 지그시 쳐다보더니, 「그래도, 좀 더 나중에 해도 괜찮을 것 같아」, 「어이!」 마사토의 팔을 꼭 끌어안으면서, 엄마의 커다란 무언가로 아들을 꼭 감싸줬다.

"엄마는 참 행복해."

"마마코 씨의 마사토 군 졸업은 매우 신중하게 대응하고 싶군요. ……설령 마마코 씨가 돌이킬 수 없을 만큼 음울하게 가라앉는 사태가 벌어진다면……."

"대지와 바다가 가라앉는 정도로 끝나진 않을 것 같은 느낌이 드네……."

"잠깐만?! 우리의 모자관계 탓에 세상이 멸망하는 건, 완전 사양이거든?!"

"그럴 가능성도 없지는 않은 만큼…… 세상이 파멸하기 전에, 필요한 연락을 취해 두도록 하죠."

천연덕스러운 표정으로 그런 불안한 말을 한 시라아세는 서류 몇 장을 꺼내서 눈으로 훑었다.

"우선 홋타 씨의 처우는 와이즈 양 모녀와 메디 양 모녀와 비슷하게 처리되도록 손을 써놨습니다. 규모가 큰 사건인데다, 홋타 씨가 내부인인 점 때문에 청문회 출두와 대량의 시말서 작성이 뒤따르겠습니다만…… 모녀가 함께 보내는 시간을 최우선으로 삼으며 처리하게 될 예정입니다."

"운영 측의 관대한 조치에 감사드려요."

"이어서, 홋타 씨가 이끈 반항조직 리벨레에 관해서입니다. 데이터 조작 등에 여러 명의 시스템 엔지니어가 관여한 것이 밝혀졌습니다만, 전부 홋타 씨의 지시에 따랐을 뿐이었습니다. 그리고 수장이 잡힘에 따라 활동도 정지됐죠."

"그럼 게임 세계에서 발생한 문제는 전부 해결된 거네. 다행이야."

"그렇습니다, 라고 말하고 싶지만…… 실은 문제가 하나 남아 있는지라……."

"문제? 어떤 문제인데?"

"조직의 주요 구성원인 아만테 양, 소레라 양, 프라테로 양, 이 세 명의 행방을 알 수 없습니다. ……조직이 괴멸된 상황에서, 그녀들이 어떤 행동을 취할지……."

"저기, 그 세 사람이라면…… 저기 있거든?"

""""응?""""

모네가 손가락으로 한 곳을 가리키자, 마사토를 비롯한 세 사람은 그쪽으로 고개를 돌렸다.

격렬한 모녀 싸움과, 조용한 모녀 위기와, 화목한 모녀 시간이 펼쳐지고 있는 곳 너머…… 창밖에, 진짜로 그 세 사람이 있었다.

아만테가 마사토를 가리키며 나오라는 듯이 손가락을 까딱였다.

"……어? 나?"

마사토가 지명당했다.

동료들이 창문에 붙어서, 창밖을 살피고 있었다. 그렇게 신경이 쓰이면 나오란 말이 하고 싶었지만, 그런 말을 해봤자 나오지 않을 것 같았다.

엄마 해결사 가게를 나선 마사토는 혼자서 아만테 일행 세 사람과 대치했다.

"안녕. 세 사람 다 건강해 보이네."

"덕분에 말이야. 너희의 싸움을 가로채긴 했지만, 고유 스킬을 빼앗긴 바람에 제대로 싸워보지도 못한 끝에 HAHAKO에게 도움을 받아 겨우 목숨을 부지했어, 같은 소리를 일일이 설명하진 않겠지만 말이지."

"어, 진짜야?"

"그래~. 정신 차리고 보니~, 아만테가~, HAHAKO 씨한테 안겨서~, 쿨쿨 자고 있었어~. 깜짝 놀랐다니깐~."

"곤히 잠든 어린아이 같은 표정이라서, 웃음을 터뜨리고 말았데이."

"두 사람 다 입 다물어! 일일이 말 안 해도 돼! 중요한 건 그게 아니잖아!"

아만테는 마사토의 멱살을 잡더니, 코끝이 닿을 만큼 가까운 거리에서 그를 노려보았다.

"저기, 오오스키 마사토. 너희 탓에 반항조직 리벨레는 괴멸되고 말았어."

"잘 됐네. 고마워해도 돼."

"바보 같은 소리 하지 마. 실은 엄마였던 마스터 따위는 어찌 되든 알 바 아니지만…… 덕분에 우리는 돌아갈 장소도, 생활자금도, 전부 잃었어."

"마침 잘 됐는걸. 조직은 잊고, 새로운 생활을 시작하면 되잖아. ……저기 보라고. 너희를 돌보고 싶어서 근질근질하는 사람이 있잖아."

아만테 일행의 뒤쪽…… 건물 뒤편에서 쳐다보고 있는 HAHAKO가 있었다.

아만테도 눈치챈 것 같지만 시선을 주지 않더니, 아까보다 더 마사토를 날카롭게 노려봤다.

"원치 않은 도움을 받았다는 건 인정하겠어. 하지만 그렇다고 모든 걸 다 받아들일 생각은 없어. 우리의 의지는 흔들리지 않아. ……그러니까……."

"그러니까?"

"우리는 어머니에게 저항하는 자로서, 너희에게 최종결전을 신청하겠어!"

아만테, 소레라, 프라테로. 세 사람의 진지한 눈빛이, 마사토를 꿰뚫었다.

■작가 후기

신세 많이 지고 있습니다. 이나카입니다.

재수가 좋은 숫자, 점차 번성한다는 의미의, 끝부분이 점점 퍼져나가는 『八(여덟)』이란 숫자가 붙는 권까지 도달했습니다. 이 모든 것은 독자 여러분 덕분입니다. 감사드립니다.

이번 권은 엄마 대집합. 그리고 드디어, 그 아이의 엄마도 등장했습니다. 성대하게 펼쳐지는 부모 자식 간의 이야기를 즐겨주시면 감사하겠습니다.

이번에도 이이다 포치. 님을 비롯해 담당 편집자 K 씨, 편집부와 출판사 여러분, 판매점 여러분 등, 많은 분께 도움을 받아 이 책을 내놓을 수 있었습니다. 진심으로 감사드립니다.

코믹스판 엄마로 신세를 지고 있는 메이챠 님께는 2권 발매 감사 및 축하의 마음을 전합니다.

또한, 애니메이션판 엄마로 신세를 지고 있는 제작 스태프 여러분. 2019년 7월에 방송 개시 예정이라니, 정말 기대됩니다. 바쁘실 테지만, 부디 잘 부탁드립니다.

팬레터를 보내주신 독자 여러분께도, 이 자리를 빌려 인사드립니다.

감사합니다! 제가 팬레터를 받는 날이 올 줄은, 정말 꿈에도 생각 못 했습니다!

세세하게 적힌 감상과 의견, 희망 등, 전부 확인했습니다. 그 모든 기대에 부응하는 건 어렵겠습니다만, 참고하겠습니다. 계속 정진할 테니, 앞으로도 잘 부탁드립니다.

그럼, 마지막으로…….

마사토와 마찬가지로, 고등학교 1학년이 된 조카에게.

고교생활을 지내며 마음껏 흑역사를 만든 후, 몰래 가르쳐주세요. 글 소재로 삼겠습니다.

가족에게도 인정사정없는, 작가 삼촌이.

2019년 이른 봄에, 이나카 다치마

■역자 후기

안녕하십니까. 근로청년 번역가 이승원입니다.

『일반공격이 전체공격에 2회 공격인 엄마는 좋아하세요?』 8권을 구매해주셔서 진심으로 감사드립니다.

2023년 여름의 초입에 들어섰습니다. 올해도 지옥 더위! ……일 거라고 생각했는데, 6월 말부터 한 달 동안 장마 기간이라고 하면서 더위가 작년만큼 심하진 않습니다.

하지만 더위 대신 습도가 무시무시하네요. 친구가 선물로 준 습도계를 집에 설치해놨는데, 툭하면 99%를 찍고 있습니다.^^ 실내 온도는 25도 전후인데 습도 때문에 에어컨을 켜야만 하는 사태가 벌어지고 있네요, AHAHA.

독자 여러분, 올해 여름도 잘 나시길 진심으로 빕니다!

그럼 『일반공격이 전체공격에 2회 공격인 엄마는 좋아하세요?』 8권에 대해 조금 이야기해볼까 합니다.

스포일러가 포함되어 있을 수도 있으니 본편을 안 읽으신 분은 유의해주시길!

이번 권은 엄마's 총집합! 주인공 파티 아이들의 어머니 세 명이 모여 아이돌 유닛 결성! ……이야, 충격과 공포입니다. 물론 어머님들의 미모가 상상 초월이긴 합니다만, 그래도 아이돌이라니 ㅎㅎㅎ. 그리고 그걸 보는 아이들의 심정은 어떠할지 상상만 해도 웃음을 참을 수가 없습니다.

그리고 드디어 등장한 포타 어머니! 초반부터 복선이 깔려서 짐작했습니다만, 역시 여러모로 문제가 많은 어머니셨습니다.^^ 딸의 행복을 위해 자기가 사라져야 한다는 극단적 모친! 그리고 그 마음이 애정에서 우러난 것이기에 더 문제였습니다. 하지만 이제까지의 모험을 통해 성장한 마사토 일행의 활약, 그리고 제때 나타난 엄마 아이돌의 도움으로 해피 엔딩을 맞이했습니다.

제삼자의 입장에서는 미모의 어머님들이 아이돌 활동을 하는 걸 보면 즐겁습니다만, 친자식들의 심정은 어떨지……. 상상만 해도 웃음이 절로 납니다ㅎㅎ.

독자 여러분께서도 자식들의 심정을 상상하며 즐겨주시길!

그럼 이만 줄이겠습니다.

언제나 재미있는 작품을 맡겨주시는 L노벨 편집부 여러분에게 진심으로 감사드립니다. 편집부 여러분도 여름 잘 보내시길.

해운대 유명 호텔 수영장 청소 알바하러 와서, 내 얼굴도 안 보고 돌아간 악우여. 다음에는 얼굴이라도 보자~.

마지막으로 언제나 제게 버팀목이 되어주시는 어머니와 『일반공격이 전체공격에 2회 공격인 엄마는 좋아하세요?』를 읽어주신 모든 분께 진심으로 감사드립니다.

최종결전을 빙자해 함께 산타 어머니를 즐기는(^^) 9권 역자 후기 코너에서 다시 뵙겠습니다!

2023년 6월 말

역자 이승원 올림

일반공격이 전체공격에 2회 공격인 엄마는 좋아하세요? 8

·초판 1쇄 발행 2023년 8월 10일

지은이_ Dachima Inaka
일러스트_ Iida Pochi.
옮긴이_ 이승원

발행인_ 최원영
편집장_ 김승신
편집진행_ 권세라 · 최혁수 · 김경민 · 최정민
편집디자인_ 양우연
관리 · 영업_ 김민원

펴낸곳_ (주)디앤씨미디어
등록_ 2002년 4월 25일 제20-260호
주소_ 서울시 구로구 디지털로 26길 111 JnK디지털타워 503호
전화_ 02-333-2513(대표)
팩시밀리_ 02-333-2514
이메일_ lnovellove@naver.com
L노벨 공식 카페_ http://cafe.naver.com/lnovel11

TSUJO KOGEKI GA ZENTAI KOGEKI DE 2KAI KOGEKI NO OKASAN HA SUKI DESUKA? Vol.8

ISBN 979-11-278-6972-4 04830
ISBN 979-11-278-4403-5 (세트)

값 8,500원

L NOVEL

©Hiro Ainana, shri 2022/KADOKAWA CORPORATION

데스마치에서 시작되는 이세계 광상곡 1~26권, EX

아이나나 히로 지음 | shri 일러스트 | 박경용 옮김

한창 데스마치를 치르던 프로그래머 스즈키 이치로(29).
『사토』란 닉네임을 쓰는 그가 잠시 잠들었다 깨어나 보니
듣도 보도 못한 이세계에 방치되어 있었다!
혼란에 빠질 틈도 없이 눈앞에는 처음 보는 괴물의 대군이 다가오고,
하늘에서는 유성우가 쏟아진다.
정신을 차리고 보니, 최강 레벨의 힘과 막대한 부를 손에 넣었는데……?!
이렇게 사토의 「유유자적, 가끔 시리어스, 그리고 하렘」인
이세계 모험담이 시작된다!!

최강 레벨과 막대한 재보를 가지고
시작되는 유유자적 이세계 관광!!